完全体アルフィア
ゼロス
ルシフェル

《《《ルーセリス
》》》メルラーサ

ジョニー
カエデ
アンジェ
カイ
ラディ

シャクティ
リサ
ユイ
アド
クーティー
ベラドンナ
デルサシス
クレストン

アラフォー賢者の異世界生活日記 18

Kotobuki Yasukiyo
寿安清
イラスト：ジョンディー

Contents

プロローグ　邪神降臨の影響

その日、世界は震えた。

大気に含まれる魔力が尋常ではない存在の気配を運び、場所は違えども鋭敏な者達は全員が同じ方向の空を見つめる。

ソリステア魔法王国よりも北の地——メーティス聖法神国の方角であった。

鋭敏な者達が気配を感じ取れるのだから、それ以上の感覚を持つ者はどうなるのか？

答えは意外と近くに出ていた。

「おい、カエデ……どうしたんだよ」

「突然蹲《うずくま》って、腹でも痛いのか？」

急にカエデの様子がおかしくなり、慌てて心配するジョニーとラディ。

カエデの表情は蒼褪《あおざ》め、寒さに震えるかのように自身を両腕で抱いており、流れ出る汗が異常な事態を周囲の者達に伝えていた。

「な、なんだ……これは………」

それは、生きとし生けるものが持つ生物の本能。

今すぐにでも逃げ出したい感覚と、逃げたところでどうすることもできないという絶望感。

こうした気配に敏感な家畜は嘶《いなな》きをあげ、暴れる馬や牛を必死で抑える飼い主の慌てる声が各所から響いてくる。

それは野生の生物であるコッコ達も同様だが——、

『コケ……（こ、これは……）』

『コケケ……（この気配……アルフィア殿か？）』

『コケッ、ココケ……（なんと凄《すさ》まじい。一手ご教授願いたいものだ）』

――なぜか闘志を燃やしていた。

いや、彼らに関してはもはや何も言うまい。元からイレギュラーなのだから。

だが、自然の気配に敏感なハイ・エルフともなると、その圧倒的な存在感をダイレクトに感知してしまう。

「カエデちゃん、どうしたのですか!?　いったいなにが……」

「これは……人の出せる気配ではない。魂の底からくるような恐怖感は…………【神】か……」

「か、神……？」

ルーセリスは見習いとはいえ神官であり多少なりとも魔力を感知できるが、それ以前にルーフェイル族であった。大気の魔力には疎くとも、微《かす》かに流れてくる馴染みある神気を多少なりとも感じ取ることができ、彼女の胸には歓喜が込み上げてくる。

そう……いつも食事時に現れては夕食を強請《ねだ》る翼の生えたゴスロリ少女――アルフィアに対して以前から言葉では言い表せない何かをルーセリスは本能的に感じ取っていた。

その胸に燻《くす》ぶる小さな何か――それが今日、初めて顕在化した。

魂の根幹に刻まれた使徒としての本能《システム》である。

「そう……アルフィアさん。いいえ、ア・ル・フィ・ア様がついに復活したのですね」

自然と言葉が口から出る。

翼がないとはいえ彼女もルーフェイル族。

隔世遺伝で人族の血が色濃く出ていようとも、祖先から使徒としての本能もまた受け継がれており、一時的に彼女のもう一つの側面が現れ、神の完全復活に歓喜したのである。

今のルーセリスは普段の彼女ではなく微弱ながらも神気を纏《まと》い、人格もまた完全に使徒そのものとなっているのだが、その変化に気付く者はこの場に一人しかいない。

ルーセリスは恐怖で怯《おび》えるカエデのそばに近づくと、彼女の身体をそっと抱きしめる。

「大丈夫ですよ。何も心配するようなことにはなりませんから」

「しすたぁー……なぜ、こんな状況で………笑えるのだ？　それに、なにかいつもとは違うぞ。これは魔力ではない……なんなのだ」

カエデはルーセリスの変化に戸惑う。

ルーセリスは微笑《ほほえ》んでいた。

それはまさに天使のごとき慈愛に満ちた笑みであった。


このルーセリスの使徒としての覚醒は一時的なものに過ぎず、これらの一連の出来事は彼女の記憶からすっぽりと抜け落ちることとなる。

カエデもまた、鋭敏な感覚が自我を守るためなのか、この時の記憶が残ることはなかった。

実はこの日の覚醒によって、ルーセリスの保有する魔力量が二倍ほど増えているのだが、当人は『あれ？　今日は調子がいいですね』程度で全く自覚することもなかったとか……。

ルーセリスの本質は大雑把《おおざっぱ》なのである。

◇　◇　◇　◇　◇　◇　◇

ソリステア魔法王国より北の山岳地帯。アルトム皇国では、ルーフェイル族の全てがメーティス聖法神国の方角を見つめていた。

戦士職や民に至るまで全ての者たちが歓喜に打ち震え、喜びの涙を流す。

人族を含む他の種族の者達は何が起きているのか理解できなかっただろう。

「あぁ……これは……分かる。分かります……」

ルーセリスの実の姉でもあるルセイもまた、多くの者達と同様に歓喜に震えていた。

人見知りが激しく、表情を見せないように付けた面の内側から、熱い涙がとめどなく溢《あふ》れていた。

「ルセイ……」

「父上……神が…………お戻りになられました」

「あぁ…………なんという素晴らしき日だ。メイアともこの日を共に迎えたかったな……」

自らの疑心によって傷つけ、国から追われるように出ていった亡き妻に懺悔《ざんげ》の念を抱きながら、ラーフォンは西の地の空を見つめ続けた。

同時刻、皇宮でも西の空を見つめる者達がいた。

アルトム皇国の国王【マルドゥーク・ラハ・アルトム】と側近の者達だ。

「おぉ……おぉおおぉぉぉ…………。分かる……分かるぞ……この高揚感は……」

「陛下……これは、まさか……」

「目覚めておるのだ……。我らの古き血が……。神の再臨と共に……」

使徒——神に仕え、神の命《めい》を遂行する従僕。

彼らの魂と肉体は大いなる力の顕現を感知したことで目覚め、ルーフェイル族に新たな力を与えようとしていた。いや回帰しようとしていた。

だが、その力は本来の使徒のものとは比べものにならないほど弱い。

長き血の薄まりが彼らの使徒としての力を弱体化させたが、弱くとも使徒の力だ。

そして、神に準ずる力が目覚めた以上、四神教の正当性は失われたことを示す。

「これで、あの邪悪な者どもに神罰を下すことができますな」

「その必要があるのか、我には分からぬ。ただちに人族の者を雇い、あの邪教国を調べさせせよ」

「なぜですか！　この力があれば……」

「神はかの地に降臨なされた。かつて世界を浄化した力がかの地で振るわれるのだぞ？　我らが出ていって滅ぼす必要があるのか。むしろ我らが使徒の力を感情のままに振るうことは望まれまいぞ」

「そ、それは……確かに……」

「使徒の力が目覚めた以上、我らは神の意に従う使命が生まれた。いや、使命を取り戻した。なれば、神が我らの前に現れるまで待つしかあるまいよ。だが、情報を得ておくことはしておこう」

「御意に……。我らの主《あるじ》が命を下すときに備え、着実に準備をいたしたいと思います」

「うむ……」

神の降臨によって目覚めたルーフェイル族——アルトム皇国は、不用意に攻め込むことを抑え、静観の姿勢を取ることにした。

この日を境に、西大陸の広大な中央平原は戦乱の世を迎えることになる。

◇　◇　◇　◇　◇　◇　◇

再度場面は変わり、ソリステア魔法王国ソリステア公爵家本邸。

デルサシス公爵もまた北の空を見上げていた。

「ふむ……復活したようですな。それにしても…………」

「凄まじいのぅ……。聖法神国とは離れておるというのに、ここまで魔力の波が届くとは……。年寄りにはちときついわい」

デルサシス公爵とクレストン元公爵は、既に神が復活することを知っていた。

それだけに慌てる様子も見せなかったが、だからといって無事というわけでもない。

世界を震撼《しんかん》させるほどの神の威は、間接的にでも感じ取った者に途轍《とてつ》もない絶望感を与えてくる。まともな人間では立つことすら難しいだろう。

「いよいよ始まったのぅ。大国の滅亡が……」

「神罰により大国は滅び、大乱の風が大陸中央の大平原で吹き荒れますか……。なかなかに心躍る時代が来そうでありますな」

「それを望むのはお前か、聖法神国の権力者くらいであろうよ」

感慨深く薄い笑みを浮かべるデルサシスに対し、やれやれといった反応を見せるクレストンであった。

◇　◇　◇　◇　◇　◇　◇

ルーダ・イルルゥ平原ではアンフォラ関門が陥落し、獣人族は生き残りの残敵掃討を行っていた。

騎士や衛兵が南門からメーティス聖法神国へと敗走するなか、後方から猛スピードで追ってきた獣人族に狩られていく。

自《みずか》らの獲物を狩る獣の習性を隠そうともせず、獣人達は嬉々《きき》として残虐行為を続けていた。

そんな時、南東の方角から途轍《とてつ》もない気配を感じ取り、獣人達は一瞬で戦意を喪失した。

事実上は見ているだけの指揮官であるブロスもまた、感じ取った尋常ならざる存在の波動に蒼褪める。明らかに強大な何かだ。例えるのであれば……。

「……これは神？　まさか、そんなことが起こりえるの!?」

ブロスの知る限りでは神とは四神のことを示す。

しかし、四神がこれほどの力を持つ神だとは到底思えない。

なぜならブロスは四神と接触のあるゼロスとアドから話を聞いていたからだ。

ゼロス達曰《いわ》く――、

『アレが神だとは思えないねぇ……。たぶん、頑張れば僕やアド君でも倒せるよ。もちろん、ブロス君にも可能だと思う。少し手間取るだろうけどね』

『ふざけた連中だったな。だが、決して強いわけじゃない。一匹くらいなら俺でも倒せたと思うぜ？』

――つまり、大気を震わせるような存在ではないのだ。

明らかに格が違いすぎる。

そうなると考えられるのは。

「邪神？　ハハハ……まさかとは思うけど、ゼロスさん達が復活させていたなんてことは………充分に考えられるよぉ!?」

図らずもブロスは真相に辿《たど》り着いた。


ちょうどその頃、ゼロス達もまた邪神の気配を感知していた。

「へっくしょい！　ちくしょうめ、誰か僕の噂《うわさ》でもしてるのかねぇ？」

「クシャミ＝噂と結びつけるのは間違ってないか？　そんなこと言う時点で自意識過剰だぞ。んなことより……こいつは」

「邪神ちゃんかな？　たぶん完全復活したんだろうね。まさか、これほどとは……さすがは最上位の神様だわ」

ゼロスは勘違いしているが邪神はまだ完全復活していない。単にこれまで抑えていた神気を解放したに過ぎないのだが、その尋常ではない波動の大きさにそう判断したのだ。

「こんな馬鹿げた気配、普通の人間に影響が出ないか？」

「大丈夫じゃないかい？　この波動は魔力に乗って伝播《でんぱ》しているようだし、一般人にはあまり感じ取れないと思うよ？　まぁ、エルフやドワーフは分からないけど……」

波動の影響について、魔力に敏感なエルフやドワーフといった種族を挙げたゼロスだが、実はもっと気になる種族があった。

使徒を先祖に持つルーフェイル族である。

「ん？　なんか気になることでもあるのか？」

「いや、ルーフェイル族ってさ、先祖が天使なんだよねぇ。神の復活を感知したら、彼らにどんな影響が出るのか心配になってさ」

「なんで心配になるんだ？　ゼロスさんには関係ない話だろ」

「そうでもないよ。ルーセリスさんが、そのルーフェイル族の血を引いているからねぇ。それも王族直系の……ね」

「なるほど……考えられるのは先祖返りか。あるいは覚醒か？」

「漫画みたいなパターンになっていないといいよねぇ」

南東の空を見上げながら、おっさんは何事も起きていないことを願う。

天使の力に覚醒し、人の世では生きられないと天へ帰るかぐや姫パターンなど、正直願い下げだった。

「…………アド君や」

いや、結婚の条件に伝説級の宝物を要求される可能性も考えられる。

「なんだ？」

「火鼠《ひねずみ》の皮衣とか蓬莱《ほうらい》の玉の枝って、この世界にあると思うかい？」

「なんの話だぁ!?」

いきなり意味不明のことを言われツッコミを入れるアド。

おっさんは少々動揺しているようであった。

第一話　復活と進撃の邪神ちゃん

恐れていたぬことが現実となった。

理《ことわり》すら捻《ね》じ曲げる圧倒的存在――邪神。

過去とは似ても似つかぬ姿に火の女神フレイレスや水の女神アクイラータは驚愕《きょうがく》するも、それ以上に、存在するだけで世界を震撼《しんかん》させるほどの重圧が、生きとし生ける者達の遺伝子に刻まれた本能からくる恐怖を引き出させる。

かつて栄えていた高度文明を滅ぼした元凶であり、倒すことは叶《かな》わず封印するしかなかった。

その封印ですら多くの犠牲を払ってなんとか成功したものの、もたらされた爪痕は世界に深刻な影響を長きにわたり与え続けたと、数多《あまた》の伝承や歴史書に事細かく残されている。

そんな存在が今、目の前に顕現していた。

「どうした。なにか我に言うことがあるのではないのか？」

一言話すだけでも伸《の》しかかる重力場のごとき威圧感。

誰もが目を背けたいのに動くこともできず、まるで時が止まったかのように硬直している。

「嘘《うそ》だぉ……なんで、こんな……おかしいんだぉ……」

「これは、予想外ね……。転生者とは比べものにもならないわ……これが、神の本当の姿だとでもいうの……」

何度となく恐れていた邪神の復活、それがついに現実となった。

まさか化け物龍を滅ぼした瞬間を狙って現れるとは想定外だ。

自分達の楽観視しがちな傾向が仇《あだ》となったかたちだ。

自堕落に過ごしていたせいでこの事態を招いたのだから自業自得であろう。

しかも、邪神戦争時を遥《はる》かに凌《しの》ぐ力を持っていた。

少なくとも当時はここまでの威圧感はなかったのだ。

「以前よりも強くなってるのだぁ～………」

「信じられない……。奴らはなんて化け物を送り返してくれたのよ……」

「それは仕方なかろう？　元より我はこの世界の神。どのような影響が出るのか分からぬ以上、異界の神々も自分の担当する次元世界に我を留《とど》めておけるわけがない。送り返すことなど想定できたであろうに」

「そんなの、分かるわけがないのだぁ～～～っ!!」

「じゃから、主《ぬし》らは阿呆《あほう》なのじゃ。所詮《しょせん》は妖精王を改良しただけの粗悪品の分際で、随分と好き勝手にやってくれたのぅ？　おかげで、この惑星が複数の世界を巻き込む崩壊への引き金になりかけておる。主ら、どう責任をとるつもりじゃ？」

「失敗作に言われたくはないわね。どれだけ創造主に近い力を持とうと、あんな醜い姿だったから捨てられたのよ。そんなあんたが随分と可愛《かわい》らしい姿になったじゃない。異界の神々が手を加えたからかしらね？」

その場の勢いでアクイラータが放った一言。

それは邪神ちゃんの触れてはならない部分に土足で踏み込むかたちとなり、抑え込んでいた激情を解き放つのに充分な破壊力を持っていた。

一言で言うと、『口は禍《わざわい》のもと』だ。

「フフフフ……………よくぞほざいたわ、この欠陥粗悪品めが！　楽に滅せられると思うでないぞ？元よりそのつもりもないがのぅ」

「ア……アクイラータ？　これ、マズい事態じゃないのかぉ？」

「あ、……あら？　ちょっと、そんな本気にならなくても……」

「問答無用じゃ♡」

売り言葉に買い言葉。

どちらが売りで買いかはどうでもいいが、アホな会話で始まる怒涛《ラグナロク》の展開。

急速に加速した邪神《アルフィア》ちゃんはフレイレスの眼前に迫ると、手のひらで軽く弾《はじ》く仕草からは到底出せるとは思えないような威力で、彼女を後方に吹き飛ばした。

屋敷や民家をいくつもぶち抜き、あとから爆発したかのような粉塵《ふんじん》が連続で列をなすように立ち昇る。

「フレイレス!?」

「よそ見とは余裕じゃのぅ。それとも危機感が足りぬのか？」

「なっ、はや…………」

いつの間にかアクイラータの頭上にいたアルフィアは、両手を高々と上げて手のひら同士を組むと、凄《すさ》まじい加速で一気に振り下ろす。

その衝撃によってアクイラータは地面へと叩《たた》き落とされ、まるで爆弾でも投下されたかのような爆音をあげた。

「ぬ？」

高熱反応を感知したアルフィアがその場を飛びのくと、巨大な火球が通り過ぎていく。

その火球は空中で停止すると、蛇のような炎の触手を伸ばしてアルフィアへと迫る。

「ふん。虚を突いたまではよかったが、甘いのぅ」

そう言いながら無造作に腕を横に振るうと、迫る炎は霧散し余波で火球をも消滅させた。

その後、アルフィアは手のひらに魔力を集中させ、フレイレスに向けて軽く魔力弾を放つ。

「にゃぁ〜〜〜〜〜〜っ!?」

魔力弾は無数に分裂し、絨毯《じゅうたん》爆撃を彷彿《ほうふつ》させる連続爆破を起こしながらフレイレスを包み込んだ。

かつてのような無差別攻撃でなく、確実に力を制御して自分達を攻撃していることに、アクイラータは戦慄《せんりつ》する。

「なんというか、品性のない叫び声じゃのぅ。仮にも神であろうに無様すぎるわ」

「こ、この………化け物!!」

「お〜、元気なことじゃ。それ、もっと我を楽しませるがよいぞ？　まぁ、それができればの話じゃがな」

「舐《な》めるんじゃないわよ！」

「にょほほ、地が出ておるのぅ？　主は見た目よりも下品なんじゃな……。いや、見た目も充分に下品か。なんじゃ、そのスケスケなドレスは。少しでも透明度の操作を誤れば、デリケートゾーンが丸見えじゃな。モザイク処理が必要になるではないか」

瓦礫《がれき》から這《は》い出してきたアクイラータが、大気中の水分を操作し無数の龍を生み出すと、アルフィアに向けその顎《あぎと》で襲わせる。

そんな感情任せの強引な攻撃を、アルフィアは瞬間的に凍らせ粉砕した。

「これも通じないの⁉　なんなのよ、あんた！」

「主らが弱いだけではないのか？　この程度のこともできぬとは、やはり粗悪品じゃな」

かつての邪神は能力のほとんどが封じられ、その攻撃方法も魔力任せの無差別攻撃が大半を占め、四神でも互角に戦うことができていた。

しかし体力という面では圧倒的に邪神の方が勝り、創造神の残した神器を持ち出さねば封印すら難しく、異世界から勇者という抗体を召喚し犠牲覚悟の人海戦術でなんとか封印に成功した経緯がある。

その神器も失われ、回収できたものも損壊が酷《ひど》く、今の邪神に通用するとは思えない。

更に悪いことに、邪神は以前よりも遥かに隔絶した強さを持って復活を果たしていた。

『分かってはいたけど、ここまでの差があるなんて……。こんな化け物、どうしろっていうのよ』

四神はその身に特殊な命令が組み込まれていた。

その一つが、封印された邪神の監視と覚醒したときの再封印である。

アルフィアが生み出された直後、その見た目に不満を持った創世神はすぐに凍結させ、この惑星のいずこかに封印した。

代わりに代行管理者を用意せねばならず、時間もなかったことからやっつけ仕事で四神が生み出されたものの、封印された場所を知らされていなかったためにアルフィアの覚醒を許してしまい、惑星上の高度な文明を滅ぼす要因となってしまった。

また、アルフィアが覚醒した際に壊れた緊急時の封印装置である神器も、どう考えてもその場限りの急造品であった事実から、創世神は適当で度し難いほどに無責任な性格であると判断できるだろう。

建前上、有事への備えを仕込んではいたが、創世神にとっては担当ではなくなった世界のことなど、もはやどうでもよかったのだと確信をもって言える。

この世界で生きる者達には災難だが、世界を創造した神が元より無責任なのだから諦めるしかない。神による天災は防ぎようがないのだから。

「貧弱貧弱貧弱ぅ～♪」

「しかも……なんかムカつく」

弄《もてあそ》ぶかのような緩めの攻撃を何度も繰り出すアルフィアと、そんな攻撃から必死で逃げるアクイラータ。

ジャバウォックとの戦闘の時とは逆の立場になっていた。

「かつての我であれば主ら四人でも対抗はできたであろうな。じゃが、今は違うぞ？」

「どういうことよ……」

「残りの二人が、この場に来ることはないということじゃ」

「そんなはずがないわ！　あんたが復活した以上、ウィンディアやガイラネスも存在を感知するはずよ。全員が揃《そろ》えばあんたとも…………って、まさか!?」

「気付いたようじゃな」

悪役令嬢ばりに不敵な笑みを浮かべるアルフィア。

まさに邪神そのものである。

対してアクイラータは心に余裕がなくなったばかりか、今置かれている状況が非常にまずいことを理解してしまう。

「そう……既に風のヤツは我に倒され、地のヤツは抵抗せずに管理権限を差し出したぞ？　つまりは我を縛りつける枷《かせ》の二つが外されておる」

「……逆ね、ガイラネスが最初に接触したんでしょ。あの子なら神という立場を真っ先に放棄するもの……。重度の怠け者だから」

「順番など気にする必要はあるまい。残るは主らだけなのじゃからな」

「クッ……」

確かにどちらが先に管理権限を奪われたかなど今さらである。

重要なのは、勝ち筋が全く見えない絶体絶命という現状をどう打破するかだ。

逃げようにも正体不明の空間が聖都中を覆い尽くし、外部に出ることすら叶わない始末。

聖域に逃げ込もうにも空間が遮断されてゲートが開かない。

「逃げられるとは思うでないぞ？　そのために主らの目を引きつける餌を用意したのじゃからな」

「餌って……あのドラゴンのことね！」

「ちょうどいい具合に主らを恨んでおったのでな、出てこざるを得ない程度の力を与えておいた。主らを信奉する信徒共では対処できなかったであろう？」

「その隙《すき》を狙って結界を張っていたのね」

「聖域に逃げられる可能性も考慮して、システムに干渉するウィルスも構築したのじゃが……これを使うと少々面倒事になりそうでな。簡単に引っかかってくれて助かったぞ」

「…………」

自分達を引っ張り出すために何重もの罠《わな》と手段を用意していたということらしい。

仮に聖域に逃げ込んだとしても、侵入する手段も用意していたことから、決して安全に逃げられるわけではなかったことも判明。

この状況に陥った時点で既に詰んでいたことになる。

「さて、そろそろケリをつけさせてもらおうかのぅ。主らの不始末のおかげで仕事が山積みじゃからな」

「そうはいかないのだぁ～～～～っ!!」

紅蓮《ぐれん》の炎をその身にまとい、音速に近い速度で瓦礫の中から飛び出してきたフレイレスは、勢いそのままにアルフィアに向けて近接戦を挑んだ。

炎の放出や熱では倒せないと判断したのか、肉弾戦を選んだようだ。

「うりゃりゃりゃりゃりゃりゃりゃりゃぁ～～～～～～～っ!!」

凄まじい速度で繰り出される拳や蹴り。

そのほとんどを倍以上の速度で、しかも片手だけであしらうアルフィア。

ぶつかり合う打撃音が響き渡るさまは、まるでどこかの格闘アニメのようである。

「にょほほ、なかなかに速い拳よのぅ。我でなければ見失ってしまうぞ？」

「その、どっかで聞いたセリフがムカつくのだぁ‼」

「怒ればパワーアップでもするのではないか？　スーパーとかゴッドとか……む？　神にゴッドが続くのはおかしいのぅ。同じ意味が二つ並ぶのは、『頭痛が痛い』のように文脈的に変じゃ」

「むむむ……アタシを馬鹿にしてぇ〜〜〜〜っ‼」

「実際に馬鹿じゃろ」

「むきぃ〜〜〜〜〜〜〜っ、真面目な顔で言うなっ‼」

全力で戦っているフレイレスをとことん煽《あお》る。

感情的になればなるほど突っ込んでくるので、その攻撃は単調で実に避《よ》けやすい。

それと同時にアクイラータの動きも気になる。

どうやら隙を窺《うかが》っているようだが、そもそもアルフィアには付け入るような隙はない。

しかも、もし同時攻撃の直撃を受けたとしても大したダメージにはならず、二柱を倒そうと思えば今すぐにでもできるだろう。

それを実行しない理由は、一応ではあるが彼女達が世界の根幹をなす属性の神であり、ただでさえ世界が不安定な状況下で自然を司《つかさど》る存在が消滅すれば、どのような影響が出るか分からないからだ。

正直に言えばこのような配下は要らないが、今現在においては消滅させるのは危険であり、代わりを用意する時間もないゆえの妥協だった。

そんな腹立たしい理由もあることなので、アルフィアは四神の二柱を逆らえないように、それはもう徹底的に叩《たた》き潰《つぶ》しておくことにする。

「さて……主らの出し物はもうないのか？　ないのであれば終局といこうかのぅ」

「ひっ⁉」

「くぅ……っ⁉」

急激に威圧感が増すと同時に、アルフィアの表情も無へと変貌した。

一切の感情というものが瞬時に消え、ただ役割を果たすためだけの機械のような無機質な表情だ。これが本来のアルフィアの人格なのだろう。

「伏せよ」

「「ガアッ⁉」」

下方向への重力が増大し、フレイレスとアクイラータは地上へと急速に引き寄せられ、逆らうこともできないまま地面へと叩きつけられる。

まるで拘束されたかのように身動きできない彼女達の傍《かたわ》らにアルフィアが静かに舞い降りると、まずはフレイレスを自身の正面に引き寄せ、右手を手刀のように伸ばして無造作に彼女の胸へと突き入れた。

「ヒギャァアアアアアアァァァァァッ‼」

フレイレスの絶叫が周囲に響き渡る。

根幹から何かが奪われていくような喪失感と痛みで意識を失いそうになるも、決して気を失うことができずその苦しみに苛《さいな》まれる。

その光景は、四神を信じ崇《あが》めていた人々にとって悪夢そのものだった。

わずかばかりの希望に縋《すが》る者達も、これが断罪であると嫌でも現実を突きつけられる。

「三つ目の管理権限を回収完了。次の回収に移行する……」

「ま、待ちなさい！　いいえ、待ってください!!　いや……神でなくなるのは………」

「安心せよ、管理権限はなくとも神のままじゃぞ？　まぁ、準従属神程度じゃがな。回収……実行」

「いやぁあああああああああああああぁぁぁぁぁっ!!」

アクイラータにとって神であることはステータスの一部であった。

自身の美貌とそれを崇め縋りつく矮小《わいしょう》な存在を見下し、永遠に続くかと思われる輝かしい栄光に酔いしれ、気まぐれに災厄を起こしては地上の者達の哀れな姿を見て喜悦する。

誰よりも自分中心でなくては気が済まず、高みから嘲《あざわら》笑う歪《ゆが》んだ愉悦感に浸り満足する。

高学歴高収入の旦那の財産を食い潰すクズ妻のような性格だ。

そんな彼女から神という権限が奪われれば何も残らないため、必死で抵抗するも相手が強すぎて話にならない。

意識が闇に落ちていく中、アクイラータはドラゴン退治に出てこなければよかったと後悔した。

「全マトリクスの回収を確認、コード転送――システムの統合を開始。フェイズを次の段階へと移行、本体機能の活性化を確認。神域へのアクセスを実行。プロテクト解除……これより神域のシステムとの同期を開始。カウントダウン……10……9……8……」

無機質な声で機械的に呟《つぶや》きながら、アルフィアは宇宙空間に存在している自分の本体との同調を開始し、封印されていた権限を次々と解除していった。

完全体となった以上、雑事は既に思考領域の片隅にすら残されておらず、定められたシステムへの接続と掌握に集中する。

地上に分離されたアルフィアの分体もその影響を受けてか、リンクした状況で流れ出てくる膨大な情報の処理で人格がフリーズしていた。

そして、この次元世界の管理権限が書き換えられていく。

「神域へのゲート開放、本体の侵入と同時にアクセスコードの解析を開始……プロテクト解除。次元領域中枢管理機構【セフィロトシステム】、ならびに星域生態系中枢管理機構【クリフォトシステム】への同期を開始。セキュリティを第十位深層域から第八位深層域まで解除、領域接続に移行します。神域、並びに聖域へのゲート開放。サブ端末にアクセスを開始……」

生き延びた人間達は今なにが起きているのか理解していない。

分かっていることは絶対存在である四神が敗北したという事実だけである。

この日より四神教の崩壊が始まった。

後に【四邪神の断罪】として聖典に記されることになるのだが、それはまた別の話である。

◇　◇　◇　◇　◇　◇

場所は変わって、世界の外側にある領域――神々が言うところのサブ制御室。

ルシフェルさんは忙しかった。

世界を構築している、複雑怪奇に組まれた根源のプログラム。

世界の中心とも言うべき領域へと踏み込むには、数えるのが馬鹿らしいほどのセキュリティプロテクトを解除せねばならず、そのプロテクトも恐ろしく精緻に構築されているので簡単には進まない。

いくつかのプロテクトの解除に成功したが、それだけで心が挫《くじ》けそうになる。

いや、挫けるどころか折れそうだった。

彼女の上司が管理する世界であれば神域のシステム管理はある程度は可能なのだが、この崩壊間近の異世界では基本システムが根本から異なっており、プロテクト解除作業は難航していた。

更に言うともう一つ問題がある。

「あ～～～～っ、手が足りない!! それにあいつらぁ～～っ、さっさと元の世界に帰るなんて薄情よぉ!!」

そう、ルシフェルと同様に別世界から送り込まれた神々、プロト・ゼロ、ヴェルサシス、ソウラスの三柱は、自分達の担当する世界で緊急事態が発生したために一時帰還してしまったのだ。

残されたのは中間管理職のルシフェルだけであり、それを不憫《ふびん》に思った三柱は助手として大勢の天使達を送り込んできたのだが、それでも作業は一向に進まない。

『分かってる……分かっているのよ。天使達は何も悪くないわ、だって凄《すご》く優秀なんだもの。でも……それでも……』

いくら優秀な天使達でも、情報処理能力は守護竜《プロト・ゼロ》や観測者《ソウラス》の分体に比べて遥かに低く、この世界の複雑怪奇化した管理システムへの介入は難しかった。

天使達の役割は、もはやルシフェルが寂しくないよう相手をするだけの価値しかない状況である。

頑張っても報われない現場がここにあった。

そんな矢先に異変が起こる。

「こ、これは……。ルシフェル様、セキュリティロックが第十位深層域から第八位深層域まで解除されていきます。それと、管理システムのデータが何者かと同期して……」

「キタ――――――ッ!! (≧▽≦)」

「ルシフェル様の表情が顔文字にっ!?」

「待って……あっ、神域へのゲートが開いてる!? これって……」

「強大な高次元エネルギー体が神域への侵入を開始、第十……第九区画……速い、止められません!! 第七区画……なおも降下中!!」

「パターン青、【観測者】です!!」

「そんな……全てのプロテクトがこんなに簡単に……。我々の苦労っていったい……」

観測者が復帰しない間、彼女達も必死に介入を試みていた。

なにしろ次元崩壊を引き起こされてしまえば、この世界の外側に連立する自分達の世界も巻き込まれてしまうため、誰もが介入に必死だったのだ。

あまりにもシステムが強固すぎて絶望した天使や、泣きながら作業に従事していた者達が歓喜の色に包まれる。そう、『もうこんな作業を続けなくていいんだ』と……。

なんの成果も出せない無駄な努力を延々と続けていたのだから、喜びもひとしおである。

「【セフィロトシステム】からのデータリンクが開始されました！」

「【クリフォトシステム】もです！ あっ……不具合の洗い出しも始まってる!?」

「同時進行だとぉ!?」

「嘘だろ、こんなのウチの創造主様でも無理だぞ!? なんで封印なんてしやがったんだよ、むちゃくちゃ優秀なお方じゃねぇか!!」

「ルン、タラッタァ～ラッタッタタァ～～～ッ♡」

「ルシフェル様が喜びのあまりダンシングを始めたぁ!?　誰か、衛生兵を呼べぇ、衛生兵!!」

「データを呼び出せ、進行状況の確認だ!!　忙しくなるぞ！」

プロテクトが解除されたことで、やっとシステムの修正作業を始めることができる。

なにしろ正当な管理者が加わったのだから作業は加速度的に進むであろう。

腕の見せどころはこれからなのだ。

「観測者が神域の深層領域へ到達しました。マニュアル操作に切り替えることができます」

「抗体の魂魄《こんぱく》データをリストアップしろ。各世界への選別作業を最優先だ」

「人数が多すぎる。隣接世界のデータと照らし合わせる必要があるな。バグ取りは？」

「同時進行でいくわ。私の担当ね……」

「惑星環境管理用の【ユグドラシル】システムから確認っと………。繋《つな》がった――って、んおっ!?　だいぶ虫食いだぞ。よくもまぁ、こんな状態で放置されてたもんだ」

「長かった………ほんとに長かったの……。何の進展もないし人手もない。それなのに上司は嫌がらせなのか、役立たずな人材ばかりをサポート要員として送り込んでくるし……。初期のメンツは帰っちゃったし……」

「今度はルシフェル様が泣きだしたわ。誰か、優しく慰めてあげてぇ！」

「最終ロックの解除を確認、サブ制御室のコントロールをメイン制御室と同期させろ。急げ！」

サブ制御室のコントロールが円滑になり始め、天使達の動きは慌ただしくなっていく。

モニターに映し出された凍結中のメイン制御室には、金色に輝く高次元エネルギー体の姿が確認され、それに連動してこの次元世界の根幹となるシステムのロック全てが解放される。

尋常ではない高密度情報が超高速で処理されていた。

「ん～……やはりこの惑星が特異点になりかけていたな。ギリで間に合った」

「危ないところだったわ。けど、このバグ取りは……かなり厄介そう」

「複数の異世界情報がユグドラシルシステムを侵食しているからな。一度でも繋がった世界のデータ全てと照らし合わせる必要がある」

「変質しているのはどうするの？　これを解きほぐすのは私達では難しいんだけど」

『それは我が行おう。その前に……皆の者、ご苦労であったな。我が名は【アルフィア・メーガス】。この世界の後継観測者である。此度《こたび》は我が創造主の不始末のせいで不快な思いをさせてしまい、各世界の神々に深く謝罪させていただく。それと支援に感謝を』

アルフィアの突然の介入に少々驚いたが、天使達は手を止めることなく作業をし続けながら彼女の謝罪と礼の言葉を受け入れる。

『話を続けるが、全システムを掌握したところ、やはり特異点となっているこの惑星を元の状態に戻すことが先決となる。他の星系に異常が出ていなかったことは幸いじゃな。しかしながら、そのぶん面倒な事態になっている。ユグドラシルシステムを正常化するのはいささか困難じゃが、アカシックレコードとリンクして抗体が召喚された世界のデータと照らし合わせることで、ある程度の変質化した情報パターンを割り出せた。これに基づき楽な箇所からの調整を優先し、複雑怪奇に混線して絡みつく異界のデータを解きほぐしていくことになる。幾重にも固結びされて雁字搦《がんじがら》めになったロープを解くのに等しい作業じゃが、どうか力を貸してもらいたい』

「既に始めています。いやいや、これって地上で回収した異世界人の魂魄から得られた情報でしょ？　これがあるだけでも作業が楽になりますよ」

「この訳の分からないプログラムは変質した箇所ね。できれば抗体プログラムの情報も欲しいわね。そのあたりの段取りは？」

「各世界と連絡を取っている。情報もこちらに送られてきているから、今から全員と共有するぞ」

「了解……きたきた♪　これで作業時間も短縮されるわ」

「こりゃ、故郷でも歴史修正が大変だな。時間を逆行するけど影響がどれくらいになるか……。大幅な歴史修正になったら過労で倒れるぞ」

勇者の魂を回収しただけで作業は終わりではない。

その魂にはこの世界で異常事態が起きたときに、その異常を物理的に排除するプログラムが組み込まれており、元の世界に送り返すにはプログラムそのものを除去しなくてはならない。

しかも調整せずにそのまま刻み込まれたため、勇者が死んだ後もこの世界に留まり続け、管理システムにまで影響を及ぼしてしまうバグと化した。

しかも召喚された世界の洗い出しや、それに伴う時間軸の影響などを考えると、問題はこの世界のみならず、他の世界にまで影響を及ぼす大惨事だということだ。

人一人が消えたところで世界の辿《たど》る歴史にさほど影響は及ばないが、大量に召喚されていった世界では下手をすると歴史そのものが変化してしまい、送還された時点で辿った未来の歴史が根幹から変わってしまう可能性もある。

なにしろ召喚された勇者のリストの中には、世界そのものを変えてしまいかねないような天才が何人も確認されたからだ。

世界線の分岐が各世界でいくつも増えることになるだろう。

『世界線の分岐がいくつか生じるであろうな』

「まぁ、そこは別にかまわないんですがね。向こうでも回収した魂魄の受け入れ作業が大変だろうなぁ～と……」

「こちらで肉体が完全に消失してますからね。生体データをもとに肉体を再構築して、そこに魂魄を定着させてから時間逆行し、そこからの流れを観測……。その人物の才覚にもよりますが、影響次第では歴史が大きく変わりますよ。問題のありそうな人間のデータは？」

「回収者リストを覗《のぞ》いてみましょう。あっ、この人は独裁者になりそう。かなり危険な思考を持ってるわね、元の世界に戻してもいいのかしら？」

「こっちはマッド・サイエンティストだ。げっ、サイコパスな天才殺人鬼!?」

「ちょ、こいつ……化学分野ではとんでもないぞ。しかも全人類幼女化計画なんてもんを学生の頃から企《たくら》んでやがる。蘇生させていいのかよ!?」

『どこの異界でも人の業が深いのぅ……』

召喚された勇者の中には厄介な人材が一定数紛れ込んでいたようである。

そんな人材が元の世界に戻ったとき、その世界で辿る歴史的な影響がどれほどになるのか、こればかりはアルフィアが関知するところではない。

危険人物を再生させるかどうかはそれぞれの世界の神々が判断することである。

『さて、我が本体はここを動けぬし、地上の分体を再起動させるか。ユグドラシルの調整も、地上からやったほうが効率的じゃしな。多少処理速度が落ちるが許容範囲よ。あと四神の始末もじゃが……これはいつでもできるじゃろう』

ユグドラシルシステム全体に影響を及ぼす悪質なウィルス除去を開始すると同時に、次元すら超える思念波を送り、地上にいるアルフィアの分体の再起動を図る。

そして場面は再び地上へと移る。

◇　◇　◇　◇　◇　◇

四神（-2）VS.ジャバウォック&邪神ちゃんの激しい戦闘によって、聖都【マハ・ルタート】は見渡す限り廃墟《はいきょ》と化していた。

生き延びた人々は瓦礫の下敷きとなった生存者の救出に当たり、助けられた者達の治療を神官達が行っていたが、被害が大きすぎて人手が足りていない。

特に酷いのが行政区で、ジャバウォックの全方位レーザーや二神の攻撃に晒《さら》されほとんど更地《さらち》になっており、政治の中心となっていた旧大神殿も完全に崩壊している。

メーティス聖法神国は既に国として機能していなかった。

そんな廃墟の中心で再起動したアルフィア《邪神ちゃん》の分体は、足元に転がるフレイレスやアクイラータの姿を目に留めると、無言で思いっきり蹴り飛ばした。

「ふむ……少々派手にやりすぎたかのぅ？　これでもかなり手を抜いたのじゃが」

おそらく大勢の命がアルフィアと二神との戦闘に巻き込まれ、理不尽にもその命が失われたであろうが、この邪神ちゃんは全く気にしていなかった。

彼女から見れば命とは円環の中で輪廻転生《りんねてんせい》を繰り返し、やがては自分達と同等の存在へと昇り詰めるための種《たね》というような認識を持っており、ひと時の死など次に生まれ変わるための眠りとしか思っていない。

夜に眠り朝に目覚めるという、ごく当たり前な日常の感覚なのだ。

千や万の人々が死ぬことになろうが、彼女の認識を変えることはできない。

そもそも見ている世界が人間とは全く異なるものなのだから。

「なんじゃ？」

廃墟の中心に立つ彼女の元に、生き延びた多くの怪我人や神官達がまるで幽鬼のごとく近づいてくる。

彼らの顔からは一様に畏れと後悔、それとわずかながらの望みのようなものが感じ取れた。

「おぉ……神よ…………。お怒りをお鎮めください…………」

「私どもの罪を……お許しを…………」

「す、全ては……邪神の教義に踊らされた我らの不徳……」

「邪神……のぅ。うぬらは我を邪神と決めつけ、きゃつらと共に我の存在を疎んでいたのではなかったか？　今さらであろう」

「そ、それは……」

「まぁ、それは別にかまわん。そもそも我はうぬらの信仰とは何の関係もないしのぅ。地上で蠢《うごめ》く小虫が騒いでいたところでどうでもよい」

彼らとしてはとりあえずの懺悔《ざんげ》をし、望みの薄い慈悲を乞いに来たのであろう。

だが、アルフィアにとってそんなものはどうでもよかった。

命というものには価値があるが、物質世界に生まれ生きることにはさほど価値を感じていない。

人の営みなど無限の時間の中で繰り返される現象に過ぎないのだから。

重要なのは魂魄の質なのだ。

「我に縋り祈りを捧《ささ》げたところで何になる。慈悲を乞うてどうする気じゃ？　人の作り出した教義などに我は何の価値も見いだせぬわ」

「そんな……では、神とは……。神とはいったい何なのですかぁ！」

「少なくとも、うぬらの生み出し信じる神など、ただの幻想よ。我はうぬらに施そうとは思わぬし、救いを与えようなどとも考えぬ。何も求めてはおらぬし、期待すらしていないぞ？　我はただ世界を管理し、見つめ、記録し続けるのみの存在に過ぎぬ。そのような存在に縋りついても意味などなかろう？」

情け容赦ない神からの拒絶。

超越した存在から見れば人間の信仰などに応えるつもりは更々なく、縋りつき何かにつけて見返りを求めることに対し、『こいつら、なんでこんなに愚かなの？　助けるわけねぇじゃん』と無視し続けるだけの存在だ。

縋りついてくる暇があるなら、自らの意思で行動し合理的な社会体制を築く努力をしたほうがよいのではないかとすら思う。むしろそちらの方が好ましい。

その過程で多くの魂が鍛えられ、高位の次元にまで昇華するのであれば、物質世界での雑事にも意味があるものとなる。自然現象により発生する災害や、社会体制や宗教上の対立など、結果さえ出れば辿る過程などどうでもいいのだ。

「……げ、幻想……。神が？　では、我らは何のために……」

「幻想を現実に置き据え、信仰という名目のもとにうぬらの都合のよい社会体制を維持するための道具じゃな。それが間違っておるとは言わぬぞ？　一つの社会を維持することに対して、信仰を利用するのは正しい行為でもある。うぬらに必要であるというだけで、我にはあずかり知らぬことじゃ。そもそも神と呼ばれる者達の大半は、たかだか知性を持っただけの生物を優遇することはない」

「では……我らを導いてはくださらぬと？」

「しつこいのぅ、少なくとも我の役割ではない。なにゆえにうぬらを導かねばならぬのじゃ？　人の生など、長き時の流れから見れば刹那《せつな》に燃える一瞬の灯火に過ぎぬわ。導く意味が分からぬ」

神という存在を信じ崇《あが》めてきた者達からすれば、超常的な存在の考えなど理解できないだろう。命に対しては平等だが優遇することはない。

アルフィアを神として崇めるより、まだ四神を崇めていたほうがこういった者達にとっては都合がいいともいえる。

正真正銘の神に縋りついたところで何の見返りもないのだから。

「我にとって命に優劣はないが、特別に優遇する存在なぞありえぬぞ？　全てにおいて平等ゆえに差別もなく、全ては自由なる意思のもとに黙認しておる。それでもうぬらが救いを求めるのであれば、それは今まで築き上げてきた社会に問題があるということじゃろ。都合のよいものは受け入れ、邪魔なものは否定し、あるいは貶《おとし》めて現在に至っておるだけのことじゃ。その結果で滅びるのであれば自業自得じゃな」

「四神を信じた結果が今のこの状態だということですか………」

「いや、今回に限って言えば大本の原因は創造神じゃ。じゃが、それをより悪化させたのがうぬらの行いよ。何の知識もなく、関係もない異界の者達を利用するためだけに無作為に呼び込み、その挙げ句に世界を自らの手で滅ぼしかけおった。その行いを疑問に思わなかったばかりか、恥知らずにも特権と称して幾度となく繰り返したのぅ？　直接手は下さぬとも容認はしておったな。言い逃れなど許されぬ。それこそがうぬらの罪よ。代償なくして異界からの召喚が可能だと本気で思っておったのか？　しかも送還もせずに裏で殺してきたじゃろぅが。逆に聞くが、そんな愚か者達に救いがあると思うのか？」

神の教えとやらを名目に今までの行いが明るみに出され、四神教を国教としてきたメーティス聖法神国の栄華は地に落ち、今やただの犯罪者集団にまでなり下がった。

新たな神から放たれた数々の言葉によって誰もが理解する。

この国はもう終わりなのだと。

「もう、ここにおる意味もないな。為《な》すべきことはまだあとに控えておる。そろそろ行くとするか……」

「お待ちください！　お慈悲を……我らをお救いくだされ、神よ!!」

「知らぬ。言ったであろう？　我は人間を特別優遇するつもりはないとな。自分達の不始末くらい、自分達でなんとかせい。何も知らぬ童《わらわ》でもないのじゃから、自らで何をすべきかを考えることくらいできるじゃろ。なぜに我がうぬらの尻ぬぐいをせねばならぬのじゃ、迷惑千万なことよ」

最後まで縋りつく人々を無視し、アルフィアは金色の翼をはためかせ、天高く舞い上がる。

誰もが空へと手を伸ばすが、その姿は無慈悲に目の前から去っていく。

咎人《とがびと》である彼らに、救いは与えられなかった。

第二話　おっさんは帰路につき、世界は再生が始まる

アンフォラ関門を落とした獣人族は酒盛りを開いていた。

酔っ払いとはどこの世界でも始末が悪く、イサラス王国の諜報員《ちょうほう》であるザザが不運にも絡まれ、無理やり酒を飲まされ続けた結果、彼は速攻で酔い潰《つぶ》されていた。

それだけ獣人達は勝利の美酒に文字通り酔い浮かれていたのだが、思っていたほど常駐していた兵士が強くなく欲求不満になっていた者達は、彼らの文化とも言うべき肉体言語で語り合っていた。

そう、所謂《いわゆる》喧嘩《けんか》祭りである。

「……ねぇ、ブロス君や。アレは止めなくていいのかい？」

「止める？　喧嘩祭りを？　なんで？」

「今さらだろ、ゼロスさん……。アレが日常だということは充分に理解してるだろうに……。つーか、止めに入ったら今度は俺達が狙われる。それでも止めたきゃ一人でやってくれ」

「スポーツ感覚で流血すらしかねない殴り合いを嬉々《きき》としてやってる彼らって……。野蛮とか暴力主義とか、そういった言葉の領域超えててね？」

「肉体言語至上主義だからねぇ〜、みんな♪」

「『この文化に染まっているお前も問題だぞ？』」

老若男女問わず参加し、抉《えぐ》り込むようなパンチの応酬やサブミッション、更には流れるような寝技を交互に仕掛けては外しを繰り返す。

武器を持ち出さないだけ良心的だが、戦勝するたびにこれでは、やがて怪我人だらけの集団になる可能性が高く、戦うべきときに怪我で戦えないことにでもなれば目も当てられない。

そんなバイオレンスな日常も、長く行動を共にしていると当たり前のことと認識してしまうのだから不思議だ。慣れとは恐ろしいものである。

「……まさかとは思うけど、獣人族が奴隷にされたのはこの文化が浸透していたからじゃないのかい？　喧嘩祭りで疲弊したところへ襲撃を受けて捕縛されたとか……」

「いやいや、ゼロスさん……。いくらなんでも、それはないと思うぞ？」

「それがね、一部の部族がその理由で捕まっちゃってるんだよね。逃げ切った人から事情を聞いたらさ、『昨晩、喧嘩祭りなんてするんじゃなかった……。怪我さえなければあんな奴ら……』って悔しがってたよ」

「『マジかよ……』」

「あと、『加減せずに本気でぶちのめしていれば、あいつに勝ちを譲ることもなかったのに……』って、友人を失って辛《つら》そうだったね」

『『それ、単に勝負に負けたことが悔しかっただけじゃね？』』

何かにつけて拳で語り合うせいか、それが原因で取り返しのつかない事態を招いていたようだ。

それでも止められない喧嘩祭り。

血の気が多すぎるにも程がある。

「ま、まぁ……なんにしてもアンフォラ関門は落とせたし、僕達の役目も終わりだねぇ」

「もしかして帰るの？」

「アド君も奥さんと子供の様子が気になるだろうし、僕もさすがに家を留守にしっ放しにはできないよ。ヤバいものが置いてあるからさ」

「……下手に盗まれでもしたら確かにヤバいよな」

「ゼロスさんも相変わらずだね。何を作ったのかはあえて聞かないけど、ほどほどにしておきなよ？」

「ブロス君にだけは言われたくないねぇ」

こうして三人揃《そろ》って語り合うのも、もうすぐ終わりである。

ブロスはこれから獣人族の解放のために動き、ゼロスやアドはまたいつもの日常に戻るため、ソリステア魔法王国へと帰ることになる。

色々やらかしたが、こうして知人との別れの時が来ると思うと、さすがのおっさんも少々寂しさを感じた。

「あははは、まぁ今夜は無礼講だし楽しめばいいよ。それで、いつ頃帰る予定なのさ」

「あ～……俺的には明日にでも帰りたい。娘のことが心配だからな」

「あれ、ユイさんのことはいいのかい？」

「ゼロスさん……。ユイが、あいつが……俺が数日ほど家を空けたくらいでどうにかなるとでも？むしろ浮気したかどうか気になって毎晩包丁を研いでるだろうさ」

「あ〜……別の意味でどうにかなっちゃうのか。いつも通りというべきか、奥さんが重度のヤンデレだと大変だねぇ」

「アドさんの奥さんが怖いんだけど……」

「朝起きたらベッドに縛りつけられ、監禁状態になっていた怖さが理解できるか？」

アドの日常は想像以上にサイコサスペンスだった。

奥さんの愛は空間が歪《ゆが》むほどに重い。

「ん〜……でもそっか、帰るならお土産でも贈ろうかな」

「『お土産？』」

「うん、これ」

ブロスがそう言いながら、インベントリーから無造作に取り出した美術品の数々を並べる。

なんだかよく分からない絵柄の描かれた壺《つぼ》や、金の額縁に収められたデンジャラスな絵画、モザイク必須の卑猥《ひわい》なポージングをした金ぴかの裸婦像。

貰《もら》っても嬉《うれ》しくない悪趣味極まりない品々を見て、アドとゼロスは頭を抱えたくなった。

「……なぁ、お前……お土産と称して俺達に不用品を押しつける気だろ」

「貰っても嬉しくないよねぇ、コレ……。どこから持ってきたんだい？」

「いやぁ〜、さっき残敵掃討中に隠し通路を発見してさ。そこを探索してたら知らないおっさんの死体と、無造作に放置された悪趣味な美術品を見つけてね……」

「あれか？　やばくなって逃げだしたお偉いさんが部下に裏切られたとか……？」

「その可能性は高いんじゃないかい？　そんでかさばらない金目のものを奪われて、邪魔になるようなものを捨てていったと。よほど無能な上官だったのかねぇ～……」

「それで回収できた戦利品がコレなんだけど、扱いに困ってさ……」

「『そりゃ困るだろ……。誰も要らんわ、こんなもん』」

やたら金彩色の激しい壺や花瓶などは置き場所によっては映えるかもしれないが、複数点ある絵画は落書きレベルか無駄に官能的なものが多く、とても芸術性があるとは思えない。

こんなものを好んで集めるような人物なんて、よほど品性下劣で悪趣味な成金志向の高い性格であろうことが想像でき、そんな上司の下で働かされていたとなると、兵士でなくても裏切りたくなるというものだ。

「……絵画などは売るにしても足がつくからねぇ、加工しやすい宝石類だけ持ち逃げしたってことかな」

「だろうな。売るにしても困るだろ、こんな下品な代物……」

「僕も要らない。どう処分しようかな……」

「う～ん……金箔《きんぱく》なら魔導錬成で剥《は》ぎ取れると思うけど、そもそも額縁とかに使われているのは金なのかねぇ？　真鍮《しんちゅう》の可能性もあるんじゃないかい」

「絵画は燃やしてもいいんじゃないか？　これって子供の落書きにしか見えん」

「貴金属が採れたとしても、ここじゃ使い道がないんだよね。ゼロスさん達に全部あげるよ」

『『こ、こいつ……全部丸投げする気だ』』

獣人族に芸術の文化はなく、ブロスもまたそういった分野に興味は湧かず、金などの鉱物は手に入れたところで必要のない邪魔なゴミだった。

金属を使用している箇所だけでも、溶かすなり剥ぎ取るなどの案が浮かぶゼロス達の方が有効活用してくれると判断し、全てを贈呈することにしたようだ。

当然だが、手間をかけずに処分するという目的も含まれている。

「とりあえず、魔導錬成でもしてみるかい？」

「そうだな。魔導錬成の【分離】で素材を分けることができたら、リサイクル可能という証明にもなる。ものは試しで挑戦してみるか」

さっそく魔導錬成を始める二人。

幸いと言うべきか、絵画の額縁や石膏《せっこう》像に張られた金箔はどれも本物の金で、黄金の水差しやら毛抜きなどの日用品などからも金を分離抽出することができた。

また、絵画に使われている絵の具からは、油成分が分離してしまったものの、アズライトやマラカイト、ラピスラズリなどの微粉末も採取できた。

「地球でも絵の具の顔料として使われてたけど、この世界だと魔法薬の材料にもなるんだよな……。健康に害はないのか？」

「魔物の魔石に含まれる結晶化した体液成分が、鉱物の毒性を無害化するみたいなんだよねぇ。地球には存在しなかった元素もあるし、物質同士による化学反応がどうなっているんだか、謎が多すぎる。カノンさんがいたら喜びそうな研究テーマだよ」

「あの人、魔法薬の精製に命かけてたからなぁ～。新薬実験と称してＰＫ職の捕縛に駆り出されたよ。僕もドン引きする酷《ひど》い実験だったたなぁ……」

「ブロスもか……。俺も最上級ポーションの無償提供を条件に捕縛依頼を引き受けたが、アレは酷い。人間のやることじゃねぇよ」

「ハッハッハ、ＰＫ職に人権なんてないよ。僕も対人戦闘用の魔法を作ったときに、よくＰＫ職さんのお世話になったもんさ。みんな快く引き受けてくれたねぇ」

『快くって……最初から選択肢がないだろ』

利用できるものは人間ですら利用する。

それが殲滅者《せんめつしゃ》であった。

特に訳ありケモミミ化グッズや効力不明のヤバい魔法薬、必ず自爆する武器や防具などなど、誰かが確かめなければ効果が判別できないようなものは、ＰＫ職に無理やり検証に協力してもらっていた。

当然ゼロスもＰＫ職を被検体に実験や検証をしていたが、せいぜい開発した魔法の的にする程度だったので、被検体のトラウマレベルは他の殲滅者達に比べれば可愛《かわい》いものだった。

だが、それはあくまで殲滅者達の中ではまともな部類に入る程度のもの。

そもそも殲滅者は規格外におかしな存在であり、結局は類友《るいとも》なのだ。

【黒の殲滅者《ゼロス》】は別名【殲滅者の良心】などと言われていたが、捕まったら生殺与奪の権利を握られていることに変わりない。

「しかし……随分と金が使われていたねぇ。この水差しも純金製の本物だし、金持ちはどうして金ぴかに惹《ひ》かれるのか……」

「黄金像は粉々にしたんだね」

「あんなのを持っていたら普通に公然猥褻《わいせつ》罪だろ。誰が作ったんだか知らないが、粉々に粉砕しておいたほうがいい代物だ。子供の教育にもよろしくないしな」

「権力に溺れていた人間って、金《かね》と名声と性欲以外に興味を引かれるものがないのかねぇ？　心を満たせるものが欲望以外にないなんて、人生を損しているとしか思えないんだが……」

「健全な趣味でも持てばいいのに。ケモミミとか、ケモミミとか、ケモミミ……」

「ケモミミはともかく、親から受け継いだ地位にしがみつく奴なんて、元から心が歪んでいるもんだろ。少なくともコレの持ち主は、健全とは程遠い印象を俺は受けたけどな」

色々と権力者に偏見を持つ三人。

もちろんそんな権力者ばかりではないのだが、真っ当な思考の貴族はメーティス聖法神国では生きづらい。

汚職を告発したところで揉《も》み消され、それどころか場合によっては命を狙われることや、無実の罪で異端審問官に処刑されるなど、政治も宗教も腐りきっていた。

そういった腐敗が辺境にまで及んでいるとなると、ゼロスが思っているよりも早くメーティス聖法神国の破滅が訪れそうな気がしていた。

「………ねぇ、ブロス君」

「なに？」

「カルマール要塞《ようさい》の指揮官は、攻め込んだときにはすでに撤退してたって言ってたよね？　捕虜を解放したりしていたし、冷静な決断のできる人物だよねぇ」

「カルマール要塞にいた奴隷商人は尻尾を巻いて逃げたなんて言ってたけど、僕もゼロスさんが言うように相当なやり手だと感じたね。人間像が知りたくて執務室を調べたら、アンフォラ関門の高官室に比べてかなり質素だったから、仕事に私情は挟まない質実剛健な人物じゃないかな」

「カルマール要塞は、戦況を見極められる有能な者が指揮官だったたってことだねぇ。対してアンフォラ関門はこんなものを持ち込む俗物が指揮官」

「あれだな。もしカルマール要塞の指揮官がアンフォラ関門にいたら、こんなに早く決着はついてなかっただろうな」

「戦いには勝っただろうけど、たぶん獣人側にも大勢の死傷者が出たと思うよ。部下の犠牲を避けるために撤退しただけで、もし追いついていたら苦戦は免れなかっただろうね」

獣人族側は兵数において勝ってはいるものの統率されているわけではなく、面倒な民族の性質があるため、ブロス自身が前に出て戦うことができない状況にあった。

勢い任せの万歳突撃である。

対してメーティス聖法神国側は、少なくとも戦況を冷静に見極められる指揮官がいたことは確かで、そんな人物が用兵において指揮能力が低いはずがない。

ゼロス達の先制砲撃も乱戦下では使えないことを見抜かれる可能性は高く、そんな指揮官がアンフォラ関門戦に参加していれば苦戦は免れなかっただろう。

なにしろゼロス達は表立っての参戦はできず、ブロスも獣人族に配慮して、自らが中心となって戦う戦術を控えていた。

統率された軍と勢い任せの集団が真正面からぶつかることになれば、損耗率は著しく跳ね上がるわけで、これほど簡単に勝てることはなかっただろう。

「……カルマール要塞の指揮官、なんで参戦しなかったんだろうな？」

「そりゃぁ〜、最前線の要所にこんな悪趣味な私物を持ち込む指揮官だよ？　どう考えても対立関係にあったと思わないかい？」

「あ〜、なるほどな。部下を使い捨ての駒と考える成金趣味の指揮官と、戦場をよく知る人望篤《あつ》い有能な指揮官とじゃ意見が合わないか。そもそもカルマール要塞の放棄を真っ先に考えたんだから、アンフォラ関門に留《とど》まって防衛戦なんてするわけないしな。それどころかアンフォラ関門からすぐに追い出されたんじゃないか？」

「獣人族の追跡を恐れて、すぐにアンフォラ関門を離れたのかもしれない。ブロス君の存在を警戒していただろうしねぇ」

「……それって、間接的に僕達が助けられたってことにならないかな？　あの子達はその有能な指揮官の存在を知らないまま、今に至るわけだし」

「「……あっ、たしかに」」

有能な指揮官が参戦しなかったことが知られれば、間違いなく獣人族は手加減されたような気がして素直に喜べないだろう。最悪、雑魚の相手をさせられたと怒りに任せてメーティス聖法神国へと突撃しかねない。

だが幸いにして、彼らは現在、派手に喧嘩祭り状態で勝利を祝っていた。

『『『よし、黙っていることにしよう』』』

即行で三人の心は決まった。

これから連れ去られた仲間を助けるという戦いが控えている以上、余計なことで戦力を減らすような危険を冒させるわけにはいかない。

知らないことが幸せ、ということもあるのだ。

「ほんと、面倒な民族性だよねぇ」

「僕の苦労、分かってくれて嬉しいよ……」

「ブロスには別の苦労も控えているようだけどな」

「「えっ？」」

アドの呟《つぶや》きで振り返るおっさんとブロス。

彼の視線の先には、奥様集団が夜の戦闘準備万全の状態で控えていた。

「旦那様、その……今夜は私が最初です」

「今夜も張り切って子づくりしよう！」

「あんまり戦ってないんだから、まだまだ元気だよね♡」

「アンタ達、旦那を連れていくわよ」

「「「「ハァ～～～イ♡」」」」

戦いの渦中にいる獣人族の男女は、命の危険が常に付きまとう戦場の空気に中《あ》てられ、生存本能から種を残そうとする感情を抑制することができずにいた。

そんな奥様方を相手に、これからブロスは別の戦いに挑むことになる。

「い、嫌だ……。もう搾り取られるのは嫌だぁ～～～～～っ!!」

ドナドナされていくブロスの姿に哀愁と憐《あわ》れみを感じるおっさんとアド。

「奥様が三十人以上いると大変だねぇ」

「助けようとは思わないんだな」

「むやみに人様の家庭事情に首を突っ込んじゃ駄目だよ。馬に蹴られるどころか、本当にマシンガンのごとく繰り出されるキックをお見舞いされるからね」

「実際にやりそうだよな」

幸運を祈りながらアドと共に敬礼してブロスが連れていかれるのを見送るゼロス。

せめてローテーションでも組んであげればブロスも少しは楽になるだろうが、残念なことに獣人族の女性達は肉食だ。性欲に抑制が利かない。

哀れなブロス君は今宵《こよい》も美味《おい》しく食べられる運命だった。

「……行ったな」

「僕達も休もうか。ここに立っているだけで、獣人族の皆さんから勝負を吹っかけられそうだしねぇ」

「それ、遅かったみたいだぞ」

「…………えっ」

血の気の多い獣人達から熱い視線が向けられている。

殺気を含む闘志をビンビンに感じ取れるほどに彼らは本気のようで、逃げ道はなさそうだった。

断ったところで諦めず勝負を仕掛けてくるため、ゼロス達側が折れるしかない。

体力的には問題ないが、喧嘩を好きこのんで始めようとする獣人達に辟易《へきえき》しつつ、諦めの感情と精神的な疲労の込められた長い溜息《ためいき》を吐《つ》いた。

ほどなくして二対多数の殴り合いが開始されたのであった。

◇　◇　◇　◇　◇　◇　◇

完全復活を遂げた邪神ちゃんことアルフィアの分身は、ようやく本来の役割が果たせるようになり、二神を粛清後、南の大陸に来ていた。

惑星環境管理システムの端末でもある世界樹、【ユグドラシル】。

高次元と連結したアルフィアの本体から流れるエネルギーは、現在この世界樹へと送られており、魔力枯渇によって死滅した惑星の半球を再生させるべく膨大な魔力を生成している。

世界樹の周囲を障壁で囲むことにより、溜《た》め込まれた魔力は現在飽和状態になり始め、今にも障壁を破り世界へ拡散しそうな勢いだ。

『ふむ……魔力生命体は生まれておらぬようじゃな。ユグドラシルが調整しておるのか。地脈の根にも魔力が送り込まれておるようじゃし、この分であれば死滅していた海も生命の活性化が始まっておろう。そろそろこの障壁も破れる頃合いじゃな』

ユグドラシルの魔力生成量は膨大で、その影響は周囲の土地にも目に見える形で表れている。

本来であれば数千年の時間を掛けて成長するような大木が異常なまでの繁殖力で広大な森林地帯を作り、枯れ果てていた大地には急速な成長による代謝作用によって落ち葉が層をなすほど積もり、高濃度の濃霧が障壁の内側に充満し、その湿り気を帯びた大気によって爆発的に繁殖した菌類が落ち葉を分解して肥えた土に変え、そこに生え並んだたくさんの巨大キノコを、その身に膨大な魔力を受け異常成長した生物達が餌として食べていた。

少し前までは荒涼とした大地が広がっていたのに、今では太古の森が急速に再生拡大している。

しかし、このままではいけない。

「植物や菌類の成長が早いわりに、全体の再生サイクルの仕上がりが完全とは程遠いのぅ。草食系や昆虫系の生物が多すぎるし、なにより巨大化しておるわ。これはいかん」

かつての荒涼とした大地に生息していた生物は、わずかな餌だけで生きる小さな昆虫と、それを捕食する小動物だ。肉食獣も生息していたが全て小型種のみであった。

それが異常成長により様々な種類に分派したとはいえ、爆発的繁殖を繰り返しているのは昆虫系統が中心で、ネズミや蛇から成長した進化種は繁殖が追いついていない。

このまま龍王クラスのような異常生物に進化されても困る。

『少々早いが、障壁を消すべきじゃろうか？』

現在、世界樹【ユグドラシル】の周辺は、尋常ではない高さの巨木が立ち並び、真下の大地は日が当たらない状態だ。しかも現在進行形で巨木群は成長を続けており、魔力を精製する精霊樹の成長を阻害している可能性が高まっていた。

もっとも、その精霊樹も爆発的な成長のおかげか果実を実らせ、異常進化した魔物が種《たね》を別の土地へと運んでくれているので、今のところ絶滅の恐れはない。

『生態系が危ういしのぅ。このままでは世界樹の周囲には巨大樹ばかりで大気の循環が起こらず、澱《よど》んだ土地になりかねん。瘴気《しょうき》から生まれる害獣に増えられても困るし、テコ入れは必要かのう？』

大気魔力の濃度が高まることは問題ない、しかし動植物が異常進化を遂げるのは問題だ。更に言うと、いずれ増えすぎた魔力の使い道も考慮しなくてはならない。

しかし惑星を管理しているユグドラシルシステムは本来の機能を発揮しておらず、惑星自体の気候や大気の状態を調整することができないでいる。

『このまま放置していても勝手に魔力は溜まるじゃろう。ユグドラシルからも放出されておるしな。しかし、その周囲が魔境になられても困る。じゃがその調整も現時点ではほぼ不可能。システムの全てが環境を元に戻すことに使われておる。ユグドラシルシステムの機能を完全に回復させるには、取り込まれ侵食する異界の理《ことわり》を取り除かねばならぬが、それもまた難航しているときたか……。う～む………』

現時点で成功しているのは、世界樹周辺に張った結界内に膨大な魔力が飽和寸前にまで溜まっていることだけだ。一見して自然も再生しているように思えるが実は途轍《とてつ》もなく偏っている。

原種となった生物からかけ離れた凶暴凶悪な生物に、繁殖力の強い樹木だけが巨木化し、その根元は光が差さず草が生えることはない。

それどころか淘汰された植物が急速に腐敗している有様だ。

肥沃《ひよく》な土地になるというメリットはあるものの、繁殖力の強い動植物だけが生き残り、それ以外の植物を餌とする生物は生存できない環境である。

ついでに湿気も多いので、巨大な菌類が繁殖してなんとも薄気味悪い森と化していた。

確かに自然界にはそうした環境の森もあるだろうが規模が異なるうえ、世界樹の根元は腐海のごとき状態が際限なく拡大をし続け、生態系も限定されたものとなってしまうだろう。

これはあまりにも不自然だ。

『ユグドラシルシステムでは自然界への干渉はできぬ。障壁を解除した時点で多少の改善は見られるじゃろうが、異常気象が発生する可能性も出てくるしのぅ……。既に存在しておるこの森や土地の改善はしばらくできぬであろうし、じゃからといって放置しておくわけにもいかぬ……。困ったのぅ、我が一度この森を破壊してもよいじゃろうが、余波で地殻変動を引き起こしかねぬ……ん？ 地殻……変動!? しもうた、地下に流れ込む魔力の影響を失念しておったわ！ いきなり膨大な魔力が流れ込めば、地下のマントル層を刺激しかねん。下手すると惑星の核にも影響が出てしまうやも……これはまずいぞ』

分体である邪神ちゃんは情報処理能力が高いが、感情に流されやすいという欠点を持っていた。そのため、時に人間がやるような小さなミスも起こしてしまう。

長らく考え『あれ？ このまま障壁を解除してはまずいのでは？』とようやく気付いた。

なにしろ本体から分離した端末のようなものとはいえ、その身に宿る力は四神を優に凌《しの》いでいる。ゆえに細かい制御が難しく、今の状態では地殻に大打撃を与えかねない。

「参ったのぅ……一度本体と融合して、新たに再調整を施した分体を用意するべきか？ しかし現時点で本体も忙しいようじゃし、地上に端末を送り込むまでに何年かかるのやら……。なにせ時間から隔絶された神域じゃし、我の本体のことじゃから気にしないやもしれぬ。融合はやめたほうがよいか……しかし、現状はどうしたものかのぅ。この環境の状態をどうにかせねばならぬのに……」

破壊された生態系を元に戻すことは難しい。

リセット目的で結界を解除し神の力を行使すると、その余波による影響で惑星そのものに異常事態を引き起こしかねず、仮に実行したとしても異常気象や地殻変動などによる影響を誘発させかねない。

地殻変動による大規模な隆起と沈下は、海を隔てた別の地域にも影響を及ぼす。

特に津波などは小さな島国には洒落《しゃれ》にならない被害を出してしまうだろう。

そこへ異常気象と生物の凶暴化が加われば、人類が住む領域など簡単に崩壊するかもしれない。

ダンジョンなどからも大量の魔物が発生するだろう。

ここでアルフィアはあることに気付いた。

『待て、休眠中のダンジョンコアに魔力を流せばよいのではないか？　じゃが、現時点でどれほど残っておるのかも分からぬ。大規模なダンジョンのコアが二十も残っておれば、少なくともこの魔力による影響はだいぶ軽減されるじゃろぅが……これは賭けになるのぅ』

ダンジョンが機能するには大量の魔力が必要となる。

アルフィアが確認できている大規模ダンジョンは二つで、一つは最近になって急激に成長を始めた坑道型ダンジョン。もう一つはファーフラン大深緑地帯の中央に存在している、手付かずのままの未発見ダンジョンだ。

小規模ダンジョンも、かろうじて動いていたものをいくつか確認しているが、それらは全て北半球に存在するものばかりで、南半球ではダンジョンコアの存在を確認できておらず、魔力枯渇で休眠状態に入っていると思われるため、どれほどの数が残されているのか不明だ。

その休眠状態のコアに高濃度の魔力を流し込むことで強制的に目覚めさせ、ダンジョン再構築のために膨大な魔力を急激に吸収させることにより、かなりの魔力をダンジョンコアに集中させることができる。

惑星規模から見れば少ないが、勇者召喚による大規模な魔力消失の穴埋めができ、引き起こされる災害の規模を最小限に抑えられるかもしれない。

だが結局のところ、現在抑えられている高濃度の魔力を解放することが賭けであることに変わりなく、惑星上で休眠状態にある大規模ダンジョンのコアが二十に満たない場合、足りない数に応じて発生する災害の規模が大きくなる。

「我は勝つ方に賭ける！　障壁解除、ユグドラシルシステムにアクセス開始。惑星上の魔力循環を掌握、全てのダンジョンコアに強制リンク。気象管理プログラムを使い、大気に拡散する魔力の流れを制御しつつ、同時進行で枯渇している南半球を最優先に龍脈も利用して強制的に魔力を流し込む。これでどうじゃ！」

世界樹が復活して以降、魔力の枯渇していた南半球は緩やかに再生を始めていた。

そこへ龍脈を通じて膨大な魔力が急激に流れ込み、許容量を超えた魔力が龍脈から漏れ出すと、近くに存在するダンジョンコアが目覚めた。

ダンジョンコアは魔力に反応し吸収を始め、定められたプログラムに従い活動を開始する。

南半球で次々とダンジョンコアが覚醒し世界樹へとアクセスが始まった。

「……きた！　きたきたきたきた、きたぁ〜〜〜っ!!」

ほとんどが小〜中規模のダンジョンであったが、大規模ダンジョンも地上と海底に複数存在していたようで、膨大な魔力の収束現象が確認された。

一時的にダンジョンの再構築処理を中断させ、魔力の吸収に集中させることで惑星上の大気や地殻の変動を抑え込むよう命令を下す。

「4……5……6、7……ふむ、そこそこ大きいダンジョンじゃ……。数は多いが魔力吸収量が足りん。ん？　なんじゃ……なぜに一ヶ所に二つも大規模ダンジョンが？　いや、待て……この魔力吸収量からして、惑星上で最も大きいダンジョンなのではないか？　これは予想外じゃな。我としては嬉しい誤算じゃが」

二つのダンジョンが近くに存在していることも珍しいが、吸収されている魔力の総量が通常の大規模ダンジョンを優に超えており、しかも同時に再起動を始めたことから、この二つのコアは情報と地脈を互いに共有し合っていると考えられる。

だが、このようなダンジョンが生まれた経緯が分からない。

『データを呼び出してっと……ふむ。この規模になったのは、異界からの抗体を頻繁に召喚するようになってからじゃな。この二つのコアは何をしようとしたのじゃ？　最後の記録情報は……ほうほう、魔力に依存しない生物の創造か。つまり、この二つのコアは惑星上から魔力が失われることを想定して活動しておったのか！　四神共よりも優秀じゃのう。結局、周囲の魔力が枯渇して休眠状態に入ってしまったわけじゃが、それなりの成果は出しておるようじゃ』

三十年おきに膨大な魔力が失われるなか、二つのダンジョンコアは惑星の延命のために魔力を内包しない動植物を生み出そうと活動を開始し、その過程で生まれた実験体を未完成のまま外部に放出していた。

現在、南半球に比較的近い場所に生息する海洋生物や植物は、全てこの二つのコアが生み出したものが繁殖しており、魔力濃度が希薄になった地域でも知的生命体が絶滅せずに済んでいた。

内包する魔力が比較的に少ない動植物を食料としたことで、人類は体の内にある魔力が減少しても生存できるよう環境に適応し、海に囲まれた小国だがなんとか数を増やし文明を維持し続けている。

「魔力が満ちたとしても完全に再生するにはまだまだ時間が掛かりそうじゃのぅ。頭が痛い問題じゃな」

魔力濃度がそれなりに濃い北半球でも絶滅する生物が増えている一方で、この双子のようなダンジョンから放出された生物が、確実に生存範囲を広げているようだった。

北大陸の人類は滅亡寸前であることに気付いていなかったが、大陸から離れた場所に住む人類は魔力枯渇に気付いていた様子が見られ、彼らが生存できたのはこのダンジョンが生み出した動植物のおかげだといってもいいだろう。

緊急事態への対処能力が優れているダンジョンコアだった。

『人格のないコアでもここまでできたというのに、あの四神共は何をしていたんじゃ……。まぁ、よい。南半球への魔力循環は現状を維持するとして、問題は北半球じゃな。稼働しているダンジョンが活性化したとして、その影響はどれほどの範囲に及ぶのやら』

多少の犠牲が出ようと、この惑星が崩壊するよりはマシであり、世界の摂理《ワールドシステム》に食い込んだ異界の理《アナザープログラム》を取り除くにも、まだ当分は時間が掛かる。

しかし、少なくとも次元崩壊を引き起こしかねなかった事態を脱却できたのは救いだろう。

あとは果てしなく地道な改修作業だ。

『北半球へ流れる龍脈の出力を30パーセントに抑えて流すか。ゆっくりと調整しながら流せば、地殻変動や大気バランスの異常などの影響も多少は軽減できるじゃろ。起きたら起きたで、まぁ……

どうしようもないのぅ。その時は諦めてもらうしかない。アホな国家が暴走したのは放置し続けた他の人間の責任でもあるしのぅ。んじゃ、ポチっとな』

この日より、滅亡に向かっていた惑星の再生が本格的に始まった。

大規模な自然災害は発生しなかったが、これまで地震など起こったことのなかった地域でも地殻変動が発生し、地政学などに詳しくない人々の混乱を招くこととなる。

◇　◇　◇　◇　◇　◇

ルーダ・イルルゥ平原での用事も終わり、ゼロス達が帰る日。

獣人族に見送られる中で、ゼロス達はブロスと別れの言葉を交わしていた。

「ゼロスさん、アドさん。来てくれて本当に助かったよ」

「こちらもいい実験ができたしねぇ。お互い様さ」

「いや、喜んでいるのはゼロスさんだけだと思うぞ。八十八ミリ砲はともかく、あの【魔封弾】はヤバい。特にゼロスさんが使うと洒落にならねぇ」

「アド君もだけどね」

アドと共に帰るなかで、ザザだけはアンフォラ関門を通り、別方向からイサラス王国へ戻るようであった。獣人達の知り合いにも別れの言葉を掛けている。

「……ザザさん、本当に一人でメーティス聖法神国を廻《まわ》ってから帰るのかい？　危険なのでは？」

「まぁ、俺は諜報部《ちょうほう》所属なんで、上からの命令が下っている以上、敵国の様子も調べなきゃならないんですよ。どのみち、メーティス聖法神国辺りで起きた異変を確認しなければなりませんし、向こうにも仲間はいますからね。大丈夫ですよ」

「大変だねぇ、宮仕えって……」

「給料がいいだけが救いですよ。できればもっと人手を増やしてほしいところなんですが……。では、俺はアンフォラ関門の南門から抜けますんで、これにて失礼します」

ゼロスは、なぜか頑張っても報われない男の哀愁のようなものをザザから感じた。

去ってゆく彼の後ろ姿を見ていると、不思議と目頭が熱くなる。

「ゼロスさん……なんでザザさんの背中に敬礼して見送ってるの？　それよりさ、聞きそびれていたけど、僕が残敵掃討中に感じたあの気配、ゼロスさんは何か知らない？　答えてくれるのならアドさんでもいいよ」

「おぉ、ブロス君や……なんで僕達が答えを知っていると思うんだい？」

「まったくだ……。俺達が何でも知っていると思うなよ。この世界に来て一年も経《た》っていないんだぞ。生活基盤を整えるので精一杯で、そうそう凄《すご》い情報なんて得られないだろ」

「邪神くらい復活させていても、別におかしくないと思うんだよね。だって二人とも非常識だしさ」

「酷い濡《ぬ》れ衣《ぎぬ》だ」」

実のところは強大な気配の原因に心当たりはありすぎるが、あえてブロスには伝えないようアドと事前に決めていた。彼のことは信用しているが獣人族の全てを信用しているわけではない。

今後に起こり得るだろう不確定要素の原因が、全て邪神ちゃんの復活によるものだと広められでもしたら、溜まった負の感情の捌け口《はぐち》にされかねないリスクを負うことになる。

実際に邪神――神の復活に手を貸していたことは事実なのだから。

面倒事を事前に避ける意味でも、ここはあえてとぼける姿勢を取っていた。

「いくら僕達でも、何の手掛かりもなく短期間で邪神の復活なんてできるわけないでしょ」

「これからの生活が不透明なのに、そんな危ない橋を渡るような真似ができるわけない。それ以前に、お前だって非常識だろ。自分のことを棚に上げてよく言えるな？」

「ふぅ～ん……ほんとかなぁ～？　まぁ、僕達に実害がなければ何でもいいけどね」

「それじゃ、僕達もそろそろ出立するよ。できるだけ距離を稼いで早めにオーラス大河まで辿《たど》り着いておきたいし、アド君も家族が心配しているだろうから、よろしく」

「うん、それじゃまた。何かあったら相談しに行くと思うからね」

「お前、少しは遠慮しろよ……」

このルーダ・イルルゥ平原では色々なことをやらかしたが、知り合いとバカ騒ぎをするなど【ソード・アンド・ソーサリス】以来久しく、感慨深くもそれなりに楽しめたおっさん。

だが、満足していない者達もいる。獣人族の皆さんだ。

「ちくしょう、勝ち逃げする気かよぉ！」

「アタシ、まだ一撃も当てていないのよぉ!?　あとひと月くらいいてもいいじゃない」

「一日、一日だけでもいいから、儂《わし》と戦ってくれぇ!!」

獣人達はゼロス達を引き留めることに必死だ。

なかにはマキシマム化したままの獣人も交じっている。

「あの子達……元の姿に戻れるのかな……」

「その答えは神のみぞ知る！」

「それ……原因を作ったゼロスさんのセリフじゃないよね？」

「フッ……では行こうかアド君」

「……ああ」

その言葉を最後に立ち去る二人。

彼らの背中が見えなくなると同時に、そこから土埃《つちぼこり》が舞い上がるのを確認した。

おそらくはアドの軽ワゴンによるものだろう。

「そういえば、ゼロスさんから餞別《せんべつ》を貰っていたなぁ。なんだろ」

紙袋をインベントリーから取り出し、中身を確認するブロス。

そこにはゼロス謹製の強力精力剤【ファイティング・ナイトフィーバー】がたくさん入っていた。

「………………」

オチの回収も忘れないおっさん。

だが、これは別の意味でブロスの悲惨な未来を指し示していた。

今も増え続ける奥さんと夜のバトルが待ち受けている。

この日の夜、さっそくこの精力剤のお世話になることになるのだが、それはどうでもよい話である。

一方でゼロス達はというと――、

「今帰るぞぉ、ユイィ～～～～～～ッ‼」

「……爆走するのはいいけど、安全運転を心がけてね？　僕は君と事故死なんてしたくないんだからさぁ～」

――軽ワゴンで平原を爆走していた。

しかし、ゼロスはアドの妙に必死な表情がとても気になった。

「ゼロスさんは分かってねぇ！　ユイはなぁ、少しでも帰りが遅いと浮気を疑うんだよぉ‼　満員電車やバスでたまたま香水の移り香が付着しただけでも、包丁を持って追いかけてくるんだ……」

「君……そんなに信用されてないのかい？」

「分かってんだろぉ、ユイがおかしいだけだぁ‼」

実に命懸けな夫婦生活である。

仕事か何かで長期出張にでもなったら、どんな手段を行使してでもアドの近辺に探りを入れるようなことをしかねない。それこそ興信所を雇うほどの嫉妬《しっと》深さだ。

そんな夫婦生活に信頼関係があるのか微妙なところである。

「難儀なことだ……ん？」

「どうし……おっ？　なんか、揺れてね？」

「地震のようだねぇ。震度４か５はあるかな。あまり地震が発生するような地域ではないはずなんだけど、珍しいこともあるもんだ」

「えっ、この辺りって地震が少ないのか？」

「少なくとも、路面の悪い場所を走っている車の中で揺れを感じるような、強い地震は少なかったはずだ。戦争の記録はいくらでもあるけど、地震による被害は歴史書で見たことがない……ねぇ」

「なんだよ。急に歯切れが悪くなったようだけど、気になることでもあるのか？」

「いや……なんか引っかかって」

ソリステア魔法王国を含む複数の国は北大陸の西側に集中している。

この地域は情報収集のために読んだ歴史書にも書かれている通り、地震被害はほとんどないと言ってよい。頻繁に地震が起こるのは後方に山脈が聳《そび》え立つ山岳の小国に限られていた。

つまり人々はほとんど地震を経験したことがない。

「……この世界の建物って、耐震を考慮して建てられているのかねぇ？」

「知らんけど、見た感じではかなり頑丈そうに見えるぞ？」

「それは城や砦《とりで》などといった、魔物の襲撃や戦争時に攻撃を受けそうな場所だけでしょう。一般の建物は外壁をレンガで囲むように造って、中身は木材を組んで床を張った簡素なものだ。それを階層ごとに繰り返して建てていく。耐震設計などないにも等しいだろうね」

「…………それ、やばくないか？」

地球においても地震の少ない地域の建物は耐震性などないに等しく、震度４の揺れ程度で簡単に崩壊するようなものが多い。事実、百数十年ぶりに起きた地震が村や町に壊滅的被害をもたらしたという話もあったほどだ。

それが中世レベル文明の異世界ともなると、どうなるだろうか。

「アド君……飛ばせ」

「へっ？」

「サントールの街にどんな被害が出ているか分からん。アクセルをベタ踏みで、全速力で帰るぞ！　嫌な予感がする」

「お、おう……」

唐突に発生した地震により、全速力で平原を突っ走る軽ワゴン。

昼夜を走り続けオーラス大河に辿り着くと、急ぎゼロスお手製のゴムボートに飛び乗り、河の流れに身を任せサントールの街を目指す。

二人がサントールの街に到着するまで四日ほどを費やすこととなった。


ちなみにアンフォラ関門で別れたザザはというと――、

「いやぁ～仕事とはいえ、やっぱ監視役なんて性に合わねぇわ。一人旅、最高！」

――何をしでかすか分からないゼロスとアドや、何かにつけて勝負を挑んでくる獣人族から解放され、メーティス聖法神国内の平原にて、満天の星の下ソロキャンプを楽しんでいた。

一人でいる自由な時間を満喫する彼に、結婚願望が本当にあるのか甚《はなは》だ疑わしかった。

第三話　世界再生の余波は災害を呼ぶ

世界樹より生成された魔力の奔流は、南半球で眠りについていたダンジョンコアに魔力を吸収されたことで一時的に減衰させたものの、その流れが北半球にも及ぶと地殻変動が始まった。

所謂《いわゆる》地震というもので震度4～5弱程度の軽い揺れではあるものの、比較的に地震の少ない北大陸の西側地域一帯では耐震強度の低い建物が倒壊し、各国ではたくさんの被害が発生していた。

被害を受けていないのは山岳地域にある小国であるイサラス王国と、同じく山脈寄りにあるアルトム皇国くらいだろう。

当然だがソリステア魔法王国でも多数の建物が崩壊し、国内では一時的に政務が停止し、各行政も混乱に陥っていた。

領主の立場にある貴族達もそれぞれの領地で対応に追われていたが、さすがというべきかソリステア公爵家の対応は迅速で、既に騎士団総出で救助活動に当たっていた。

「倒壊した建物の瓦礫《がれき》撤去は後回しだ。今は生存者の救出を最優先にせよ！　怪我人は医療魔導士達に回せ」

「こちらに要救護者を発見！　瓦礫が邪魔なので撤去作業の人手を回してください！」

「第七衛兵隊を救助に当たらせよ！」

「古い民家の被害が一番多いな……」

「修繕費用すら用意できない者達が、そのまま住んでいたからな。それとアパートの倒壊が酷い……」

サントールの街は古い建築物が多く、特に民家は強度不足から崩れる建物が多い。街中にあるアパートなども同様の状況だ。

レンガ造りの壁を漆喰《しっくい》で固めた建物が大半で、内部は柱と梁《はり》で固定されてはいるもののその強度は気休め程度でしかなく、特に横揺れに対して弱かった。

壁の崩落などは軽いといえる被害であり、完全に崩壊した建物も多く、散乱する瓦礫の撤去作業で救助活動は難航している。

「担架を持ってこい！」

「これは折れているな……。添え木で固定してから運ぶぞ」

「このご老人はもう……。打ちどころが悪かったようだ……」

「子供の方は重症だが息はある。なんとしてでも助けるぞ！」

それでも、多くの人達が協力し合って救助活動が少しずつ進められていた。

被災者でも怪我を負うことのなかった人達は騎士団と共に瓦礫の撤去に従事し、医療魔導士達は次から次に運び込まれる怪我人の治療に追われている。まさに戦場といった状態だった。

特に医療魔導士はまだ編成されてから間がないため経験豊かな人員が揃《そろ》っておらず、この被災現場での活動が初めてという者も少なくなかった。そのせいか無駄な動きが多く効率が悪い。

実践が実戦に変わるほど、野営診療所は地獄のような有様となっている。

大規模な戦場に出たことのないリサとシャクティは、『野戦病院とはこんな感じなのだろうか？』という感想を持ちつつも、あまりの悲惨な光景に言葉も出なかった。

「イデェ！　イデェよぉ!!　なぁ、早く治療してくれよぉ、なぁ!!」

「この子を……この子を早く助けて!!　お願いします!!」

「父ちゃんが……父ちゃんが目を開けないいんだよぉ！　助けて……」

次々と運び込まれる負傷者。

医療魔導士の中には魔力枯渇で倒れる者も出ている。治療に当たる者達が先に潰《つぶ》れてしまうことは避けなければならないが、状況がそれを許してくれない。

そのような危機的状況の現場にリサとシャクティは駆り出されていた。

ちなみに、デルサシス公爵やクレストン元公爵も現場に出て陣頭指揮に当たっている。彼女達はこの二人に引っ張り出されたようなものだ。

「酷い状況だね。これじゃ治療に当たってる魔導士がもたないよ」

「治療効率が悪すぎるのよ。重症者と軽症者を同時に相手にしているんだもの」

「なにぶん、彼らはこのような経験は初めてだろうからな。効率の良い医療行為などまだ確立してはいないのだよ。何かいいアイデアはないものかね」

「軽症者と重症者は分けるべきね。軽症者はポーションで治療できるけど、重症者は体の損傷箇所や具合によって治療方法は大きく変わるはずだし。場合によっては手術も必要になるから、優先順位をつける必要が出てくる。特にこうした災害だと、見た目に負傷がなくても内臓を損傷している場合があるから、念入りに診察する人も必要よね」

「あっ、医療関係の海外ドラマで見たことがあるよ。たしか、傷病の状態で色分けして、重症者を優先的に治療するんだよね。骨折程度の怪我は緑、脊髄《せきずい》損傷などは黄色、重症者が赤だっけ？　よくは覚えてないけど」

「なるほど……実に分かりやすい。それは戦場でも使えるな。すぐにでも採用させよう」

デルサシス公爵は決断と行動が早かった。

二人の話を聞いてすぐに部下へと命《めい》を下し、色違いの紐《ひも》や診察に回る医療魔導士を三名ほど準備すると、即座に実践へと投入する。

同時に、診察に回る医療魔導士のそばに護衛をつけ、なるべく混乱を抑えるようにするなど、とても初めての経験とは思えない迅速な対応をしていた。

「私達はポーションづくりね。このままだとすぐになくなりそうだし」

「それはいいけど、材料は足りるのかな？」

「そこは任せておきたまえ。材料はこちらで手配しておくのでな、君達はできるだけ質の良いポーションを製作してほしい。そろそろ錬金術師もこちらに到着するだろう」

「現場で総動員して製作することになるのかぁ〜。ゼロスさんとアドさんがいてくれれば、少しは楽だったんだけど……」

「外交上の問題で、彼らには別の場所に出向してもらっているのだよ。今回は運が悪かったと思うしかあるまい」

「いない人のことを考えても仕方がないわ。私達はここでできる限りのことをしましょう」

既に錬金術師が使用するためのテントが準備してあり、リサとシャクティはさっそくポーションづくりを始める。

応援の錬金術師達が到着するまでの間、彼女達と医療魔導士でこの医療現場を支えることになるのだった。

◇　◇　◇　◇　◇　◇　◇

地震によって被害を受けたのは住宅街だけではない。

旧市街の教会でも壁が崩落するといった被害が出たが、幸いルーセリスとそこに住む子供達は怪我一つ負うことなく、総出で片付けを行っていた。

現在、礼拝堂ではアンジェ、ラディ、カイ、カエデ、ジョニーの五人が作業している。

「ほんと怖かったね」

「あれは凄《すご》い揺れだったな、マジで死ぬかと思った……」

「アンジェもラディも怖がりすぎ。おいら達には肉神様の加護があるから、あんな程度じゃ死なないよ。にくにくにくにくにく、にく十八」

「……肉神？　それより、この倒れた十字架だが……それがし達が直すのか？」

「やるしかないだろ……。それより、カイはともかくカエデも動じてないんだな」

「故郷ではこの程度の地震は頻繁にあったからな。かいに関しては………それがしにも分らん」

天井や壁に施された装飾も剥《は》がれ落ち、厳かな雰囲気だった礼拝堂は今や荒れ果て、並べられた長椅子は埃《ほこり》をかぶっていた。

どれだけ片付けに時間が掛かるのか想像もできない。

「うひぃ～……被害が多すぎて終わらなそう～～ッ!?」

「ぼやいたところで何も始まらないだろ……ん？　これ、宝石？　いや、まさか……たぶんガラスだろ。あちこちに落ちてるな。こんなの装飾に使ってたか？」

ラディは床に転がる透明な石を見て一度は宝石と思ったものの、こんな小さな教会にそんなものがあるはずはないと訂正し、とりあえず修繕費の足しになるかもしれないと集め始める。

そんななか、埃で薄汚れてはいるものの、木目の美しい小さな箱が唐突にジョニーの目の前へと落ちてくる。

「アンジェにラディ、喋《しゃべ》ってないで手を動かせ……つか、天井から変なものが落ちてきたんだが、なんだこれ」

「こんな箱、いったいどこにあったんだ？　それがしは見たことがないのだが……」

「開けてみない？　もしかしたらお宝かもしれないよ。それを売って肉を食うのさぁ～、肉ぅ～～～～っ♪」

「「「その前に教会の修理が先じゃないのか？」」」

こんな状況だというのに、いつもと変わらぬ調子のカイにツッコミを入れつつも、落ちてきた箱を開けてみることにする子供達。

「なぁ……。これ、宝石みたいだけど……」

「うん……凄くヤバい気配がするね」

「これは……売るとかそういう次元の話ではないな。絶対に封印しておかなければならない類《たぐい》のものであろう。故郷を出るときに似たようなものを見た気がする。あの時はお札であったが……」

箱の中から出てきたものは黒色の宝石で、異様に禍々《まがまが》しい気配を漂わせていた。

本能からくる危険の報《しら》せが、この宝石は世に出してはならないと警告している。

見ているだけで怖気《おぞけ》が走るのだ。

「ラディ、アンジェ……箱の表面をよく見ろ。これ、魔法陣じゃないのか？　読めないから分からないけど、たぶん封印の術式だと思うんだが……」

「チッ……使えねぇ。これじゃ肉が食えないじゃないか……。こんなガラクタさっさと捨てちゃおう」

『『『肉が絡むと口が悪くなるのはなぜなんだろう……』』』

どこまでもブレない肉至上主義者のカイであった。

ジョニーは宝石をそっと箱に収めると、その上から紐でこれでもかといわんばかりに縛り上げ、更に念入りに接着剤を紐に染み込ませて固定した。

それでも異様な気配が漏れ出ているように感じるが、簡単に開けることができないようにしたので、子供達は再び片付けに集中することにする。

「ジョニー、あの宝石のことをシスターに言わないでいいの？」

「あとでちゃんと伝えるさ。けど、できることならおっちゃんに相談するべきだと俺は思う」

「そのおっちゃんがいねぇだろ。それまで誰かに開けられないようにしないとな」

「それにしても……この箱はどこから落ちてきたのであろうな？」

「ん～……たぶんだけど、礼拝堂の装飾の裏か梁の上に隠してあったんじゃないかな。さっきの揺れで天井の一部が壊れて落ちてきたんだよ。それよりも売れるものはないの？　最近ご無沙汰だったから肉が食いたいんだ……」

「「「それよりって……重要なことだろ」」」

わざわざ教会の装飾の裏に隠されていたとなると、それなりに値打ちのあるものなのかもしれないが、盗品である可能性も高そうである。

床をよく見ると、箱以外にもカフスや指輪など、この教会には不釣り合いな高そうな小物や装飾品が散らばっていた。

「この箱以外は全部集めて、衛兵の詰め所に届けたほうがよくないか？　俺が拾った石も宝石の可能性が出てきたし」

「宝石って、ラディも拾ってたのかよ。これ、マジでヤバい気がするよな……。つーか、そもそも隠したのっていつ頃だったんだろうな」

「天井が壊れて落ちてきたってことは、少なくともこの教会が建てられたときか、修繕作業の時に隠したと考えるのが妥当じゃない？」

「こちらに布袋が見つかったぞ？　随分と古いものだ。おそらくだが、この袋に他の物を入れていたに相違あるまい。修繕作業中に隠したと考えると、あとで回収する気があったと見るべきであろうな。この箱だけ梁に固定していたのは、隠しておける隙間《すきま》がなかったからであろう。いや、隠す時間がなかったのか？」

「どうせなら肉を入れておけばいいのに……。呪い憑《つ》きの宝石なんて、なんて気が利かないんだ」

「「「いや、普通に腐るだろ」」」

肉は時間すら超越すると本気で考えていそうなカイ君だった。

それはともかくとして、この箱に封印されていた宝石を含め、ますます盗難疑惑が強まった。

しかし問題は年代だ。

この旧市街の教会はソリステア魔法王国建国前から立っており、もし建築時に隠されたとするならロアンシナ王国時代ということになる。

過去の盗難品を発見した場合、法律上その所有者が誰になるのかが問題だ。

発見者か教会の現管理者か、あるいはその上司であるメルラーサ司祭長か。

もしかしたら教会の所有権を持っているソリステア公爵家になる可能性もある。

「………司祭長に話すのは問題ないか？」

「うん……全部お酒に換えられそうだけど」

「いや………いくら司祭長でも、それは……」

「ないとは言い切れまい」

「司祭長、信用がないんだな……」肉をくれるいい人なのに……。

何気に酷いことを言う子供達であった。

とりあえず拾えるものは回収しておくことにする。

「みんな、ここにいますか？」

「おっ、シスター」

「うむ、皆ここに揃っておるぞ？」

「私は、これからご近所さんのところを廻《まわ》って怪我している人がいないか見てきますから、少し留守にします。なので片付けですが……」

「まぁ、家がまるごと潰れたところもありそうだしな。シスターは怪我人の治療に専念してくれていいぞ。あとのことは俺達がやっておくよ」

「ポーション足りる？」

「救急箱は持ったか？　ハンカチは？　鞄《かばん》に渡航許可証は入れた？」

「旅行に行くわけじゃないんだから。けどお土産は串肉でお願いぷりーず」

「………」

こんな事態だからこそ安心させようとする子供達なりの気配り。

しかし見事なまでにスベっていた。

「それじゃ、留守のあいだお願いしますね。くれぐれも気をつけて」

「俺達なら大丈夫だから、心配しなくていいよ。早く行ってきなよ」

余震の続く中で不安は残るも、救急箱を持って慌てた様子で教会を出ていくルーセリスを子供達は見送った。

「天井……落ちそうだよな」

「古い建物であるからな、仕方あるまい」

「シロアリに食われてらぁ～」

「実は危険な場所に住んでいた？」

「このままだと危ないから、天井の板ごと剥がしちゃおうよ。腐っているから楽勝さ」

いつの間にか柱をよじ登り、天井の梁の上に立っていたカイ。

太っているのに意外と身軽であった。

そして独断で天井を剥がし始める。

「……いいのかよ。アレ」

「言うな、らでぃ……。それがし達は何も見ていない、そうであろう？」

「まぁ、シロアリに食べられているらしいし、天井が落ちてきたと言えば誤魔化せるかな？」

「口裏を合わせるのか。意外と黒いな、アンジェ……。あっ、しまった。この宝石のことシスターに言うの忘れてた」

「「「あっ…………」」」

緊急時なので仕方がないと諦め、瓦礫の撤去作業を黙々と行う五人。

このあと、腐食を理由に剥がした装飾や天井の板などの廃材を、どう処分するべきか悩むことになるのだが、話し合いの末に焼却することに決めた。

見た目はみすぼらしいが歴史だけは長い教会で、隠れた自慢であった天井画が失われることとなったのだが、不可抗力なのでお咎《とが》めを受けることはなかったとか。

ただ、数十年後にこの教会を訪れた芸術家が、お目当てであった過去の歴史的な作品が焼き払われた事実を知り、卒倒することになるのは別の話である。

◇　◇　◇　◇　◇　◇

新市街に比べ、旧市街地の被害はそれほど大きくなかった。

それでも倒壊した建物はいくつも見られ、その被害状況を目にして言葉をなくすルーセリス。

「これは……酷いですね」

旧市街の建物のほとんどが古い建築様式のままなので、一見真新しそうな建物も継《つ》ぎ接《は》ぎ修繕したものであり、地震に対して弱かった。

幸いと言うべきか平屋の建物が多かったため、受けた被害も壁に穴が開いたとか天井が落ちてきたというものばかりで、人的被害は見た限りでは少ない。

だが、さすがに二階建てに増築した建物は被害を免れることはできず、土台となる一階部分が潰れた家屋が多く見られ、住人達が協力して救出に当たっていた。

「皆さん、大丈夫でしたか？」

「お～、ルーセリスの嬢ちゃんかい。儂《わし》らは大丈夫だったんじゃが、イテツんとこの次男坊が潰されてのぅ」

「俺達がなんとか助け出そうとしてんだが……」

「なにか問題があるんですか？　柱と瓦礫に埋もれて救出が困難とか……」

「いや……」

「なんかもう……助けなくてもいいんじゃないかと、儂ら全員が思うようになってのぅ」

「え？」

救出に当たっている人達がひどくうんざりした表情を浮かべていた。

中には額に血管が浮かぶほど憤慨している者もいる。

そして、一階部分が潰れた家屋から聞こえてくる若い男性の声。

「早くしろよぉ、無駄に長く生きているだけのウスノロ共がぁ!!　先のある若者を命懸けで助けろよ！　なにやってんだよ、こっちは足が折れてんだぜぇ。いてぇ、いてぇんだよぉ、死んだらどうすんだぁ!!　てめぇら全員、呪ってやるからなぁ!!」

「黙ってろ、この穀潰《ごくつぶ》し！　こっちは今、子供を助け出すので手一杯だ!!」

「ガキなんざほっとけ！　死んでも兄貴達が夜にハッスルして、すぐにポコポコ生えてくるんだからよぉ!!　俺を優先しろよ、俺に懐《なつ》かねぇガキなんてくたばっていいだろうがっ!!　働き盛りの俺様の方がクソガキより大事だろぉ、なぁ親父《おやじ》ぃ!!」

「あん？　いつまでたっても定職に就かねぇクズ息子より、孫の方が大事に決まってんだろ。どうせ今日も金を盗みに来て、このざまになったんだろうが！　天罰だ。てめぇが死ねや!!」

「ふざけんなよぉ、お……親父は俺がこのまま死んでもいいってのかぁ!?」

「おう！　今まで好き勝手に生きてきたんだ。死に顔もさぞ安らかだろうな」

「それが息子に言う言葉かぁ!?」

命の危機が迫ると人の本性がよく分かるというが、被災者の一人はかなりのクズだった。

周囲の人間だけでなく、実の親からも愛想を尽かされるほどの最低な人物のようで、ルーセリスが昔やんちゃしていた頃に、街でシバキ倒した覚えのある人物でもある。

悪い意味での幼馴染《おさななじみ》だった。

「………………」

「なっ？　助けたくなくなるだろ」

「……救出したあとに埋めませんか？　あんな感謝の言葉すら言えないような自己中心的な人なんて、生きていても仕方がないと思います」

「嬢ちゃん……過激だな。まぁ、その気持ちはよく分かる」

「むしろ助け出すのは最後でいいかもしれません。自分の行いを反省するいい機会だと思いますね」

「同感だ」

見た目が聖女でも好き嫌いははっきりしている。

特にこの次男坊は過去にルーセリスからシメられたことを覚えていないのか、今でもナンパ目的でちょっかいをかけてくるため、往診の邪魔であり迷惑極まりない。

そんな理由もあり、ルーセリスのこの次男坊に対する態度は限りなく冷たい。

道で見かけると意図して避けるほど嫌っている。

元より好かれる要素のないこの次男坊は、ご近所さん達もルーセリスと同様に嫌っていた。どれだけ注意しても態度を改めないのだから当然である。

「子供の救出ができたぞ！　擦《かす》り傷はあるが無事だ」

「こちらに連れてきてください。すぐに治療しますから」

この会話が聞こえたのか、次男坊は即座にルーセリスに助けを求めることを思いつく。

毎日、貧乏人のために安い金額で治療をしてくれる聖女のような女だから、きっと自分を助けてくれるだろうという打算で声を荒らげ叫ぶ。

「ル、ルーセリスぅ！　大事な旦那が目の前で死にそうなんだぞぉ、親父達をなんとか説得して助けろよぉ!!」

「あの、旦那って誰のことですか？　あなたとはそんな関係になった事実などありませんので、勝手なことは言わないでくれませんか」

「はぁ!?　お前は俺の女だろぉ、なにふざけたこと言ってやがんだ!!」

「私には婚約者はいますけど、間違ってもあなたではありませんよ？　年上でとても頼りになる方ですから、周りに誤解を生むような言葉は慎んでくれませんか。迷惑です」

「そんなの認められるかぁ!!　お前は俺のものになるんだよぉ、大人しく従え!!」

「……現在瓦礫の下敷きになっているあなたに、なにができるというんですか？　これ以上勝手なことを言い続けると………処しますよ？」

次男坊は勝手に俺の女宣言をしているだけだが、ルーセリスとしては看過できない発言だ。こんなところをゼロスに見られ誤解されたくない。

所用で遠方に出かけていることが救いだった。

「ハッハッハ、俺を処すってぇ～？　勇ましいなぁ～、おい。女のお前になにができんだよ」

「そうですね。路地裏で殴り倒し、マウントポジションで拳を叩《たた》き込み、気絶させて全裸で逆さ吊《づ》りでしょうか？」

「…………………はっ？」

「覚えていますよね？　昔……孤児仲間にいちゃもんつけて、私に散々殴られたあとに中央広場の街灯に逆さ吊りにされましたよね？　よく覚えています。あなた、あの頃と何も変わっていないんですね」

「…………へっ？」

「成人したのに碌《ろく》に定職にも就かず、今も遊び歩いてお金がなくなれば実家から盗むなんて、いい歳して何してるんですか？　大人として恥ずかしいとは思わないのでしょうか。それなのに、たいして強くもないくせに、女や子供のような弱い相手にしか粋がることができず、強い相手には媚《こ》び諂《へつら》うんですよね？　あ～……昔のあだ名はチキンでしたっけ。今はニートチキンですね」

「あ……あぁあああぁぁっ⁉」

次男坊の脳裏に呼び起こされる過去のトラウマ映像。

孤児だった女の子を男の子五人で取り囲み、路地裏でいじめていたときに、その少女は角材片手に現れた。

問答無用で五人全員を殴り飛ばし、リーダー気取りの次男坊をマウントポジションで殴り続け、気絶後は全裸にされて街灯に吊るされた。

腹に塗料で『卑怯者《ひきょうもの》のチキン野郎』と書かれて……。

「あ～……アレやったの嬢ちゃんだったのか。アレは傑作すぎて笑わせてもらったな。こいつ、昔から人の言うことを聞かなくてなぁ～」

「今もこの馬鹿の顔を見て、吊るされた無様な姿を思い出しちまった。説教するよりも先に、笑いを堪《こら》えるのが大変だよ」

「威勢のいいこと言ってるけどよ、あのフル〇ン逆さ吊りを思い出すと……ブフッ！」

「泣き叫んでたよなぁ～……。『見るなぁ～、見ないでくれよぉ～……助けてママぁ～』だっけ？ 今も昔もママに迷惑かけることしかできないのかよ。呆《あき》れるぜ」

「あぁああああああぁぁぁぁぁぁっ!?」

人は過去の積み重ねで現在を生きている。

大なり小なり良いことや悪いこと、そういった経験――とりわけ心に強く印象づけられた出来事は忘れることができず、何かの拍子で突然に思い出すものである。

トラウマのような記憶もまたその一つで、いくら心に蓋《ふた》をしても記憶の奥底にはいつまでも残り続けるものだ。決して消えることはない。

ルーセリスを見かけては執拗《しつよう》に口説いてきた次男坊だが、その彼女が実は過去に自分に向けて制裁を下した少女であったと知り、心の奥底に隠し続けた嫌な記憶が鮮明に思い出された。

そして年配のおじさん連中も思い出したことで、過去の恥が現在の自分を塗り潰していく。

『やめ……ごめんなさい。もうしないから……』

『……』

『いたい……いたいよぉ～。なんでオレがこんな目に……』

『……』

『ごめんなさいごめんなさいごめんなさい……』


腹の上にまたがり、無表情のまま延々と拳を繰り出す少女。

薄暗い路地裏、しかも見上げるような被害者構図での光景は、ちょっとしたホラー的な雰囲気で記憶され、在りし日の少年の心に恐怖心マシマシで深く刻み込まれた。

気付いたときは全裸で逆さ吊りにされ、今まで馬鹿にし虐《いじ》めていた相手にも笑われ、親からは悪事がバレて怒られ、ついでに友達だと思っていた者は全員離れていった。

それからはしばらくボッチ生活が続くこととなった。

ルーセリスが神官修行で国を出ていた頃まで引きこもり、ほとぼりが冷めた頃に外に出て、以降再び同じような悪事を繰り返すようになった。

結局、同類のクズのような連中とつるみ悪事を働くしかなく、親からも呆れられ絶縁されたのだが、その愚か者が忘れていた過去が再び世間の明るみに晒《さら》された。

「まさか、こいつが伝説の初代【全裸で吊るされし者《フルモンティ・ハングドマン》】だったとは……。全く気付かなかったぜ」

「伝説にまでなっているんですか？」

「あの頃、路地裏にはどうしようもない悪ガキが溢《あふ》れてたからな。あの一件以来、仲間を傷つける奴らに同じ制裁をするようになったんだ。ボス気取りのクソガキが集中的に狙われて、大勢の前で晒し者にされたんだわな。俺も五回ほど制裁した記憶がある」

「そういや、悪さしていたガキ共が急に大人しくなった時期があったな。バカ息子と同じ目に遭った連中がいたってことか」

「私、一回しかやっていませんよ!?」

当時、さすがのルーセリスも全裸で逆さ吊りはやりすぎたと反省し、以降は同じ手段を用いたことはない。まさか模倣犯が続々と現れていたとは思わなかった。

しかも、目の前にその模倣犯がいることに驚きを隠せない。

「こいつはレジェンドなんだよ。これは皆に教えてやらねぇとな」

「や、やめてくれぇ〜〜〜っ!! お願いだから、それだけは……」

「断る。確かお前、俺を殴って店の商品を勝手に持っていくとき、こうほざいていたよな?『男のくせにやり返すことのできねぇチキンは、大人しく俺に従っていればいいんだよ』ってよ。お望み通り仕返しさせてもらうぜ。なぁ、伝説のフルモンティさんよ」

「それだけはやめてぇ!! ルーセリスぅ、そいつを止めてくれぇ!!」

「あっ、助けられたお子さんの治療があったんでした。片付けのお手伝いができなくてすみません」

「いや、いいって。嬢ちゃんは自分ができることをやりな」

「はい、救助活動頑張ってください」

「おう、任せとけ」

「ちょっとぉ!?」

この災害時に自分のできることをするため、ルーセリスはその場から離れ救助された子供の治療を始めると、他の男達もまた片付け作業に移ろうと動きだす。

だが、ここにまだ瓦礫の下敷きになっている者が一人いた。

「なぁ、おっさん。こいつを助け出すのか？　俺的には三日くらいこのままでもいいと思うんだが」

「反省しないフルモンティなバカ息子だからな。放置でもいいだろ」

「だな。ロクデナシがくたばろうとどうでもいい」

「なっ、嘘《うそ》だろ!?　助けてくれるよなぁ、おい！　親父よぉ!!」

日頃の行いが非常時に大きく災いする。

散々横暴な態度で迷惑をかけまくっていた男は、親を含め周囲の人々から完全に見捨てられ、しばらく瓦礫の中で泣くこととなった。

そして救出される頃には彼がレジェンドであることが広められていたという。

◇　◇　◇　◇　◇　◇

地震の被害はサントールの街全域に及んでいる。

中央通りに面した堅牢《けんろう》な建物は棚や家具などが倒れる程度で済んだのだが、いくつかの建物は完全に崩壊していた。

その中にベラドンナの魔導具店も含まれていた。

「……まぁ、しょうがないわよね。古い建物だったし」

一階部分が完全に潰れた自分の店の姿を見て、ベラドンナは諦めの言葉を呟《つぶや》いた。

彼女は以前、ダメ店員のせいで客足が遠のいた店を立て直すため、客寄せ目的で店の改築をした。

改築には家主の許可が必要となり、家主も最初はリフォームに乗り気だったが、ナグリの見積もりを見てお金の問題から拒否し、ベラドンナのみの出費で外観だけを多少弄《いじ》る結果に留《とど》まる。

そのため工事はハンバ土木工業ではなく、他の業者へと斡旋される形となった。クーティーだけがハンバ土木工業が仕事を手掛けたと思い込んでいたようだが……。

結局のところ今回の地震で店は倒壊し、ベラドンナには余計なお金を使ったという結果だけが残った。

もしハンバ土木工業が改修工事を行っていれば、結果も違っていたのかもしれない。

現実とは実に非情だ。

「建て直すお金もないし、こうなると店は閉店ね。さて、今後どうしようかしら」

ベラドンナは現実を受け止められるだけの度量を持った大人の女性だ。

元より経営状況が悪かったこともあり、近いうちに潰れるなとは思っていたが、まさか物理的に潰れるとは思ってすらいなかった。

とはいえ、以前から覚悟はしていたこともあり、閉店する時期が早まった程度のことでしかない。

それに以前から仕入れる素材などの量を調整していたので、建物以外はさして被害を受けたわけでもなかった。

『大事なものは身近に置いておくべきとは言われていたけれど、その言葉が本当に役立つときがく

ると は思わなかったわ。ありがとう、お母さん……』

使い古されたボロボロの鞄を軽く手で叩いて埃を払い、ベラドンナは安堵《あんど》の溜息《ためいき》を吐《つ》く。

この鞄、実はダンジョンから発見された【マジックバッグ】で、見た目以上にかなりの量の物を収納できる優れものだ。

質屋にて格安で売られていたところを見たときは正気を疑ったほどだ。

その収納量からしても国宝レベルなのだが、見た目のボロさから誰にも気付かれることなく、現在はベラドンナの大事なものを隠しておく倉庫の役割を果たしていた。

この見た目のおかげでクーティーですら騙《だま》されていたほどである。

そのクーティーだが――、

「あははは！　てぇ～んちょ～ぉ～、お店が潰れちゃいましたねぇ～。今日から文無しですよぉ～、ざまぁ～♪」

――人の神経を逆なでする態度で不幸を喜んでいた。

そんな彼女に対し、ベラドンナは無言で一瞥《いちべつ》をくれると、いきなり華麗な回し蹴りを喰《く》らわせた。

クーティーは『けぷらぁ!?』と変な叫びをあげながらダイナミックに吹き飛び、そのまま街灯に激突する。

「貸家がこれじゃ店を続けることもできないし閉店ね。大家さんにも言っておかないと……」

「いたた……て～んちょ～、酷いですよぉ～」

「アンタの方が酷いけどね。まぁ、いいわ。今日限りで魔導具店は閉店よ。惰性で続けてたけど、踏ん切りがついたわ」

その一言を聞き、まるで鬼の首を取ったかのような笑みを浮かべるクーティー。

そして、言わなければいいのに余計なことを言いだす。

「ハァ〜、これで店長も無職ですねぇ〜。行き遅れで、しかも職無しなんて恥ずかしい限りですよぉ〜。だめだめですよねぇ〜」

「……おい」

「まぁ、しょうがないですよね。店長の唯一の取り柄であるお店が潰れちゃいましたからねぇ、これで良いところは全くなくなりましたよ。ただの行き遅れです。今日から路地裏生活ですよぉ〜、落ちぶれちゃいましたねぇ〜」

「…………こら」

「だから前から言っていたじゃないですかぁ〜、お店はこの私に任せてくれれば全てがうまくいったんですよ。それなのに無能者が意地を張っちゃって――ゲフッ!?」

クーティーの鳩尾《みぞおち》にベラドンナの黄金の左ボディブローが突き刺さった。

しかも拳に魔力を込め、衝撃波が内側に浸透するように強化し、クーティーの内臓に深刻なダメージを叩き込む。

普通なら即死レベルなのだが、ベラドンナも『こいつは、この程度では死なんやろ』という謎の認識を持っており、情け容赦なく危険な攻撃を繰り出せた。

まぁ、いつものことである。

「随分なことを言っているようだけど、アンタ……分かってる？」

「うぐぐ……なにがですかぁ〜…………」

「店は閉店、つまりアンタも無職になるということよ。今後の生活はどうするつもり？　言っておくけど、私はアンタの面倒を見る気はないわ」

「……た、退職金は？」

「あると思う？　アンタのせいで客足は遠のくし、おまけに無駄飯食らいの役立たず。他人の足を引っ張ることしかできない無能に退職金が出るとでも？」

「……」

「しかも勝手に食堂で食い散らかしては店のツケにしてたわよね？　言っておくけど払わないわよ。それと、どこの食堂もアンタの出入りは禁止だって。この街で暮らしていけるの？」

現実を突きつけられ、次第に表情が蒼褪《あおざ》めてくるクーティー。

そう、よく考えなくても分かることを彼女は失念していた。

「て、店長はどうする気ですかぁ～」

「私？　田舎に帰るわよ。けど、アンタは帰る場所もないわよね」

「………えっ？」

「おじさん達、引っ越したって。住まいは誰にも教えていないそうよ。アンタが戻ってくるのを恐れて夜逃げ同然で村から出ていったらしいわ」

「じゃぁ、店長の実家で……」

「無理でしょ。私のお父さんがアンタを許すと思っているの？　それどころか昔の恨みもあるし、村総出で私刑《リンチ》に遭うわよ」

クーティーに帰る場所など存在しなかった。

「店長が面倒を見てくださいよぉ～」

「ごめんねぇ～、私……もう店長じゃないのぉ～。つ・ま・り、アンタの面倒を見る必要がないのよねぇ～♪」

「酷いぃ、無責任ですぅ!!」

「存在そのものが無責任の塊であるアンタに言われたくないのよ！　日頃の行いが悪かったと思いなさい。でも駄目ね、アンタ……反省を活かすことができないんだから、今日のこともすぐに忘れるんでしょ？」

「そんなことはないですぅ！　私はちゃんと反省を活かせてますよぉ～、天才なんですから」

「じゃぁ、なんでいつも同じ間違いを繰り返すわけ？　他人の言葉なんて戯言《ざれごと》としか思っていないんじゃない？」

「………」

思いっきり顔を背けるクーティー。

ベラドンナの指摘通り、クーティーは自分を天才と信じて疑わず、他人の言葉に耳を傾けるつもりは一切ない。

今の苦境をその場限りで切り抜けることができれば、あとのことなど本当にどうでもいいのだ。どんな愚か者でも反省くらいはできるというのに、彼女にはそれができない。

ある種のサイコパスで、重度のＤＱＮなのだ。

「じゃぁ、私は大家さんのところに行ってから田舎に帰るけど、アンタは好きなように暮らしなさい。ばいば～い、永遠にね」

「ま、待ってくださ……ごふ⁉」

先ほどのボディブローが効いていたのか、クーティーはその場に崩れ落ちた。

そんな彼女を放置したままベラドンナは人混みの中へと消えていく。

こうして彼女は無職になった。

余談だが、ベラドンナは別に田舎に帰ったわけではなく、恋人の家にお世話になっていた。

その後は籍を入れ、本格的な夫婦生活に入るのだが、それはまた別の話である。

保護者という存在がいなくなったことで、結果的に悪質な猛獣が世に解き放たれた状況となり、以降クーティーによる傍《はた》迷惑な被害が増えることとなったのだった。

第四話　世界再生の始まりは余波の爪痕を残す

地震後の復興は簡単にはいかない。

そもそも重機が存在しないこの世界において、代わりに活用される人材は【ガイア・コントロール】などの土木作業魔法が使える魔導士ということになるのだが、いくら他国よりも魔導士の数が多くとも救助活動のノウハウのない彼らには難しい。

保有魔力や自然魔力の活用がどうこう言う前に、元から経験不足で細かい作業が苦手であったため、救助活動などに使えるわけもない。ついでに魔力枯渇が激しくすぐに倒れる。

猫の手でも借りたい状況下での魔導士の投入は有効に見えるが、実はたいして役にも立たないのである。

そんな状況下でありながら元気に作業を始める一団の姿があった。

「野郎ども！　これは金にもならねぇ慈善事業だが、一切の手抜きはするんじゃねぇぞぉ!!」

「「「「イヤァ～～～ッ、ハァ――――――――ッ!!」」」」

――ハンバ土木工業。

自分達の腕を振るえる場所であれば、それが工事現場だろうが被災地だろうが関係ない。

彼らは棟梁《とうりょう》であるナグリの指揮のもと、統率された動きで瞬く間に倒れた建物を解体し、しかも再利用可能な資材の分別まで行っている。

「しっかし……随分とヤワな建物が多いな。俺達が手掛けたもの以外、ほとんどが何かしらの被害を受けてるじゃねぇか」

「そりゃ、ウチの仕事と比べたら、他の業者なんて手抜きレベルでしょ」

「あっ？　おめぇ……なに言ってんだ？　そこに人が住む以上、簡単に壊れるような建物じゃ意味ねぇだろ。頑丈、長持ち、快適の三拍子は建築の基本だろうが」

「そこに安いが入れば言うことないんですけどね」

「おめぇ～なぁ……食堂の飯じゃねぇんだぞ。自分達の住居に金を掛けねぇでどうすんだよ。だが無駄話はここまでだ。んで、身元を証明できるものはあったか？」

「いえ、ただ家族との写真が入ったロケットがありやすね」

「そうか、じゃあロケットは回収して遺体は火葬場に持っていけ！　放置しとくと腐敗が早まるからな、疫病の原因にもなりかねねぇ」

邪神戦争以降、この世界の建築技術の水準は中世レベルにまで落ちていた。

その中でドワーフの建築技術の水準だけは異常なまでに高く、地震の少ない土地でありながらも耐震技術や荷重計算技術などを長い経験の中から学び、無自覚のまま利用している。

尺金《さしがね》一本で複雑な計算を即座に行い、単純な設計図で見事な建築を成し遂げてしまう江戸時代の大工のようなものだ。

しかも勤勉で、常に技術を高めようと余念がない。

耐火、耐震、通気性、荷重計算技術、基礎工事技術、左官、塗装、水道技術、下水技術など、およそ高度な計算を必要とするような建築や設備に関する技を、即座に直感で行えるように脳筋思考で苛烈《かれつ》に鍛え上げるのだから、現代建築技術を多少知っているゼロスでも言葉を失ったほどだ。

やっていることは武術の修行に近いが、当の本人達は全く気にしてはいない。

彼らは最高の仕事ができれば細かいことなど気にしないのだ。

「親方ぁ、人が埋まってやしたぜ！　まだ生きてやす」

「おう！　担架で救護所まで運んでやれや。片っ端から掘り起こしてやらぁな」

ハンバ土木工業の面々は、瓦礫《がれき》や倒壊した建物の撤去作業も速いが、それ以上に被災者の救出作業も凄《すご》かった。

それはもう、ハイパーレスキュー並みかそれ以上の迅速さである。

瓦礫の撤去と同時進行で次々と被災者が救出されていく。

「こっちにもいやしたぜ。ただ、残念ですが頭が潰《つぶ》れて死んでやす」

「遺品はどうしますか？」

「葬儀社の連中に預けておけ。身元判明してるから遺灰ごと遺族に返してくれるだろ」

騎士や衛兵達の救助作業より、街の土木工事会社の方が優秀だった。

一見して彼らの行いはボランティア活動のようだが、そこに無償の人道支援意識など全くなく、新人に解体作業の訓練を行うのに都合がよかった程度の認識でしかない。

そう、気に入らない依頼主の新築をぶっ壊す予行練習。ただそれだけである……。

彼ら的には死体にも慣れておけ……ということなのだろうか？

理由はどうあれ、救助される側には大変ありがたかったことだけは確かである。

◇　◇　◇　◇　◇　◇

商人キャラバンの護衛依頼を終えたイリス、ジャーネ、レナの三人がサントールの街に戻ると、そこは被災地と化していた。

治療を受ける怪我人、既にお亡くなりになって臨時の遺体安置所に運ばれていく被災者。

その様はまるで戦場であった。

「…………酷《ひど》いわね。こんな災害、生まれて初めてよ」

「これまで経験したことがない激しい揺れだったが、まさかあの揺れがここまでの被害をもたらすとはな……」

「そういえば、今まで地震が起きたことなんてなかったね。イーサ・ランテの依頼後に一回だけあっただけだったかな？」

「そんなこともあったわね。でも、あの時はすぐに収まったようだけど？」

「今回は揺れが長く続いたからな」

三人は、依頼を終えてこの街に戻る途中で地震に遭遇した。

元より日本人であるイリスは地震に対しても落ち着いていたが、地震が比較的に少ないこの地域で生まれ育ったジャーネとレナは、初めて長時間の揺れに見舞われたことに生きた心地がしなかったという。

地震が収まっても体がまだ揺れているような感覚に襲われ、歩くときも足取りが覚束《おぼつか》ないちょっとした船酔いに近い状態になっていた。

「イリスはなんで平気だったんだ？」

「私？　私は地震が多い地方の出身だから、慣れているってこともあるよね。あれよりも大きい地震を体験したこともあるもん。あの程度じゃ慌てたりしないよ」

「地震は火山が多い地方で頻繁に起こるって言うわよね？　イリスは随分と危険な地方の出身者だったのね。まぁ、おかげで冷静さを保てたけど……」

「私もそうだけど、アドさんやおじさんも同じ国の出身者だよ？　あれくらいの揺れだったらよく起こってたし、微弱な地震も頻発してたから今さらだね」

「アタシは慣れそうにないな。この世の終わりかと思った」

地球の――とりわけ日本という国で育った【入江《いりえ》　澄香《すみか》】ことイリスには地震は日常であったが、レナやジャーネにとってはまさに大災害に思えたようで、震度４クラスの揺れでも冷静ではいられない。

それは、この異世界の住民達も同様で、余震が起こるたびに悲鳴をあげていたりする。

こんなときほど冷静に行動しなくてはならない騎士や衛兵達も、落ち着いているように見えて顔色は凄く悪い。

「みんな大袈裟《おおげさ》だなぁ～……」

「建物が倒壊するほどの揺れなのよ？　大袈裟でも何でもないと思うわ」

「むしろ、イリスの落ち着き方の方が異常だ。それに被害を受けた人が街中にたくさんいるのに不謹慎だぞ」

「建物が崩れるって、耐震設計が甘かったからじゃない？　そんなの私のせいじゃないし、故郷じゃこの程度の揺れで倒れたりしないよ」

「「…………」」

イリスは自分の認識にズレがあることに気付いていない。

確かに日本では地震は珍しいというわけでもなく、それこそ遥《はる》か昔から身近にある自然現象であったため、建築に関しても耐震性を重視するのは当たり前だという認識がある。

それこそ歴史的な建造物である法隆寺の五重塔も、地震の揺れに対して倒れないように設計されているほど、耐震設計は身近なものだった。

彼女からしてみれば、『この程度の揺れで、なんで建物が崩れるの？』という感覚なのである。

対してレナやジャーネは、元から地震災害の少ない地域で生活してきたこともあり、震度４程度の地震に対しても大災害という認識なのだ。

しかも建物が倒れるほどの天災など経験したことがなく、イリスが平然としていることが信じられない。まして地震が日常的に起こるような状況など、それこそ想像できない話なのである。

「……イリスの生まれた国の建物って、どんだけ頑丈なんだよ」

「きっと石材を惜しみなく使った頑丈な家なのね」

「木造建築だよ？　まぁ、大地震の時に家がすんごい大きく揺れてたけど、壁に罅《ひび》が入っただけで家自体は無事だったかな。部屋の中は凄く散らかったけどね」

「それって、今回起きた地震よりも大きい揺れだったってことよね？」

「うん。立っていることすらできなかったかな。こう……静かな揺れから、いきなりドーンときてね。棚に扉があるのに食器は飛び出すわ、物は崩れ落ちるわで、もう大変だったよ」

「信じられないな（わ）」

イリスが言うほどの大地震の話は、二人にとって世界の終末に起こるような伝説レベルの災害に聞こえていた。

「でも、一番怖いのは二次被害かな？」

「二次被害？」

「内陸部だと火事かな？　地震が起きたときに食事の準備をしていた場合、そこから出火して周囲に広がっちゃうんだよ」

「それ、洒落《しゃれ》にならないぞ!?」

「こういう城塞《じょうさい》都市の場合だと、火事が原因で引き起こされるファイアーストーム現象が危険だね。別の場所で起きた火事が勢いを増して上昇気流を生み出し、火災旋風となって被害を免れた周囲の建物を巻き込んで拡大していくんだよね。逃げ場も限定されるから被災者は増える一方……」

「ちょっと待って！　今……現在進行形で火事も発生しているようなんだけど……」

街の中には多くの食堂があるし、住宅街にはアパートなどで調理していた家庭も多くあり、そこから出火したら瞬く間に広がるはずだ。

外に出かけていたら回避できたかもしれないが、瓦礫に挟まれた被災者達の運命は悲惨なものとなるだろう。

つまり火事が広がる前になんとか鎮火させなくてはならない。

「火事を未然に防ぐしかないな」

「既に消火活動は始まってるでしょうけど、人手が足りているかが問題ね……」

「魔法で火は消せるとは思うけど、瓦礫の下敷きになった人達も巻き添えにしちゃうかも……。高水圧の魔法は使えないよ」

「こんな状況だもの、多少の犠牲は容認するしかないわ。大火災にでもなったら手に負えなくなるでしょうから」

「状況に応じて対処するしかないな。アタシ達では全員を助けるなんて無理だ」

そんな会話をしながら火事の現場へ急いで向かいだす三人。

煙の上がる場所を目指し、人混みをかき分けながら進むと、そこには倒壊こそ免れたが二階部分から火災が発生している四階建てのアパートがあった。

火は三階部分へと燃え移っており、このままでは全焼は確実である。

「いやぁあああっ!!　誰か……誰か息子を助けて!!」

「あそこには、まだ婆《ばあ》さんが残っているんだ!!」

「たすけてぇ、あついよぉ!!」

「お前達ぃ、この子を落とすから受け止めるんじゃ!!」

「婆さんはどうするんだぁ!!」

「どうせ死にぞこないなんじゃ、子供を助ける方が優先じゃよ。ひゃっはっはっ」

かなり逼迫《ひっぱく》しているような状況。

子供は助けられても老婆《ろうば》は確実に炎に巻き込まれるだろう。

それほど火の廻《まわ》りは早かった。

「このアイテムが使えるかな」

「ん？　それは指輪か……魔導具なのか？」

「緊急時だから説明はあと！　いっくよぉ～～っ!!」

インベントリーから取り出した指輪を即座に嵌《は》めると、連続で水弾を撃ちまくる。

魔力消費を無視するような多連続の水弾は、燃える柱や天井の火を消し、なんとか人が進めるだけの空間ができあがった。

そこへイリスが先頭になって飛び込み、その後にレナとジャーネが続く。

「そりゃ、そりゃ、そりゃ、そりゃ!!」

「すげぇぞ、あの嬢ちゃん達！」

「魔法で火を消しながら突き進んでいきやがった」

「これなら助けられるぞ!!」

ちなみにイリスが使っている指輪は【水精の指輪】といい、【ソード・アンド・ソーサリス】ではダンジョンで割と簡単に手に入る装備アイテムである。

その効果は周囲の魔力を吸収して連続で水弾を射出できるというもので、主に魔力消費を抑えたい魔導士には牽制《けんせい》目的として重宝されていた。

威力も低いために他の似たような装備アイテムと併用した戦術が組まれるも、ある程度レベルが上がると真っ先に売られてしまう不遇な扱いだ。

そんなアイテムが現在、火事現場で大活躍である。

「イリス、そこの床が崩れそうだから気をつけて」

「はいはぁ～い」

「消火が早いな……。これなら救出もできそうだ」

「三階に行くよ。救助は迅速に」

燃え広がろうとしていた火の手を魔法で消火し、イリス達は四階へと辿《たど》り着く。

「レナさん、救助をお願い。私は火を消すのに専念するから」

「了解。お婆さん、大丈夫？」

「なぁ～に、ちょいと火傷《やけど》したが、たいしたこたぁ～ないよ」

「ジャーネ、お婆さんの保護をお願い。私はこの子を……うふふ♡　青い果実……いえ、五年後が楽しみだわ」

「こんなときに発情すんな！」

「失礼ね。いくら私でも、こんな幼い子に手を出すほど腐ってはいないわよ」

「……どの口が言ってんだ？」

ジャーネは即座に『嘘《うそ》だ！』と言いたかったが、余計な言葉はあえて心の奥に呑《の》み込んだ。

今は緊急事態の真っただ中にいるのだ。

消火はしているが床が崩れる可能性もあるため、迅速に行動することを優先したのだった。

イリスは念入りに火を消している。

「イリス、撤収するぞ」

「えっ？　もう少し消火しておかないと、あとでまた出火するかもしれないよ？　火種を残しておくと危ないんだから。住んでいた人には悪いけど、水浸しになるのは覚悟してもらわないとね」

「あら、イリスってば用心深いのね。そうよね……火種は消しておかないと、後々厄介だから念入りに消すべきよ」

「なんか、微妙に変なニュアンスを感じたけど……。まぁ、用心しておくに越したことはないんだよ。それ、いけいけ～！」

そのままイリスは建物から出るまで水弾を撃ちまくり続けた。

鎮火はしたが後始末は大変そうである。

彼女達がアパートの外に出ると、大勢の人達からの拍手喝采が辺りを包んだ。

感謝の声が照れ臭かったのか、イリスとジャーネは救助したお婆さんと少年を引き渡すと『次の場所に向かうから』とそそくさと逃げ出し、母親と抱き合う少年を物欲しそうに眺めるレナを引きずりながら、流れるように現場を後にする。

「そういえば、意外と火事になっている家が少ないよね？」

「あ～、消防隊や衛兵は魔法が使えるからな。マナ・ポーションを飲み続けながら必死に消火活動をしてるんだろ」

「お腹《なか》がタプタプになりそうね。魔法が使えなくてよかったわ」

「あれ？　もしかして私……何気にチート？」

どこかのおっさんのように目立つようなことはないが、イリスも自身が何気にチートであることを、今さらながらに気付いた瞬間だった。

このあとも三人の活躍によって、多くの被災者が救助された。

◇　◇　◇　◇　◇　◇　◇

地脈を通じて流れた大量の魔力による地殻変動は惑星全土に波及し、それは当然イストール魔法学院にも及んだ。

ただ、この学院都市は元よりドワーフ達の手による建築物が多く、見た限りではさほどダメージを受けた様子は見られない。

しかし、内部までが無事であるとは限らなかった。

大図書館では収蔵されていた本が棚から全て落ち、研究棟では薬品棚が倒れ、漏れた液体が化学反応によって変なガスを発生させ、修練場では地震に驚いた生徒が滑って転んで失神するなど、危険極まりない事態からコミカルなものまで様々な影響が出ていた。

「クロイサス、大変だぁ!!」

「なんですか、マカロフ……。いま片付け作業で手が離せないのですが？」

「お前の部屋なんて、年がら年中散らかってるだろ。今さら何を言ってるんだよ」

「何気に失礼ですね、事実ですけど……。それで、何が大変なんです？」

「おっと、そうだった……。研究棟で薬品棚が倒れて……」

「変なガスが発生しましたか？　それも今さらですね」

「……よく考えれば、いつもヤバい事態な気がするが、そんな日常に慣れてる俺達が嫌になるな。

だが、今回はちょっと違う」

「何が違うんです？」

「薬品棚の溶剤をサマール達がぶっかぶって、オネェになった」

「………………はぁ？」

クロイサスに『オネェ』という言葉を使ったところで彼は理解できない。

そのためマカロフに詳細を訊《き》いてみると、内容はこうだ。

研究棟で在庫の薬品を確認中に地震が起こり、棚が倒れた拍子に中の【性別変換薬】をかぶってしまい、サマールという青年はなぜか女性みたいな男性に姿が変わってしまったらしい。

更に二次的に発生したガスにより、周囲にいた複数人の男女学生達も『オネェ』に大変身。あまりの事態に大混乱に陥ったとのことだ。

「女生徒もその場にいたのですか？」

「あぁ……。彼女達はその……生えたらしい。それも、かなり立派なものが……」

「体は男性にならなかったので？」

「不幸中の幸いと言うべきか、見た目だけなら無事だ。一部だけが強調されているようだけど

「……」

「本来であれば性別変換薬は男が使えば女に、女が使えば男になるはずだが……おもしろい……実におもしろい。どのような反応でそのような気化ガスが発生したのか、そのプロセスを考えるだけでも実に興味深い」

「なんで嬉《うれ》しそうなんだよ。イー・リンやセリナも被害に遭っているんだぞ」

「それは、ぜひともレポートを書いて提出してほしいところですね。効果がどのように及んだのか、内容の詳細が気になります」

クロイサスは研究が絡むと外道だった。

身近な友人が犠牲になろうと、偶発的であろうと結果を知ることが何よりも重要であり、そこから『効果に対して、様々な考察を行うのに必要なデータを得る好機』という思考に囚《とら》われてしまう。

彼にとって友情とは何なのか気になるところだ。

「お前な……あのセリナが泣いてるんだぞ。少しは心配をしろよ、不謹慎だろ」

「マカロフも覚えているでしょうけど、性別変換薬は短時間で効果が切れるモノですから心配することでもないでしょう。放置しても自然に元に戻りますよ」

「あの時のことを思い出させるなよ。つーか、このままだと男子の心が折れるんだよ！」

「なぜ？」

「それは……」

偶然にも現場を見てしまったマカロフは、そのあまりの状況に絶句したほどだ。

特にフ〇ナリとなった女子のアレは立派すぎて、スカート越しにも目立ち、元から男子として生を受けた彼からしてみれば羨《うらや》ましすぎて泣けてくる。

自前のモノに変化がないオネェ化男子達が絶望したほどだ。

だが、そんなことを軽々しく口に出せるものではない。

「男性化と女性化の魔法薬が互いに中和しあった結果なのでしょうか？」

「俺に聞くなよ」

「発生したガスは？　まさか、換気扇を回して外部に流してはいないですよね？」

「それは知らん」

「ふむ……どのような状況なのか理解できませんので、実際に見に行きますか」

「やめろよぉ、セリナとイー・リンが自害しかねないだろぉ!?」

「……では、なぜ私を呼びに来たんです？　もう一度言いますが、効果はすぐに切れるのだから放置しておいて問題はないでしょう？　私に被験者を診察してほしかったわけではないでしょうに」

「……あっ」

確かにマカロフは棚にあった性別変換薬が短時間で効力を失うことを知っていたのだから、そもそもクロイサスを呼びに来る必要はなかった。

医学的な見地から診察するのならともかく、混乱している状況にクロイサスを投げ込むなど悪手でしかない。更なる波紋の相乗効果を発揮することは分かり切っている。

それなのにマカロフは彼を頼ってしまった。

「地震による動揺と二次被害による惨事に気を取られて冷静さを失い、状況を把握することを怠ったようですね。目先の情報に気を取られすぎると真実を見失いますよ？」

「ぐっ……確かにそうなんだが、いつも惨事を引き起こすクロイサスに言われると納得いかないものが……。そうだよ、なんで俺はクロイサスを頼ろうとしたんだ？　むしろ状況が悪化するだけじゃないか」

「本人を前に失礼ですね」

冷静になればクロイサスに頼ろうとしたこと自体が過ちであると理解できる。

そして、いたところでクロイサスが役に立たないことを、今さらながらに自覚し深く項垂《うなだ》れた。

「まぁ、危険物として性別変換薬の原液を別の場所に保管しておいて正解だったということですね」

「あぁ……そうだな。もし原液を同じ場所に保管していたら、いずれお前が妙な調合の実験に使いそうだったから、別途保管を推奨しておいて本当によかった」

「……えっ!?　待ってください。原液の保管場所移動の話は、取り扱いが難しいからという理由ではないんですか!?」

「それも理由の一つだが、お前が勝手に実験に使いそうだということが大きいな。みんなで話し合った結果だ。総意だから諦めろ」

「納得できませんよ!?」

実験という名のクロイサスの暴走は、多くの学生から危険視されていた。

前々から分かっていたことなのに、クロイサスは少しも理解と自覚をしてくれず同じことを繰り返し、周囲に混乱を振りまいている。

口で言ったところで効果がないのなら、実力行使で被害を抑えようとするのは当然のことである。

「お前のせいで頭を下げるのはもう嫌なんでな、こうするしか手がなかったんだ。恨むんだったら今まで自分の仕出かした不始末を恨め」

「……一応、頭は下げているんですがね」

「全然反省なんかしていなかったろ。謝罪に行っても屁理屈《へりくつ》で丸め込み、講師陣を煙《けむ》に巻いていただけじゃねぇか。あれを反省とは言わねぇよ！」

「失敗した原因と、反省を生かした今後の方針を懇切丁寧に伝えただけじゃないですか。解せません」

「それを反省してねぇって言ってんだけどな。研究のことだけを強調して、騒ぎを引き起こさないという根本的なことを無視してるじゃねぇか」

「失敗なくして成功はないというのに、そんな無責任なことは言えませんよ。失敗するときはどんなことをしたって失敗します」

「本音と建前をきっちり分けろって言ってんだが？　だから俺達の心象まで悪くなってるんじゃねぇか。少しは自重しろよ‼」

「なぜ？」

クロイサスは自分が問題児である自覚が全くない。

問題を起こし反省はするものの、その経験は全て研究に向けられるため、他人に対して配慮するという認識部分が他と大きくズレていた。

「まぁ、いいでしょう。それにしても何度も地震が発生していますね」

「ちっともよくないが、ほんと長い地震だよな……」

「この分では、また大きい揺れがくるかもしれませんね。片付けるのをやめておきましょうか。ま

「片付けても直ぐにまた散らかる気がします」

「そこは片付けろよ。散らかった惨状を放置しておくと、お前はあとになっても片付けないだろうが」

この日、一部で酷い被害を受けた者もいたが、片付け作業は生徒全員で行われた。

ただし、クロイサスだけは偶然発見した文献に夢中になり、作業を途中で放棄することになる。

いるだけ邪魔になるので、誰も声を掛けることはなかったとか。

◇　◇　◇　◇　◇　◇

大図書館で調べ物をしていたとき、セレスティーナは地震に遭遇した。

本棚はドミノのごとく倒れ、蔵書は散乱し、一部の生徒は棚にあった大量の書籍に押し潰された。

大きな揺れは去ったがいまだに余震が続く中で、たまたま他国の歴史を調べに来ていたツヴェイトが陣頭指揮を執り、棚の間に挟まれた生徒達の救出に当たっていた。

「タイミングを合わせて全員で持ち上げろ！　手を放すんじゃねぇぞ」

「「「「せぇ～のっ!!」」」」

「っ……このまま、勢いで棚を立たせろ」

「「「「っこらしょぉ!!」」」」

「セレスティーナ、そっちの本はどかせたか？」

「まだです。皆さんで運んでいるのですが、数が多すぎて人手が足りません」

「だろうな。こりゃ、徹夜で救助活動するしかねぇか……」

大量の本が保管されているだけあって本棚の横幅はかなり広く重量もそれなりにあり、立て直すには多くの人手が必要なのだが、学院内はどこも混乱している状況なので救援は見込めない。

だが、本棚が少しでもズレたりすれば隙間《すきま》にいる生徒は大量の書籍と本棚の重量で潰されてしまうため、生徒達の間で次第に焦りが広がる。

「散乱した本をどかせ、手が出たら引っ張り出すぞ」

「その本を抜き取ろうにも、棚が邪魔して引き抜けねぇんだよ。微妙な角度で重量がのしかかっているからな。こりゃ、地道な作業を繰り返すしかないな」

「だが、このままだと何日かかるか分からねぇぞ？」

「本棚を立て直せれば先が見える。焦りは禁物だ」

「口より先に手を動かせよ!!　先は長いんだぞ」

救出作業に当たっている生徒達は、そもそもそういった訓練など受けたことがなく、その作業はお世辞にも手際がいいとはいえない。

それでもなんとか助け出すことには成功している。

「兄様、このままだと……」

「分かっている。あの柱で本棚が支えられてはいるが、それがいつまでも耐えられるとは思えん。本棚が重みで横ズレなどしたら完全に潰されるな」

「そんなことになったら、今本棚の間にいる人達は……」

「あぁ……本と棚の重量で圧殺される。これは時間との勝負だ」

「ツヴェイト、戦略研究部の皆を連れてきたよ」

「ナイスだ、ディーオ！　皆はすぐに本をどかす作業に当たってくれ。一階から三階に均等に人員を分担し、作業を迅速に効率よく進めるぞ！」

「緊急事態だからな、指示には従うさ」

「俺達が来たからには安心だぜ♡」

「短時間で作業を終わらせるぞ!!」

助っ人を呼びに行ったディーオは、同じ研究室の仲間を引き連れてきた。

これにより作業効率は一気に上がるだろう。

「セレスティーナ様、下級生だけど助っ人を連れてきたよ」

「わたくしも暇そうな人達を連れてきましたわ」

「キャロキャロは拉致してきたって言わない？」

「失礼ですわよ、ウルナさん！　善意の協力者ですわ」

善意の協力者。

それは、大図書館の前で突然の地震に見舞われ、呆然《ぼうぜん》としていた一般生徒達だ。

キャロスティーは放心していた彼らに声を掛け、『何をしていいのか分からないなら、手伝いなさい！』の一言で無理やり引き込んだ。

ちなみにウルナは同じ獣人族のハーフ達に声を掛けた。

ハーフであるウルナは獣人族の血が濃いために魔法の扱いは苦手だが、イー・リンのような魔法を扱える獣人族のハーフも学院には少なからず在籍しており、いわゆる横繋《つな》がりの関係者を連れてきたのだ。

なんにしても助っ人は多いに越したことはない。

「なんでもいい、女子は今すぐ本をどかすのを手伝ってくれ。男子は本棚を持ち上げる力仕事だ。一階から三階に班に分けて作業に当たってほしい」

「怪我人はどうするんだ？」

「私達じゃ手当てなんてできないわよ」

「そこは俺達が応急処置をする。その後は学院内の診療所に任せるさ。骨折している場合もあるから、何人かは担架で負傷者の移送だな。時間がないから即刻作業開始だ」

「「「「おぉおおぉおぉおぉおぉおっ!!」」」」

その後、二日ほどの時間を掛け救出活動を終わらせることができ、最悪の事態は避けられたものの、それでも骨折などの怪我人が出ていた。

死者が出なかったことに安堵《あんど》しつつも他の場所に救援に行こうとした矢先、今度は棚から移した書籍を元に戻す作業を頼まれ、その作業で一週間を費やすことになる。

その頃にはある程度状況は落ち着いたものとなっていたのだが、講師、学生を含め全員が疲労で倒れる羽目になり、学院としての機能を取り戻すのにしばらくの時間を要するのであった。

◇　◇　◇　◇　◇　◇　◇

地震発生から一日が経過し、ソリステア公爵家の屋敷にある執務室では次々とあげられる報告に対し、デルサシス公爵とクレストン元公爵が苦い顔をして地図を見ていた。

突然発生した災害の対処に部下総動員で当たっているが、その被害は予想以上に大きい。

特に百五十年前から残る建物の影響が酷いようで、旧市街地や住宅街の民家倒壊は頭が痛い。

「……予想以上の被害じゃのぅ。火事が未然に防がれているのが幸いじゃわい」

「復興のために、しばらく予算が食われそうですな。商会でも商品に被害が出ておりまして、いやはや……頭が痛いところだ」

「国から復興予算は出そうにないのぅ……」

「国内全土に影響が出ていると見てよいでしょう。領内でなんとかせねばならないが、どこから予算を捻出《ねんしゅつ》するべきか……」

報告でもたらされる情報を精査すると、サントールの街だけでも地震の被害はかなりのものだ。

そこに各村や町などを入れると資金が尽きかねない。

「……こんなときに言うのもなんじゃが、メーティス聖法神国の状況が気になるのぅ」

「今頃、あの国はジリ貧でしょうな」

「うむ、地震の被害があったのかどうかは分からぬが、それ以前に終わっておるか」

この時点では、まだ聖都マハ・ルタートの崩壊の報せ《しら》は届いていなかったが、神の威を感じ取っていたデルサシスとクレストンは自然と答えを導き出す。

メーティス聖法神国の政治中枢は消滅し、更にこの地震の被害によって収拾をつけようがない状況に陥っている。

しかも国の基盤となっていた信仰も【神】によって完全否定されていた。

もはや国として成り立っていない。

「なにはともあれ自国の復興を優先じゃな」

「幸い、我が国には変態的――もとい、優秀な職人がおりますからな。復興も彼らの手で好き勝手に行われるでしょう。今のうちに彼らの支援体制を整えておくべきか」

「デル……そなた、さらっと『変態的』と言おうとせんかったか？　まぁ、あのドワーフ達のことじゃから、これ幸いと勝手に建て直しをしてくれるじゃろうが……」

「彼らには慈善事業などという言葉はないが、新人教育という言葉はある。倒壊した建物を全て技術の向上のために利用するかと。ですが……」

「我ら領主の立場がないぞい。じゃから支援体制を整えて体裁を保つと？」

「彼らの私財を使われると、それこそ立場がありませんのでね」

「頼りになるが、扱いが難しい連中じゃわい。独立性が強すぎるのも考えものじゃのぅ」

ドワーフ達にとって今回の震災は渡りに船だった。

使えない新人を現場に放り込み、強制的に技術力を上げる所謂《いわゆる》ブートキャンプのようなもので、職人が育つのであれば見返りは求めない。

しかし、それでは領主としての立場がなく、彼らの仕事ぶりに甘えるわけにもいかない。

何より権力者よりも職人が尊ばれるわけにはいかないのだ。

たとえ彼らの行動が善意ではなく、技術を強制的に学ばせるためのものであったとしても、民は彼らの働きぶりを支持することだろう。

「駆け出しの職人達は過労死せんじゃろうか？」

「その心配は無用でしょう。哀れには思いますがね」

「そなた……冷たいのぅ」

「彼らが未熟な職人を過労死させるとは思えませんのでね。死なすなら働き甲斐《がい》のある現場でしょう」

「それはそれで酷いと思うのじゃが……」

これから続くであろう新人職人達の地獄の日々を思うと、クレストンは涙を隠せなかった。

事実、今も遠くで新人職人の悲鳴が響き渡っている。

しかし、クレストン達は彼らに同情はしても助けない。

正確には助けられない。

なぜなら彼らを助けようとすればドワーフ達が反発し、領地の復興が遅れてしまうからだ。領主の立場から小さな犠牲は黙認することに決める。

何より領地の被害を調べるだけで手一杯だ。

間違ってもドワーフ達に殴られるのが嫌だからではない。領地の回復を最優先するべきと判断したからである。たぶん……。

第五話　エロムラ、社会的な死の危機に晒される

「……終わりだ。我々は……本当の神に見限られた……」

「四神は……神などではなかったのだ」

「我らの仕出かしたことは、世界を滅ぼしかけたことだけ……。しかも関係のない異世界人達を巻き込んで……」

「死んでいった勇者達が復讐《ふくしゅう》に来るわけだぁ、我らは何と愚かであさましいことか！　そりゃぁ、神にも見捨てられるよなぁ？　ヒハハハハハハハッ!!」

神の降臨から二日が経過した聖都【マハ・ルタート】。

辛うじて生き延びた者は、そのあまりにも凄惨《せいさん》な光景に力なく崩れ落ち、神による断罪の結果を見て絶望し続けていた。

ジャバウォック（正確には元勇者達）のスキルにより四神教の罪は国中に知れ渡り、もはやこの国は神聖な神の国家などではなく、世界を破滅に導く邪教国家となってしまった。

神殿や教会を襲撃していたドラゴンの正体、四神の命《めい》で行われた勇者召喚の危険性、そして復活した真の神による断罪によってもたらされた現状。そこへ追い打ちをかけるように起きた地震による被害によって、絶望のどん底に落とされた。

もはやメーティス聖法神国という国名そのものが罪の象徴であり、そこに住む者達は共犯者と言われても言い逃れできない状況である。

なにしろ四神教の信徒の国なのだから。

「どうすれば許される……」

「今までの教えは全てが嘘《うそ》だったのか……」

「ならば、我らのしてきたことはいったい……」

敬虔《けいけん》な信者も裏で私腹を肥やしていた不埒者《ふらちもの》も、本当の神の降臨を見てしまえば犯してきた罪に耐えられるわけもなく、己の行いに対して深く懺悔《ざんげ》することしかできなかったが、どれだけ罪を悔い神に許しを請おうとも、その悲痛な声が届くことはない。

全てが手遅れであった。

そんな彼らとは無縁の者達もいるが……。

「うっわ……酷《ひど》い惨状だな」

「僕達が地下を彷徨《さまよ》っている間に、いったい何が!?」

「あのドラゴンの襲撃で、ここまでの被害が出たのか!? それにしては……」

勇者の【八坂《やさか》　学《まなぶ》】、【川本《かわもと》　龍臣《たつおみ》】、【笹木《ささき》　大地《だいち》】の三人である。

彼らはジャバウォックの攻撃から逃れるために地下水路に入ったが、爆発で道が塞《ふさ》がり出口を求めて水路を彷徨っていたのだ。

そのため邪神降臨や四神の敗北する光景を見ておらず、地震が起きて天井のレンガが崩れたことでやっと地上へと出られたのだ。

そして目にした聖都の光景は、まさに地獄だった。

「まるで空爆でも受けたような惨状だぞ」

「あのドラゴンがここまでやったのか？」

「んなことより、風呂に入りたい」

地下水路を歩き回った三人は、酷い悪臭を放っていた。

そんな彼らの姿は嫌でも目立つというのに、瓦礫《がれき》と化した聖都の生存者達は全く見向きもせず、ただ呆然《ぼうぜん》と天を眺め、涙を流している。

あるいは跪《ひざまず》きながら必死に祈りを捧《ささ》げる者や、気が触れたかのように笑いあげる者。はたまた地に伏しながら泣き続ける者など様々だ。

三人は『まぁ、今までの悪事を暴露されたんだから、しょうがないよなぁ～……』と、同情の視線を向けることしかできない。

だが――、

「あぁ……邪神よ。いや、我らが神よ！　お許しを……今一度我らにお慈悲を‼」

「見捨てないでくだされ……。貴女《あなた》様に見捨てられたら、我らはどうしたら…………」

「うふふ……もう、手遅れなのよ…………。私達は四神に……あの邪神達に唆《そそのか》されたままその威光に縋《すが》り、今まで散々悪事に手を出してきたのだから……」

「許されるわけがない…………」

「我らにできるのは、ただ静かに滅びゆくことのみよ……」

――何か様子がおかしい。

聖都の惨状が酷すぎる。

確かに元勇者達の集合体であるドラゴンは暴れていたが、龍臣達が見た限りではここまで壊滅状態ではなかった。それ以前にあのドラゴンは自ら姿を見せることで、悪事とは関係のない一般人が避難する時間を与えていたように思える。

復讐のためとはいえ、ここまで徹底した破壊の限りを尽くすとは到底思えなかった。

「あのドラゴン……容赦ないな。ほとんど更地《さらち》じゃないか……」

「笹木……本当にあのドラゴンがここまでやったと思うのか？　仮にも僕達の同胞だぞ。復讐の対象は四神教なのだから、一般人を巻き込んでまで暴れるとは到底思えない」

「川本もそう思うのか？　俺も……同意見だ。でなければ外周の城壁から姿を見せ前進してきたこと辻褄《つじつま》が合わない。多少の犠牲者が出ることは容認していたと思うけど、彼らの目的はあくまでも四神教の総本山だったんだからさ」

大地はともかく、龍臣と学の意見は同じだった。

しかし、地下から感じた限りでは派手な戦闘が起きていたことは疑いようがない。

「おいおい、現実をよく見たら？　現に中心街は完全に消滅しているし、第二城壁も破壊され住宅街にも被害が出てるんですけどぉ～？」

「八坂はどう思う？」

「憶測《おくそく》だけど、たぶんあのドラゴンは四神と戦ったんじゃないか？　仮にこの憶測が当たっていたとして、勝敗がどうなったのかまでは知らんけど。気になるのは……」

「なぜ、『彼らが邪神の慈悲に縋っているのか？』だね」

理《ことわり》から外れた異形のドラゴンの存在を四神が許すとは思えず、三人が地下を彷徨っている間に戦闘が行われたとして、そこに邪神という新たなピースが加わることに疑問を覚える。

「考えられるのは……」

「ややや、ヤーさん、川本氏……それとクズ大地君！　い、生きていたんだな、だな！」

「「サマっち（キモオタ）!?」」

唐突に声を掛けられ振り返ると、そこには少々小太りなオタ少年が感涙して立っていた。

「サマっち、よく無事で！」

「この有様で正直生存は絶望していたよ」

「まぁ、オタはしぶといからな。簡単には死なないと思ってたぞ」

「大地君は……ほ、本当は心配なんてしてなかったんだな。とってつけたような言葉で言われても、ううう、嬉《うれ》しくないいんだな」

「チッ！」

今まで散々調子に乗っていた大地の口から出た言葉も、日頃の行いのせいで何も響いてこないほど、全く信用されていなかった。

内心を見透かされたことに対し舌打ちする大地は、人として最低だろう。

「サマっち……本来ならもっと再会を喜びたいところなんだけど、色々聞きたいことがあるんだ。僕達は地下に落とされていたから状況が分からないんだけど、いったい地上で何があったんだい？法皇様達も無事なのかい？」

「そ、それなんだけど……実は…………」

サマっちの口にした真実は、想像以上に混沌《こんとん》としたものだった。

元勇者達のドラゴンは法皇を含む神官達を神殿ごと消し飛ばしたが、そこに四神のうちの二柱が現れて交戦状態に入った。神としては理から外れたドラゴンの存在を無視することができなかったように思われ、その戦闘も二神有利に進みドラゴンが敗退したのも束《つか》の間《ま》、今度は邪神が顕現したという。

二神はその邪神と交戦に入るも、結界を張られたことで逃げることすらできず、一方的に蹂躙《じゅうりん》されて敗北。

恥も外聞もなく邪神に救いを求める四神教信者や神官達に対し、邪神が『人間に都合のよい神など存在するものか』と信仰を真っ向から否定し、彼らはトドメを刺されてしまう。

「――で、ご覧の有様なんだな」

「……思った通りの結果だったか。それにしても、なんてカオスな状況だよ」

「最悪だぁ!!」

「それより、皆はどうなったんだい？　この状況だとまさか……」

「あ～……ほ、他の勇者達って話なら、ぶぶ……無事なんだな。ささ、作業場を地下にしていたから、入り口が瓦礫に埋もれただけで助かったんだな。皆、自力で脱出してきたんだな」

「「よかったぁ～……」」

生産職の勇者達が全員無事だったことに龍臣達は安堵《あんど》する。

メーティス聖法神国の惨状には、今まで利用されてきたという立場上どうしても自業自得としか思えず、同情はするがそれ以外の感情は湧かなかった。

学が共犯者に巻き込んだリナリーや、龍臣の恋人である元聖女のリリスの心配もあるが、元より勇者二人の部隊はそれぞれ別の砦《とりで》に待機しているので、今は地震の被害の方が心配だ。

「んなことより、これからどうする？　もう、この国は滅亡したも同然じゃないか。これ以上義理立てする必要はないけど……」

「大地君の言う通りなんだな。利用されるためだけに召喚されたと判明した以上、ぼぼぼ、僕達がこの国に留《とど》まる必要もないんだな」

「僕としては復興に手を貸したいところだけど………無理だよね。僕達は戦うことしか教えられていないし、それに………」

「このままだと中原は戦場になるだろうな」

「なんで？」

「「「ハァ～……」」」

大地は何も理解していなかった。

元より他人の功績や上前を横取りするような人間なので、その場での姑息《こそく》な思いつきは得意であっても、政治のような先を見据えた思考が働かない。

なにしろ、勇者に与えられた特権にどっぷり浸っていた人間なのだ。この国が現在どのような状況に置かれているのか予測することなど絶対にない。

「笹木……よぉ～く考えてみて。メーティス聖法神国は四神を信仰していたけど、実は世界を滅ぼしかけていた元凶で無能神だった。それがバレたということは？」

「えっ？　えっと……」

「実在する神を盾に、この国は今まで散々他国に対し圧力をかけていた。だが、その後ろ盾がなくなった以上、他の国が黙っているわけないだろ。今までのツケを払うことになるだろうな」

「つまり？」

「大地君がここまでお馬鹿だとは思わなかったんだな。せせ、戦争になると言っているんだな。もしくは内乱かもしれないんだな」

それはつまるところ、勇者達の後ろ盾となっていた国がなくなるということでもある。

給料を支払ってもらえることもなく、未来の展望や先行きも不透明になり、今後の身の振り方を考えなくてはならない立場となった。

下手をするとこの世界の人達に逆恨みされかねない危険性もあり、勇者達はできるだけ早く決断し、行動に移さなければならない。

でなければ身請けすることを条件に内乱に参加させられる可能性も出てくる。そのような予想を大地に伝えると、彼の顔は蒼褪《あおざ》めた。

「それ……俺達も戦争に巻き込まれるってことか？」

「巻き込まれるだけならいいよ。逃げればいいんだから……」

「死んだ仲間を悪く言いたくないけど、勇者の中には特権を利用して散々好き勝手に振る舞っていた者もいたから、下手をすると捕まって奴隷にされるかもしれない。そうなったら逃げることすらできなくなる」

「く、クズ大地君は危ないんだな。今までやりたい放題だったんだな……」

「お、脅すなよぉ、キモオタ！」

大地は与えられた特権を欲望のままに利用しすぎていた。

国中を廻《まわ》りながら横暴に振る舞っていたこともあり、民衆から相当恨まれている可能性が高い。

メーティス聖法神国が事実上壊滅したとなると、彼を守ってくれる者は誰もいないのだ。

当然だが他の勇者達も大地を守ってやるつもりはない。

「な、なぁ……仲間なんだから、助けて……くれるよな？　な？」

「「…………」」

「なんで黙るんだよぉ、川本ぉ！　キモオタぁ!!」

「諦めろ。岩田《いわた》やお前は性欲丸出しで欲望の限りを尽くし、俺達の忠告をまともに聞かなかっただろ。俺は、お前が奴隷落ちになったとしても助ける気はないぞ」

「てめっ、八坂！」

「それよりも、俺達がこの国に留まっていること事態が問題だ。四神教の総本山が滅んだ以上、おそらく領主共が独立する動きを見せるだろうから、捕まったら都合よく利用されかねない」

「そうだね。なら……僕達にできる手立ては限られている」

学と龍臣の脳裏に亡命という言葉が浮かぶ。

問題はどこの国へ向かうかだ。

「グラナドス帝国はどう？」

「駄目だな。俺も川本も国境で一度はあの国の兵士と殺し合っている。ましてメーティス聖法神国は、昔から何度も侵略戦争を仕掛けていた。向こうにとって俺達は排除すべき敵だろ」

「なら小国になるね。僕としてはソリステア魔法王国が一番いいと思うんだけど」

「二大国ほどじゃないが、他の小国と比べて大きい国だからな。妥当なところだとは思うぜ？」

「じゃぁ、さっそく移住希望者を集めようか。といっても、しばらくは宿暮らしだから大勢は無理だけどね」

「身近な人達だけでいいだろ。ぶっちゃけ、夜逃げみたいなもんだからな」

こうして勇者達は他国への亡命の決意を固め、準備を始めた。

この提案に賛同したのは生産職の勇者全員と、一部の聖騎士や神官達。そして……腐の伝道師である転生者が率いる創作活動者達であったという。

◇　◇　◇　◇　◇　◇

エロムラは困っていた。

背中に伸《の》しかかる大量の本の重みで身動きが取れず、何もできないまままだ地面にへばりつき、ひたすら救助を待ち続けていた。

『なんで……こんなことになったんだろうか？』

エロムラは自問自答を繰り返す。

なぜ彼が本に埋もれてしまったかというと、事は地震が起こる数時間前にさかのぼる。

ツヴェイトの護衛役であるエロムラは、基本的に通学時と寮への帰宅時以外、日中は暇な時間が多い。

たまに他の生徒の手伝いやナンパをすることがあるが、普段は学院内をうろつくだけの簡単なお仕事だ。あとは別口でセレスティーナに近づく男子生徒をミスカに報告するだけである。

まぁ、上位成績者であるツヴェイト達は学院の講義を受ける必要もないので、もっぱら研究室で独自の研究に明け暮れているため、臨時講師をするときくらいしか講義室に出入りすることはない。

そんな長い暇な時間を潰《つぶ》すため、彼は大図書館を訪れた。

『やっぱ、邪《よこしま》な考えで図書館を利用した罰かなぁ～……。だって、しょうがないじゃん……偶然にも目に入っちゃったんだもん』

そう、このエロムラ君はそもそも図書館で読書に耽《ふけ》るような男ではない。

そんな彼が興味を引かれる本といえば、デッサン用の裸婦ばかりの絵画を集めた画集とか、あるいは性に関する医学書か、なぜか存在した六十九手の達人技が記載されたＨｏｗ ｔｏ本くらいだ。

最後の書籍は学生婚の多い学院において、そういった性行為は正しい知識と計画性を持って励めという意味合いで用意されたものなのだが、エロムラは青年誌代わりに読みまくり没頭していた。

そして、いつものごとく立ち読みしようとＨｏｗ ｔｏ本を手にしたとき、タイミング悪く地震が起こったことで、大量の書籍と本棚の下敷きになり気絶して一日ほど経過していたのである。

今はただ静かに救助を待つばかりだ。

「お～い、無事な奴はいるか！　返事をしろ!!」

「この声、同志かっ!?　お～い、ここにいるぞぉ!!」

「エロムラ!?　なんでお前が……。大図書館を利用するような性格じゃないだろ」

「失礼じゃねっ!?　俺だって本くらい読むわいっ！　それよりも早くここから出してくれぇ～」

「今、隣の列で救助活動中だ。幸い怪我人は少なく、無事だった連中も救助作業に加わってくれている。思っていたよりも作業が早く進んでいるから、もう少し待ってろ」

「頼むわぁ～、本が重いんだよ。暗いし狭いし、怖いよぉ～」

「お前、閉所恐怖症だったのか？」

エロムラは別に閉所恐怖症というわけではない。

近くまで救助が来ていると知り心に余裕ができたのか、思わずどこかの金持ち高校生ネタが出た
だけに過ぎない。

まぁ、そのネタにツッコミを入れられる者はどこにもいないため、完全にスベっているのだが。

「あと一時間くらい待ってろ。本棚が重くて苦戦しているからな」

「お～……待ってるよ」

救助を始めて一日が経過すると、救助活動に加わる生徒数も増えてくる。

元よりイストール魔法学院は貴族よりも一般の学生が多く、寮の部屋に置いてある私物は比較的少ないこともあり、一日もあれば片付けを終わらせることができた。その彼らに救助活動に加わるよう頼み込むことでなんとか人手を増やし、救助作業を分担することで効率化を図っていた。

しかし、彼らの必死の作業を阻む大量の書籍が、被災者の救出を遅らせていることも事実である。

だが、エロムラはそのような救助活動の進行状況など知るはずもなかった。

『いやぁ～、一時はどうなることかと思ったが、なんとか助けてもらえそうだ』

いつ救出されるか分からない不安が消え、エロムラは安心した。

だが、彼は一つ重大なことに気付いていなかった。

大きな震災などで建物や家具によって埋もれた場合、生存に必要な事柄がいくつかある。

・その１　水分

身動きが取れない状況が長く続いた場合、体への水分補給は非常に重要だ。だが、エロムラは既に発見されているのでこの心配は皆無だろう。

・その2　食料

人は食べなければ生きていけない。食べ物があれば心にゆとりも持てるだろうが、極限状態で飢えを凌《しの》ぐための計画性が求められるだろう。

これも、もうすぐ救出されると分かっているので心配する必要はない。

・その3　排泄《はいせつ》（つまりはトイレ）

震災時ではライフラインのほとんどが停止状態であり、まして倒壊した建物の中ではトイレなど使用は不可能。瓦礫に埋もれていた場合は特にそうだ。生きている以上、排泄は生理現象なのでどうしようもなく、身動きの取れない状況下では推して知るべし。

現在のエロムラの危機がこれに該当する。

一時間ほどで救助されると分かって油断したのか、三十分ほど時間が経過したとき、とうとうそれがやってきた。

『ま、まずい……。う●こしてぇ!!』

急にきた腹痛。しかしエロムラは身動きが取れる状況ではない。

まだ小さい方でなくてよかったが、次第に腹痛が強くなっていく状況に、彼は脂汗を流していた。

体勢を変えることができれば多少違うのかもしれないが、腹を押さえることすらできない状況に、地獄の苦しみを味わう。

「どどどど、どうしぃ～～っ!! 同志ィ!! 早くなんとかしてくれぇ、腹が……腹が痛《いて》ぇ!!」

「どうしたぁ、どこか怪我でもしていたのか!?」

「う、うぅ……んこしてぇ!!」

「…………は？」

「トイレ行きてぇんだよぉ、このままじゃ……大きい方……漏らす…………」

「そうは言ってもなぁ……」

現在、エロムラが下敷きとなっている本棚の二つ先の棚を、ここにいる生徒達が全員で元に戻している最中である。大量の本も同時進行で運び出しているので、とてもエロムラが潰されている場所にまで手が回らない。なにしろ一つの棚だけでも相当な量の書籍数なのだ。

「エロムラ……あと二時間くらい我慢しろ」

「いいい、一時間じゃなかったのぉ!?」

「思っていた以上に作業が難航している。あっ、今、棚を元に戻し終えたところだ。やっと手前の棚まで手が回りそうだ」

「のぉおおぉぉぉぉぉぉぉぉぉぉぉうっ!?」

そう、腹痛に苛《さいな》まれる者にとって、トイレに行けないことは苦行に等しい。

一度意識してしまうと時間を徐々に長く感じるようになり、一分一秒が拷問を受けているような錯覚に陥る。エロムラにできることは救出される瞬間を待つことだけだ。

断続的にくる腹痛と身動きできないもどかしさ、そして焦燥感と迫りくる臨界点がエロムラを苛み、それでも無様な姿を晒《さら》すまいと尻に力が入る。

その行為が更に腹痛を意識させる悪循環。

「どどどどど、同志ぃ～～っ！　ヘルプ……ヘルプミ～～～～っ!!」

「今、本を運び出している。棚に残された書籍を一度撤去しないと、重すぎて引き戻すことができないからな」

「あ、悪魔がァ～～～～っ！　茶色い悪魔が迫り来るぅ～～っ!!」

「緊急時だし、漏らしても誰も笑わないと思うぞ？」

「嫌だぁ～～～～っ!!」

エロムラの限界は近かった。

しかし、救助活動をしているツヴェイト達も懸命に動いており、これ以上作業ペースを上げることは難しい。

書籍の物量もさることながら、立て直した本棚と倒れた棚の間隔は狭く、多くの人員を動員することもできない。下手に大勢を動員することで倒れた棚のバランスが崩れでもすれば、伸しかかる本棚と書籍の重量で、現在下敷きになっている生徒を圧殺しかねない。

被災者である生徒と救助に当たるツヴェイト達も時間との勝負なのである。

「ツヴェイト、第五班の魔力回復は終わったよ。今から行けそう」

「そうか……。ただちに作業に復帰してくれるよう伝えてくれ」

「同志――っ！　腹に……腹にガスが溜《た》まって……。屁《へ》をこいたら中身も出そう……早く助け出してプリ〜〜〜ズ!!」

「……ツヴェイト、今のは？　なんか護衛の人の声に似ていたようだけど……」

「…………聞くなよ、ディーオ」

エロムラの腹に限界が来ていることはツヴェイトも気付いていたが、だからといってエロムラを優先し作業を大雑把《おおざっぱ》に行うわけにはいかない。

状況を見誤り下手な指示を出せば、危険になるのは救助を待つ生徒達なのだ。

「「「我が意に従え、見えざる手。【念動手《サイコハンド》】」」」

生徒達は無系統魔法【念動手《サイコハンド》】を使い、大量の本を一気に運び出す。

この魔法は言ってしまえばサイコキネシスだ。

不可視の力場を生み出し、物体を移動させるだけの効果しかないのだが、こうした雑務に使用するにはちょうどいい魔法でもある。

相当重い物体でも楽に運べて一見便利な魔法に見えるが、重量に対しての魔力消費量が比例しているので、重くなるほど魔力の消費量が増える欠点がある。

ただ、複数人で使用することで効果も大きくなるため、その利便性から生徒達が協力して使用していた。しかも、ローテーションを組んでのチームプレイにより運搬作業は効率よく進み、救助作業の時間短縮にも繋《つな》がっているが、消費した魔力の回復に時間が掛かってしまう。

そこは人海戦術で工夫していた。

「おっし、片付いたな」

「フックを掛けろ。手が空いている者は下場の押さえを担当してくれ」

「身体強化魔法をかけた。いつでもいいぞ！」

「「「せ～～ぇ～～～のっ!!」」」

大図書館は元が大聖堂として建築されたこともあり、礼拝堂としての役割もあったことから広く天井も高い。そこを図書館として利用することが決まり、左右は二階構造、奥には三階構造の蔵書フロアが増改築された。

だが、年に何度も発行される大量の書籍を運び込むのには、人の力だけでは不便なこともあり、天井近くには逆U字状のレールを移動するクレーンや、各階層の柱の間に滑車を固定した梁《はり》が後付けされていた。まぁ、滑車においては棚上にあるフックにロープを固定することで倒れるのを防ぐためのものであったが。

その滑車や固定フックも、本棚自体が簡単に倒れないものに変更されたこともあって無用の長物と化していたが、今回の地震で倒れた本棚を起こすために大活躍している。

そのおかげで復旧作業も苦戦しつつなんとか進んでいたが、状況の分からないエロムラは救助を待つ時間に堪えられず、尻にも我慢の限界が近づいてきていた。

『おぉおぉおお……やばい。このままじゃ俺、社会的に死ぬ……』

大勢の目がある場所で大を漏らす。

ただでさえ人としての地位が底辺に落ち込んでいるというのに、ここでそのような粗相をしてしまえば立ち直れない。

しかし、ツヴェイト達の救助は間に合いそうになく、自力でなんとかしなくてはならないと判断した。

『落ち着け、俺……。下腹部に力が入っているから便意が早まるんだ。一度力を抜いて……いやいや、逆に尻の方に向かっちまう!? 穴でなんとか遮りつつ、波が鎮まるまで待つほかねぇ……。頼む、鎮まってくれぇ!!』

身動きできぬ中での苦闘。

その足掻《あが》きが実を結んだのか、それともトイレの女神様が微笑《ほほえ》んだのか知らないが、迫り来る便意が一時的にだが鎮まるのを感じ取った。

『ちゃ……茶色い悪魔が去っていく……』

その瞬間、好機と見たエロムラは両目を『クワッ!』と鬼気迫る表情で見開き、【ブレイブ・ナイト】職の戦闘スキルを発動させた。

「スキル発動! 【ブレイブ・ハート】っ、ぬおりゃあぁぁぁぁぁっ!!」

全魔力を攻撃と身体強化に回すスキルを発動させ、エロムラは倒れた本棚を真下から強引に持ち上げた。

突然の事態に救助作業に当たっていた生徒達は驚き慌てる。

「な、なんだぁ!?」

「まさか、真下から持ち上げてんのか!? この棚、かなりの重量なんだぞ!!」

「んなことより……さっさと、本棚を……なんとかしてくれ………重い」

「フックを引っかけろ! 倒れる前に引き上げるぞ」

エロムラの魔力が急速に消費されていく中で、生徒達は慌てて本棚を立ち上げる作業に入り、なんとか元の位置に戻した。

「「「おーえす、おーえす……」」」

「お、おい……エロムラ？　お前、こんな無茶して腹は大丈夫なのかよ」

「大丈夫だ……問題……………………っ!?」

固有スキルの【ブレイブ・ハート】で余計な力が入ったのか、エロムラを再び――いや、それ以上の腹痛が襲う。

しかも限界寸前のギリギリ状態ときた。

「Ｏｈ～～～、Ｎｏｏｏｏｏｏｏｏｏｏｏ!!」

「お、おいっ！」

腹と尻を押さえ内股《うちまた》で小走りに、しかも高速で走り去っていくエロムラの後ろ姿をツヴェイトは見送った。

程なくして近くのトイレから『Ｏｈｏｏｏｏｏｏｗ、あっ♡』と声が聞こえた。

『……漏らさなかったか。まぁ、掃除しなくて済んだからいいか』

さすがのツヴェイトも誰かが漏らした後始末などしたくない。

とりあえず救助および片付け作業に戻ろうとしたとき、足元に落ちていた書籍に偶然目が止まった。いくつかの裸婦絵画集と共に、なぜか『漢道《おとこみち》、薔薇《ばら》色入門編。～押忍《おす》！　先輩。俺をもっとシメてくれ～』という書籍が紛れていた。

少々頭を抱えたが、不意にそこがエロムラが挟まれていた所であったことに気付く。

『…………あいつ、いつの間にそっちへ目覚めたんだ？　つか、なんでこんな書籍が大図書館の棚に紛れてんだよ！』

エロムラに対しての疑惑と共に、ツヴェイトの心に学院に対しての不信感が生まれた瞬間だった。

一方で、トイレに駆け込んだエロムラはというと、『俺は……転生者だから我慢できたけど、同志達だったら我慢できなかっただろう』などと、便器の上に座したまま呟《つぶや》いていたとか。

余談ではあるが、事実はエロムラが単にＨｏｗ ｔｏ本と隣の書籍を間違えただけなのだが、この日からしばらくツヴェイトから変な目で見られる日々が続いたという。

◇　◇　◇　◇　◇　◇

いまだ余震が続くなか、学院を一望できる時計塔のテラスに二つの影があった。

一人はメガネのよく似合うクールビューティーなメイドで、もう一人はピンクの忍び装束を着た少女である。ミスカとアンズであった。

「……これ、報告書」

「ご苦労様です、アンズ様。ふむ……建物の被害は少ないようですね」

「でも、代わりに内部の被害が大きい……。片付けが終わるまで、だいたい一ヶ月くらいだと思う」

「天災ですから仕方がないのでしょうが、国内全域に被害が出ていると思うと国家予算だけではどうにもなりませんね。この不安定な情勢下で間の悪い……」

「なにか……あるの？」

ミスカはどう答えるべきか一瞬迷う。

アンズには護衛だけでなく情報収集などを行ってもらっていたが、それはあくまでも学院内での

話であり、彼女は政治的な問題から意図的に離されていた。

いくら常識外れな手練《てだ》れとはいえ、年端のいかない少女を政治問題に巻き込むのは気が引け、それ以上に闇側に踏み込ませたくはなかった。

でなければアンズのような有能な人材に護衛だけ任せるはずもない。

「何と答えたらいいか以前に、私の立場では口に出せませんよ」

「イサラス王国……戦争、仕掛けそう？　この国でも被害が出ているのなら、メーティス聖法神国でも同じようなことが起きていると思う。今なら不運続きのあの国に攻め込むチャ〜ンス……。私なら攻める……」

「ハァ〜……政治の世界には踏み込ませたくなかったのに、いつの間にそのような情報を……。そうです。そして、それは中原で戦争が頻発するということになりますね。この国にも飛び火するかもしれません」

「多少無理してでも国境に部隊を集中させておくべき……」

「このような状態で？」

「難民……困るでしょ？」

大規模な地震の影響によって各国が混乱する中、領土拡大に動くと予想される国はイサラス王国とアルトム皇国の二ヶ国。

ソリステア魔法王国は支援している立場だが、今この時に動かれるのは困る。同盟するにあたり、食料や武器だけでなく資金援助も確約された条件だからである。

「各領地で復興の目途《めど》がつかない中で動かれるのは、正直よろしくない事態です。ですが動かせる人材に限りがある以上、国境に派遣する騎士の数が足りないのですよ」

「……魔導銃は？」

「部品の量産は始まっていますが、ある程度数を揃《そろ》えてから組み立てるつもりでしたので、騎士団全体に回す余裕はないですね。というか、アンズ様。なぜにそんな軍事機密を知っているんですか？」

「魔法ヲタの部屋に設計図があった。あと大砲の……」

「機密である設計図を持ち出していたのですか、あの馬鹿は…………って、大砲？　なんですか、それは？　私は知りませんよ」

「ん……分かりやすく説明すると、魔導銃を大きくしたもの。理論上、製作可能。たぶん、学院で製作して実験するつもりだと思う」

クロイサスがソリステア領から持ち出した魔導銃の設計図。

それをもとに、より大きな武器の設計図を描いたクロイサスは間違いなく天才なのだろうが、その頭からは常識や軍事機密といった重要な要素が綺麗《きれい》さっぱり抜け落ちていた。

大砲という新兵器の設計図に興味はあるが、この事実を放置して学院でクロイサスに勝手に動かれては困る。この学院には他国からの留学生もいるのだ。

情報が洩《も》れて他国でも開発量産されては洒落《しゃれ》にならない。

「その大砲の設計図、魔導銃の設計図と共に回収してきてください」

「設計図は魔法ヲタの頭の中にもある……。記憶がなくなるまで殴る？」

「外傷が残らないよう、薬物で記憶を消すことは可能かしら？」

「……無理。私に……そんな薬物は作れない。ミノムシ状態にして一週間の逆さ吊《づ》りは？」

「それも面白いですが、記憶を消すことができたか判断しにくいですね。確実に消去できる方法はないものでしょうか？」

「…………難しい」

ミスカとアンズの二人は過激な性格という部分で意気投合していた。

それはともかくとして、今は設計図の回収が急務である。

扱いが雑すぎて忘れそうになるが、れっきとした国家の重要な軍事機密なのだから。

「折檻《せっかん》は保留として先ほどの設計図回収、お願いしますね。現状調査の二度手間になりますけど」

「……了解。すぐに終わらせてくる」

「あっ、くれぐれもクロイサス様を人生終了《終わり》にしないでください。あんな方でも使い道がありますから」

「……承知した」

一瞬にして姿を消したアンズに頼もしさを感じながらも、公爵家の次男坊のいい加減さに頭を痛めるミスカ。今は魔導銃の存在すら他の貴族にも極秘とされている段階なのだ。

実用性を追求し、軍での運用に試験部隊設立が検討されている最中であり、ソリステア公爵家配下の騎士達に性能テストをさせてはいるものの、いまだ威力が大きいだけで弓の代替品程度という意見が多い。弾の連射ができないため、魔法を込めた矢を使用するのとさほど違いがない状況だ。

むしろ射撃音がしないだけ弓の方が優れているとも言える。

『まぁ、どんな武器も使い方次第ということなのでしょうが……。次弾装填《そうてん》だけは早いですしね。

さてさて、どうなりますやら』

隣国の情勢と今回の震災による影響、そして同盟国の動きに魔導銃の量産化と、この流れがどのような事態に発展するのか先行きが不安であった。

だが、ミスカを含めたこの世界の住民達は気付いていない。

様々な情勢以外のファクターが既に動いていたことなど。

もっとも、超常的な存在の動きなど、ごく少数を除いて誰も知りようはないのだが。

第六話　おっさん、アドと共に帰宅中

諜報《ちょうほう》員であるザザはアンフォラ関門を抜け、近くの街に辿《たど》り着いた。

彼の同僚は敵国内に侵入し、様々な職業に就きながら身を隠しつつ、各地に所有する拠点で情報収集の任に当たっていた。

とはいえ、拠点となる家屋や店を特定するのは難しく、仲間同士で分かるような小さな印で判別するしかない。これを探すのが実に面倒だった。

特に今回は地震によって大きな被害が出ており、下手をすると拠点自体が潰《つぶ》されている可能性も高かった。ただでさえ難しい拠点を見つける難易度が跳ね上がっていることに頭を悩ませる。

『……こんなの、どうしろっていうんだ』

アンフォラ関門の南の街に拠点があることは知っていたが、どこにあるのかまでは諜報員同士の間でも明かされておらず、手探り状態なのが厄介である。

『……こいつは酷《ひど》いな』

山岳地帯のイサラス王国では地震がよく発生する。

そのため耐震設計は国内でも定められた基礎技術で、この街に来る間に起きた地震程度では倒壊することもない。

しかしメーティス聖法神国は違った。

いたるところで瓦礫《がれき》と化した街並み、家や店が潰れ絶望した表情で放心する人々。

路上に並べられた被災者の遺体や、その傍《かたわ》らで嘆く家族達の姿。実に痛ましかった。

『これは……好機だ。しかし………』

軍事的な観点から言えば、今メーティス聖法神国へ攻め込めば国を取ることはできるだろう。

だが、同時に大きな問題を抱え込むことに繋《つな》がる。

ここまで大規模に荒れた国土を奪い取ったところで、その後にあるのは政権の体制を整えるための資金と復興費用の捻出《ねんしゅつ》だ。とてもイサラス王国の予算で賄えるものではない。

何よりも生きる気力を失った国民など、とてもではないが面倒を見きれるはずもない。

むしろ彼らの生活を整えられなければ反乱を起こされる危険性が高い。

荒れた国土の回復と同時に反乱の鎮圧など、今のイサラス王国では不可能だ。

『これは、迂闊《うかつ》に攻め込むことができないな……。もしこの街と同等の被害が各地で起きていたりすれば、我らではとても手に負えんぞ。陛下はいかがなされるおつもりだろうか……』

ザザの役割は報告をすることだ。

特にメーティス聖法神国に対しての情報収集は、イサラス王国側はザザが生まれる前から行っており、戦争に踏み切れなかった理由は勇者と聖騎士団の存在があったからだ。

圧倒的な兵力差の前では、小国の軍事力など何も意味をなさないと分かった結果、一部の戦争推進派がソリステア魔法王国に攻め込む強硬策を打ち出した経緯がある。

長き苦渋の時が彼らを短絡的にさせたのだろう。

今となっては、その目論見《もくろみ》が潰《つい》えてよかったと思っている。

『以前は兵力の差で攻め込めなかったが、今回は攻め込んだところで旨《うま》みがない。逆に予算を食い潰されて国が亡《ほろ》ぶぞ……。というか、報告してもいいのだろうか？』

戦争という手段で国土を広げるにあたり、商人の交易ルートは維持しておかねばならない。国の血液とも言うべき交易による物流の流れは、国家を維持するための大動脈だ。奪い取った土地で民がまともに暮らせないようでは、支配した側も税を得られず政治が成り立たなくなる。

戦争で全てを破壊するのではなく、ある程度は民が暮らせるよう配慮しつつ、重要拠点だけを落としていく必要があるのだが、今のメーティス聖法神国はそれが難しいように思える。

政治だけでなく物流すらも破壊されているようにザザには見えた。

なにしろ救助活動をしているのは民ばかりで、衛兵はおろか神官すら姿がなかった。

これは何かが起きたと見ていいだろう。

「さて、この辺りでないということは、もう少し奥まったところか？」

イサラス王国の諜報員が仮想敵国内に拠点を作る場合、潜伏する地域に馴染《なじ》むように、いくつかのパターンに当てはめて身辺の偽装を行う。

・パターン1　人気《ひとけ》のない場所を拠点にする場合
これは主に裏社会に関わる者達から情報を引き出したい場合に行う。場末に酒場などを開いてマスターに偽装することで容易に情報収集が行えるが、行政から強制捜査を受けたり犯罪組織から襲撃されたりといった危険性も高く、気の休まる暇がない。

・パターン2　商売の盛んな街を拠点にする場合
こういった場所では商人に成りすまして実際に店舗運営を行うと効率がよい。商人や貴族からの情報が集めやすく、諜報作業と並行して他の諜報員の休息所や物資保管所的な役割も担うことができるので、バックアップ的活動もやりやすい。

人の出入りや物品の扱いが多くても怪しまれないのは相当なメリットになるが、かなりの初期費用が掛かるので、このパターンが採用されることはあまりない。

・パターン3　街から離れた場所を拠点にする場合
農家に偽装するのがベストだ。必然的に長期の潜伏がメインとなり、早朝の市場などで様々な情報が得られやすく、他の仲間との情報共有も行いやすい。街の中心部とは異なり、土地を安く購入できるメリットもある。また、仲間を馬車などで他の街へと移送する役割も果たせる。

デメリットは人の出入りが多すぎると、近所の農家に怪しまれることだろう。そのため拠点に滞在する諜報員の人数も限定されていた。

・パターン4　廃墟《はいきょ》を拠点にする場合
敵国に対して破壊工作を行うといった、短期で情報収集が必要となるような場合はこういった場所を拠点にする。足がついてもすぐに使い捨てることができるのが最大のメリットだろう。

しかし、元々犯罪者の拠点になっている場合もあり、更にその犯罪者が行政からマークされているなどということもありえるので、入念な下調べが必要になる。

実のところ、一番摘発を受けやすい危険度の高い拠点だ。

・パターン5　拠点を決めずに潜伏する場合
貧困層が住む地域では訳ありの者達が多いので、拠点といった大掛かりなものは作らず、無宿人に見えるような偽装を行う。様々な背景を持つ人物と出会えるので諜報活動は実にやりやすい。

費用も安く済むのがメリットではあるが、危険な病気に罹《かか》りやすく殉職する者も後を絶たない。

このような事情からかなり健康に気を使っている。

数日間は入浴や体を拭くことができない場合が多く臭《にお》いやすく誰もやりたがらないが、命令には従わなくてはならないために嫌々ながら仕事に当たっていた。

正直なところ、ザザは絶対にやりたくないと思っている。


こうした条件と照らし合わせながら、ザザは仲間のいる拠点を探す。

『パターン1と2はないか？　この大きさの街で店舗を持つのは立地条件的にいいだろうが、何せ田舎の街だ……知らない人間が出入りしていたらすぐに気付かれる。そうなると郊外に農家を装っている可能性が高いな。少なくともこの辺りに廃墟がありそうには思えんし……。いや、そもそもこの街に拠点を置く予算が下りるのか？　上の連中のことだから、もしや……』

そんなことを考えながら拠点を探していると、小川に架かった橋の下に二名の不労働者の姿があった。

嫌な予感がよぎりながらも、同僚でないことを祈りつつ彼らの近くに行くと、無造作に置かれたゴミ——板材の中に、イサラス王国を示す落書きのような暗号絵文字が描かれていた。

『マジか……』

当たってほしくない予感が的中してしまった。

それでも最後の望みをかけて、ザザは絞り出すように合言葉を口にする。

「ハア～………『リア充なんか死ねばいいのに……』」

「『同感だ。幸せを見せびらかす連中はクソだ』」

「『けどさ、自分に恋人ができたとしたら逃げるんだろ？』」

「『当然！　他人はどうなってもいいが、自分の幸せは絶対に守る』」

同僚であることが確定してしまった。

それにしても酷い合言葉である。

「なぁ、仕事上のことだけにあまり言いたくはないんだが、その格好はないだろ」

「言うなよ。俺達だって好きでこんな格好をしているわけじゃない」

「いいよなぁ～お前は……。見た目は商人じゃねぇか」

職業上、任務の内容に合わせて見た目を変える諜報員達だが、不労働者の姿は不評だった。よりリアルに近づけるためなのか、彼らの身体から何やら酸っぱい異臭が漂ってきており、ザザは顔をしかめる。

「ところで……この街はどうなっているんだ？　災害に遭ったというのに民を救助する衛兵や神官の姿がないぞ。とうとう教義を捨てたのか？」

「それなんだがな……」

「四神教はもう終わりだ。メーティス聖法神国は事実上崩壊したんだよ」

「…………どういうことだ？」

同僚から語られる真実。

復讐《ふくしゅう》するべく死から蘇《よみがえ》った勇者達による四神教の悪事の暴露や、世界が滅びへと向かっていた事実にはさすがのザザも驚愕《きょうがく》した。

「とんでもない話だな……この情報は本国には伝えたのか？」

「あぁ、俺達も明日には撤退するつもりだった。念のためにマハ・ルタートを確認しに行くがな」

「さすがに物乞い姿が辛《つら》くなってきたからな。このまま続けていたら世を儚《はかな》んで自殺しそうだ」

「では、傭兵《ようへい》を装って街道沿いの都市を探りながら本国へ戻ろう。俺は、あの時感じた強大な気配の正体を知りたい。陛下には知らせねばならない案件だと思っている」

諜報員達は無言で頷《うなず》いた。

こうしてザザは仲間と合流したのちにいくつかの都市を廻《まわ》り、メーティス聖法神国の情勢を調べ上げ、イサラス王国へと帰還するのであった。

◇　◇　◇　◇　◇　◇

ザザがイサラス王国の諜報員と合流していた頃、ゼロス達の乗るゴムボートはオーラス大河の下流に流されていた。

昼夜問わず二日間も軽ワゴンでルーダ・イルルゥ平原を突っ切り、舗装すらされてない道なき道をバウンドしながら爆走。オーラス大河に辿り着いた頃には彼らの疲労はピークに達していた。

そんな状態でゴムボートに乗ったのだから爆睡するのも当たり前で、気付いたときにはだいぶ流されていたようである。

「……さすがに河を下るときは速いな」

「まさか、一日半も寝込むとは思っていなかったけどねぇ。よく流された状態で河に落ちなかったもんだよ」

「目が覚めたときに、野郎二人で抱き合った状態……しかもおっさんとだぞ？　これはトラウマもんだ……。マジで思い出したくもねぇのに……おぇ………」

「僕だって男に抱きつかれたい願望はないよ。せめてルーセリスさんかジャーネさんに抱きつかれたい。あの豊かな胸にサンドされたらと思うだけで、僕ぁ～ご飯三杯はイケるね」

「俺だってユイに抱きつかれてぇよ!!」

「帰ったら好きなだけ抱きつくといいさ。裸でね……モゲりゃ～いいのに」

おっさん、奥さん候補が二人もいながらリア充に嫉妬《しっと》全開だった。

「俺には強烈な嫉妬全開なのに、なんでブロスのハーレムは黙認なんだ？　あいつ、下はロリっ娘《こ》から上はお姉さままで選《よ》り取り見取りだったじゃねぇか」

ブロスを引き合いに出して不満を漏らすアド。

くだらないことを言って気を紛らわせねば、吐き気で精神的に参ってしまうのだろう。

「ハア～……それで、今はどの辺りなんだ？」

「さぁ？　たぶんだけど、サントールの街まで半分の距離ってところじゃないかい？」

「ウォータージェット推進は使わないのか？」

「あれはオーラス大河を遡上《そじょう》するために急遽《きゅうきょ》使用した手だったし、ボートのコントロールが難しくなるからなぁ～。それにこの辺りはカーブが多い。使用するタイミングを見過ごしてしまったよ」

「正確には『寝過ごした』だけどな」

「しばらくは安全な河下りになるかな。サントールの街が気がかりだが、無事であることを願うしかない。焦る気持ちは分かるが、こんなときだからこそ落ち着かないとねぇ」

周囲は険しい断崖に囲まれた連続カーブの渓谷だ。自らの過失でウォータージェット推進を使う機会を逃した以上、自然の流れに身を任せるしかない。

「ザザさん、今頃は何をしているだろうな……」

「きっとメーティス聖法神国内に潜伏している仲間と合流して、一杯ひっかけてるんじゃないかな」

「俺が思うに、あの人は運がもの凄《すご》く悪い。仲間と酒を酌み交わす前に、報告すべき内容が増えて頭を抱えてるんじゃないか？　メーティス聖法神国の建築物って地震に弱そうだし」

「人間だけの国だから、被害はソリステア魔法王国よりも酷い状況になってると僕は踏んでいる。

まぁ、ソリステア魔法王国の状況も憶測《おくそく》でしかないんだけどね」

「そのわりに焦っていないよな？」

「あの国には頼りになる職人がいるから……。むしろ新人教育ができると喜ぶんじゃないかなぁ〜」

「職人？　あぁ……ドワーフか……って、崖が！　すぐそこまで岩壁がぁ⁉」

「ほい、オールだ！　こいつでボートが岩壁にぶつかる前に逸《そ》らすんだ」

ぶつかって転覆するところを、オールで思いっきり岩壁を突いて危機を脱するゴムボート。

しかし、オーラス大河の水面にはいくつもの岩が無数に突き出ていた。

つまり、ここからが本番ということになる。

「山場にきたかな……。ここを抜ければ真っすぐ一本道だ」

「道でなく河だけどな」

「この難所を乗り切ったらウォータージェット推進――船外機を使う。念のために魔石を渡しておくよ。また眠って船外機を稼働させるのを忘れたら困るからねぇ」

「コレ……大丈夫だよな？　変な効果が追加されたりしてねぇか？」

「行くときに使った魔石よりは安全だよ。それなりの大きさの魔石を圧縮したやつだから、内包する魔力もそれほど多くない。要は距離を稼げればいいのさ」

「その前に、この河下りを無事に乗り切れるといいんだけど……」

ルーダ・イルルゥ平原に向かうときは恐ろしい速度で振り落とされまいと必死だったため、地形の状況をよく見ている暇はなかった。しかし実際に見てみると背筋が寒くなってくる。

水底から槍《やり》のように突き出た岩が無数に並び、この凶悪な難所をどうやって突破したのか全く思い出せない。普通に流されている状況でもかなり危険な場所だったのだ。

「……僕達は、無事にサントールの街に辿り着けるのかねぇ？　マジでどうやってここを乗り越えたんだか……全然思い出せん」

「ハハハ………不安になるようなことを言うなよ。……頼むから」

転覆はしなくとも座礁という可能性もある。

二人がソリステア公爵領に入るまで、気の休まる時間はなかった。

◇　◇　◇　◇　◇　◇

【神域】――そこは時間の概念から外れた高位次元生命体が管理する領域。

システム管理と調整に忙殺される天使や多次元からの助っ人である下級神達は、複雑怪奇に結びついた異界の理《ことわり》を繙《ひもと》くのに苦戦しながらも、確実に修復を進めていた。

だが、長らく放置状態であった事象管理システムは、異界の理と密接に絡みついたことで修復不可能な箇所が発見され、修復作業に当たっていた神々を悩ませることになる。

「アルフィア様、ここの箇所はもう完全にシステムに定着しています。今さら取り除くのは不可能ですよ」

『召喚された魂の回収はどうじゃ？』

「そこはなんとか分離することに成功しましたが、事象管理システムの根幹に食い込んだ異界摂理の概念はどうしようもないですね。なんとか整合性が取れるよう調整してみますが……」

『今までのような歪《ゆが》んだシステムであるよりはマシじゃろ。問題は、多くの生命体にどのような影響が出るかじゃな。回収した魂の選別状況はどうじゃ？』

「確認できただけでも、二十七ヶ所の多次元世界から召喚されていますね」

「ルシフェル様、新たに確認された次元座標が……。これで召喚された世界が二十八に増えました。また、この次元世界の事象プログラムが厄介で、この世界のシステムと相性がいいのか、修復プログラムに弾《はじ》かれず【セフィロトシステム】に完全に結合しています」

「またですか……。この世界と根幹が異なる世界なら簡単に魂の回収ができるのに、似通った事象世界同士のプログラム結合は面倒ですね。魂は回収できてもシステムに残留プログラムが残されて正常化を困難にしてしまいます」

『この世界と似た世界の理であれば、不必要な箇所を消去して取り込んでもよい。ただ、緻密な調整が要求されるがのぅ……。まぁ、これは我が行おう』

「お願いします。これればかりは私達には無理ですので……」

本来、世界が危機に陥ったときに召喚される抗体（勇者）は、元の世界から送り込まれる世界の事象に適応できるよう、神々の手で調整される。

とはいえ、それが可能となるよう召喚する世界は隣接する次元世界が優先されるのだが、四神教の行った勇者召喚はランダムであったために、召喚された世界の選別作業を難しくしていた。

例えば、魔法が存在せず、目に見えて根幹が異なる世界から召喚されたのであれば、勇者の魂を回収することが比較的に容易なのだが、魔法に近い簡易事象操作を可能とする世界の魂は悪い意味でこの世界の事象管理システムとの相性も良く、摂理に取り込まれシステムの一部となってしまうのが厄介だ。

どれだけ似ていても所詮《しょせん》は非なる世界のため、異なる事象部分が長い時間を掛けてバグを誘発させてしまい、しかも防衛プログラムに弾かれることなく残留し、この世界の事象に反映されてしまう。魔物の異常進化の原因はこれの影響によるものだ。

『……その影響が神域に届いていなかったことが幸いじゃったのぅ。惑星管理領域である【聖域】には影響が出ておるようじゃが……』

「あの愚か者達は聖域にいたのに、なぜ気付けなかったのでしょう？　これほど分かりやすく影響が出ていますのに……」

『所詮は四分割にされた管理権限じゃったからな。急造の管理者モドキじゃし、連中自身にも妙な影響が出ておったのではないか？　今となっては知りようもないのじゃが』

「何にしても、召喚被害を受けた世界の特定が成功したことは大きいですね。急遽制作した選別プログラムもうまく働いていますし、彼らを元の世界に送り返す作業が捗《はかど》ります」

「報告！　新たに判明した次元世界の魂を確認しました。これで確認された多次元世界の座標は三十二です」

「『急に増えたぁ!?』」

アルフィアは今まで得た情報から、この世界の事象システムのアップデートが急務と感じていた。

全ての生物に影響を与えている【レベル】【スキル】【職業】【称号】【進化】と、かつての世界では存在していなかったゲームのごとき事象概念が既に顕在化しており、今さら取り除くことなど不可能に近い。

これは異世界の切り取られた摂理などではなく、抗体（勇者）に合わせて付与された能力が事象に組み込まれてしまったがために、他の生物にまで流入し顕在化してしまった異常事態だ。

既にほとんどの生命体が影響を受けているので、もし本気で世界から変質した事象概念を完全に取り除こうとするならば、多くの生命体を一度完全に滅ぼして過去にさかのぼり歴史を書き換えるレベルでの作業を行う必要があった。

そんなことは面倒すぎてやりたくもない。

もはやこの世界に定着してしまい、動きだしてしまった流れは取り消しようがない。

ただ、現状にもメリットがあった。

アルフィアの本来の役割は、多くの生命に宿る魂の進化を促すことであり、いずれは高位次元生命体へと至らせることである。

事象が崩壊しかけている現在の状況は危険だが、その危険性が同時に数多くの生命体の魂に進化を促していることも事実で、前述の面倒事を除けば実に好都合といえるだろう。

これを踏まえても全てを元通りに戻すのではなく、受け入れたうえで新たな世界へと作り変えた方が建設的であり、より多くの魂達が高次元へ至る資格を得ることが可能となるのだ。

まさに不幸中の幸い。

『このゲームシステムのような理は使えるのぅ。問題は急激な成長により魂に負荷がかかり、肉体が耐え切れず自滅することじゃ。自滅した前例を過去の事例から調べ上げ数値化すれば、システムに組み込むことで進化種を生み出せよう』

「ですが、魂魄《こんぱく》に多大な負荷がかかりますが？　それが問題で、我が主様《あるじ》も自分の監理する世界にこのシステムを組み込めませんでしたから」

『おそらく段階を踏むつもりなのであろう。こちらに誕生する魂の全ては魔力に対しての親和性が高い。進化種は生まれやすいが、逆に親和性が高すぎて高位の存在への昇華に至らん』

「繰り返す進化の結果、種としての停滞を招く――つまり、物質的な肉体に定着して進化が止まり、霊質的な進化を望めなくなるということですか……。何事も一長一短があるんですね」

魔力という力は、実は高次元に存在する特異なエネルギーが変質したものであり、それを三次元世界で生成できる物質は存在していない。

だが、生物が上位に近づくほど魂は高次元のエネルギーの吸収率が高まり、生命エネルギーに転換された過程で魔力も生成されるようになる。そうした進化を得た生物の営みが増えるほどに惑星に魔力が満ちていくのだが、元から魔力に満ちた世界を創造することは難しい。

若い神であれば偶発的に魔力に満ちた惑星を創造することもあるが、意図的に創造することが可能な神は、かなり高位で古い存在とされる。

もしくは高位の神によって創造された後継者だ。

「私共の世界は魔力が消え失《う》せて久しく、今では疑似的な肉体を構築するだけで精一杯なほど衰えたのですが、これは主様の何らかの意思が関わっている気がします。これをどう思いますか？」

『ふむ……我が思うに、それはお主《ぬし》達の世界に生息する生物が昇華するための枷《かせ》なのではないか？　魂の鍛錬は枷が大きいほど効果があるようじゃし、お主らの世界のユグドラシルシステムは既に存在しておらん。だからこそ神族による次元世界の管理が行われておるのであろう？　魂の階位が上がれば自然と魔力を発生させるものじゃしのぅ』

「そう言われると私共がお仕えする主様は、この世界の元管理者に似ている気がしますね。方向性は真逆ですが……あっ、だから仲がよろしかったのでしょうか」

『仲？　それは性的な意味でかのぅ』

「えっ♡」

『えっ？』

アルフィアが何気に言った冗談は、ルシフェルさんの隠れた性癖を明らかにしてしまった。

見た目が美人で、仕事も能力的にも優秀な人物であるのに、まさか腐女子という意外で残念な一面があるとは思いもしなかった。

これも人の業というものであろうか。

『……うぬはまさか、某同人誌即売会の常連ではないじゃろうな？』

「なんで、そんなことを知っているんですかぁ!?　たまに主様のサークルとかち合いますけど……あっ」

『…………』

萌《も》えを追求して失敗しアルフィアを封印した創造主、そんな創造主を『先輩』と呼び慕っていた観測者《ケモさん》、その観測者《ケモさん》が創造した世界の出身者とそれぞれ業が深い。

連綿と受け継がれていく萌えの追求という名の深淵《しんえん》。そんな業がこの世界が崩壊しかかった一因だと思うと、泣きたいほどに情けなくなってくる。

『…………趣味もほどほどにな』

アルフィアにはそれしか言えなかった。

そんな彼女の心境などお構いなく、事象管理システムの修復作業は進められていった……。

◇　◇　◇　◇　◇　◇　◇

ゼロスとアドを乗せたゴムボートはオーラス大河を順調に下っていた。

崖に囲まれ蛇行する渓谷を抜け、比較的直線に近いなだらかな場所では魔石を使い船外機で加速し、川底から水面に突き出した岩にぶつかりそうになりながらも、彼らは思っていたよりも早くサントールの街に近づいている。

その途中で水面に出ていない岩場に気付かず船外機をぶつけてしまい、ウォータージェット推進の出力は著しく不安定化し、速度を出せず安全運転で航行することを余儀なくされていた。

言い方を変えるとのんびり船旅の最中である。

いくら急いでいても、さすがに故障ではゼロス達も諦めるしかない。

「……アーマーフィッシュか。これは肉に臭みがあるから、いらね」

「それ、鱗《うろこ》が結構高値で売れた気が……」

「防具の素材にするにも、一匹や二匹じゃ足りないでしょ。しかも大きいくせに食えない魚ときた。リリースするに限る」

「食えないなら畑の肥料にすればいいんじゃね？」

「うちは鶏糞《けいふん》で発育がいいから、わざわざ肥料を作る必要がない。雑草も食ってくれるし」

「コッコって役に立つんだな」

すぐにでもサントールの街に戻りたい。

しかし、船外機の故障で直線の加速力が低下してしまった以上、無理して出力を上げれば爆発しかねない。なにしろこれはゼロスが製作したアイテムなので信用が置けなかった。

「あぁ……ユイ、かのん……。話していると落ち着くのに、会話が途切れると不安が襲ってくる」

「なら、泳いで帰るかい？　たぶん、君の体力なら爆速だと思う」

「んな化け物みたいな真似なんてできるか!!」

「いや、充分に化け物でしょ。自分の体力と保有する魔力量をよく考えてみるといい。人間だと胸を張って言えるのかい？　僕には自信がないねぇ～」

「……マジ？　俺達……化け物の部類に入るのか？」

「認めたくはないが、少なくとも僕はそう思っているよ」

ゼロス達が倒した龍王――【ブリザード・カイザードラゴン】は、その巨体に見合う力と防御力を備え、それに比例した圧倒的な魔力を内包した生物だった。

しかしゼロスやアドは人間サイズであるのに、身体能力は超人並みのうえに膨大な魔力を保有している。どう考えても生物の枠組みから外れた存在なのだ。

特に魔力をエネルギーとして見た場合、龍王はその巨体に内包できるキャパシティを持っていると断言できるが、人間サイズのゼロス達にはそもそも膨大な魔力を内包できる計量スペースなどない。『なら、どこへ魔力を溜《た》め込んでいるのか？』という疑問が湧く。

普通の人間であれば、膨大なエネルギーを内包した場合内側から破裂する。耐えられるはずなどないのだから。

「アド君はどう思う?」

「魂……じゃないのか？　魔力を体に内包できないなら、引き出しているのは魂くらいしか考えられないだろ。ファンタジー的に考えてさ」

「魂ねぇ……でもそれってさ、僕達の存在が邪神ちゃんに近いってことになるよ？　彼女はあんな小柄な体格で惑星など簡単に消し飛ばせるんだから」

「うっ……」

「君は忘れているかもしれないけど、邪神ちゃんは僕達のことをこう言っている。【使徒】ってね。この意味、君なら理解できるだろ？」

【転生者】＝【使徒】――つまりは人ではないことの証明。

あるいは、人間に近い何かだ。

「つまり、人でなしってことだねぇ」

「急にクズの証明に変わった!?」

「真面目な話、この世界に送り込まれた時点でどんな調整が施されたのか分からないけど、生物の枠組みから逸脱していることは間違いない。寿命は……どうなんだろうねぇ」

「あの……ゼロスさん？　俺達、まさかとは思うけど長命種族？　エルフ並みに長生きとか……」

「あるいは短命種族かもねぇ。膨大な魔力のせいで肉体の劣化が早かったりして……」

「マジで？」

生まれながらに魔力保有量の多い種族は長命である。

エルフやドワーフ、ルーフェイル族など数は少ないが寿命の長い種族は、生まれながらに魔力の循環率が人間よりも優れ、健康のままであれば他の種族の倍以上の年月を生きることができる。

長命種の条件の一つが魔力保有量の多さにあることは判明しており、その条件だとゼロス達も充分に当てはまる。しかし保有魔力を増やすことが長命になるとは限らない。

成長以外で急激に魔力保有量を引き上げることで寿命が縮む可能性も捨てきれず、実際、人族の中で魔力枯渇状態でないにもかかわらず【マナ・リキュール・ポーション】を飲み死亡した例もある。

ただ、これが許容魔力量を超えたからなのか、単に急性アルコール中毒だったのかは謎だ。どちらか判明しない以上、ゼロス達が長命種か短命種かの判断は難しい。

「長命種だったらどうする？　ユイさんやかのんちゃんより長生きして、子や孫の死に目を見届けることになるかもよ？」

「それ、なんか嫌だな……」

「まぁ、ユイさんに先に逝かれても再婚するくらいできるでしょ。娘に何を言われるかは知らんけど」

「やめてくれよ。もしそんなことにでもなれば、ユイの奴は怨念《おんねん》をまき散らしながら地獄から戻ってくるぞ。『浮気ハ許サナイィィィィッ!!』って叫びながら……」

「そんなにぃ!?　どんだけ愛が重いの!?　そして天国じゃないんだねぇ！」

嫉妬心より激しく、執着心は妄執か怨念のごとく深く、重く、暗い。

だが、ユイのこうした感情はアドだけに見せるもので、十分おきのメール返信を求めてくるとか、浮気を疑い他の女性の影を毎日探さないだけ、ユイはアドに対して配慮している。まぁ、束縛という点では共通しているように思えるが。

そう思うと極端に、一途《いちず》ではあるものの夫を支えることを優先しているデキた妻ともいえよう。

メンヘラとかヤンデレのようなアタオカとは少し違うのかもしれない。

「素朴な疑問だけど、アド君ってモテるほうかい？」

「さぁ？　告白されたことなんかないからな。自分だとよく分からないが、なんでそんなことを訊《き》くんだ？」

「いや……ユイさんが過剰なまでにヤンデレ落ちした原因ってさ、君が学生の頃にモテてたんじゃないかと思ったんだが……違うのかい？」

「言われてみると、俺に対して執着が酷くなってきた頃って、中学から高校卒業の間だな……。ひょっとして俺、モテてたのか？」

「そうなんじゃない？　たぶんだけど、偶然君に片思いする女子生徒に気づいて、それが何人も続いたから独占欲が出たんじゃないかと思う。そして外堀を埋めるべく行動を開始したと」

「外堀……」

「つまり、ニブチンのアド君にやきもきして、『待っているだけじゃ負ける、攻めろ！』って結論づけたんじゃないかい？　それが悪化したと……」

乙女心に超鈍感なアドにユイが危機感を持ち、実力行使に出たのではないかとおっさんは推測する。何らかの原因がなければ普段の温厚そうな彼女とは行動が結びつかないのだ。

その推測を肯定するかのように、アドは『そういえば数人の女子が俺を見ていた気がするが、アレって俺に好意を持っていたからなのか？　てっきり制服にゴミでも付いていたんだろうと思ってた』などと呟《つぶや》いていた。

そんな彼に対しておっさんは『爆死すればいいのに』などと思っていたが、口には出さなかった。

「全っ然、気付かなかった……」

「その鈍感さがユイさんの暗黒面を成長&膨張させたんだろうねぇ。今の状況は君が招いた可能性が高いよ。せいぜい重い愛に押し潰されるがよいわ！」

「なんであんたが嫉妬してんだよ！　ゼロスさんには嫁さん候補が二人もいるじゃねぇか!!」

「いや〜、僕が学生の頃……クソな姉に初恋を潰されてねぇ……。それっきり女性に縁がなかったんだわ。いいよねぇ〜、嬉《うれ》し恥ずかし青春の日々。あの頃の灰色な日常を思い出すとさぁ〜、素直に君を殺したいくらい羨《うらや》ましい」

「正直に言えばいいってわけじゃねぇ!!」

過去の不遇な日々を思うと、アドの学生時代が凄く羨ましく感じられた。

しかし、よくよく考えるとアドが鈍感主人公のような日々を送る中、ユイは徐々に負の情念に染まり嫉妬と独占欲を熟成させ、幼馴染《おさななじみ》という特権を生かし外堀を埋める行動に出た。

クソな姉が身近で毎日のように悪事を働き邪魔をする日々と、幼馴染がサイコサスペンスやホラー映画のキャラのように毎日迫ってくる日々の、いったいどちらが幸せなのだろうか。

「なんだかんだで幼馴染の女の子とくっついたんだから、僕の学生時代よりも楽しい日々だったんだと思うよ？　少なくとも僕は最近まで女性に縁がなかった」

「なぁ……ゼロスさん？　あんた、嫉妬で俺をオーラス大河に沈めようとしてね？」

「そぉ〜んなわけ——おっ、Ｈｉｔ。……って、なんだ……ただの頭蓋骨《ずがいこつ》か。いらね」

「ちょ、今の明らかに人間の頭骨だったよなぁ!?　殺人事件じゃん！　スルーッ!?」

アドの恋愛経験談とその考察の最中、突如発生する異常事態。

人間の頭蓋骨を釣り上げた時点で通報するのが普通だが、このおっさんは何でもなかったかのように頭蓋骨を捨てた。

返り討ちに遭った盗賊のなれの果てか、あるいは始末された裏社会の人間か不明だが、オーラス大河の底には闇に消えた真実が沈んでいるようである。

「んなことより、ボートの速度を上げられないのか!?　ゼロスさんが話題を変えてくれるのはいいんだが、ユイのことを思い出したら心配で……心配で……」

「何度目の話題変更かねぇ？　船外機を修理するのに陸へと上がるか、それともこのまま流されていくか……。いったいどちらが正しいのか……ハァ～」

家族を心配するアド同様に、おっさんもルーセリス達の安否を気にしている。

しかしボートの船外機が壊れている以上、こうして川の流れに身を任せるしか方法がない。一時的に加速できるだけマシであった。

逸《はや》る心を内に秘め、気を紛らわせるために意味のない問答を幾度となく繰り返す二人であった。

第七話　おっさん、クーティーと遭遇する

深夜、サントールの街の船着き場に、一隻のボートが辿《たど》り着く。

長旅からの疲労でゼロスとアドは顔色が悪く、言葉を出すのも億劫《おっくう》になっていた。

そして、同時に地震による被害を受けた波止場の光景も目に入り、ますます顔色が悪くなる。

「やっと……帰ってきたな」

「帰ってこれたねぇ……」

「地震の被害……受けてるようだぞ？」

「そのようだね………。崩れ落ちた建物がいくつか目につくよ。ただ、僕の記憶だと、確かあの辺りにあったのは比較的に古い建物だったと思うのだが……」

「もしくは手抜き工事の建物か？　まぁ、こればかりは天災だし、人間の俺達にはどうすることもできんわな」

石造りの建物や倉庫などはほとんど無事であったが、木造土壁造りの家屋は完全に倒壊しているか、あるいは半壊状態の無残な姿を晒《さら》していた。

建物の状態で建築を担当した種族が分かってしまうのだから不思議だ。

被災した建物は解体され使えそうな建材が一ヶ所に集められているのは、再利用を想定しての作業に思えた。仕分けの的確さを見る限り、どうもドワーフ達が行った形跡が見て取れる。

周囲にゴミ一つ落ちていないほど、異常なまでに綺麗《きれい》に分別整頓されていたのだ。

「積み上げられた建材にわずかなズレも見当たらない……。しかも清掃までして仕分けも完璧ということは、ドワーフの仕事だねぇ」

「連中……普段は凄《すご》く大雑把《おおざっぱ》なのに、仕事道具や素材や資材の管理は徹底してるからな。工具の一つでも置き忘れようものなら翌朝にはぶん殴られるんだ」

「新人はよく殴られていたよ。ブラック企業も裸足《はだし》で逃げだすような修業を乗り越えなくちゃ、職人としての成功は見込めないんだろうねぇ」

「コンマ数ミリの凹凸も指先の感覚だけで読み取るんだぜ？　よく触れただけで分かるもんだと素直に驚いたなぁ～。それも山ほど経験を積んだ結果ということか……」

ドワーフにとって仕事は誇りであり趣味だが、それゆえに手を抜くような真似は絶対に行わない。しかも恐ろしいことに小さな小屋を建てるときですら、彼らはミリ単位での歪《ゆが》みや凹凸でさえも許さず、作業工程をよりハードなものにしようとする情熱を持つ。よく言えばプロフェッショナル。悪く言えば仕事中毒のドM。

より速く、より正確に、まるで精密機械に要求されるような精度で作業を進めるものだから、見習いの職人にはついていくことなどできるはずもない。

新人の指導をするにも作業が高度すぎて遅々として進まず、最初は怒声が飛び交い、やがて拳で性根を叩《たた》き直され、精神疲労を魔法薬で強制的に回復させられることにより、見習い達は次第に洗脳――もとい仕事一筋のプロの職人へと育っていく。

「新人や見習いさん達は命懸けだから、真剣に技術を盗もうと必死になるあまり余計な思考を切り捨て、最終的に仕事のことしか考えられない職人になるんだよねぇ」

「ソリステア派とやらの工房でも、職人達は泣きを見ていたぞ。俺の作業が終わった頃には、気さくだった人達はブツブツと呟《つぶや》きながらただ作業するだけの人形みたいになってた」

「彼らの無茶に付き合うとヤバいよ……。数週間でエンターテイナーに矯正されるからねぇ～、僕もヤバかったよ。ハッハッハ」

「エ、エンター………テイナー？」

どこぞのドワーフの土木会社は現場で歌って踊れる職人集団であったが、残念なことにアドは作業中に足踏みで音程を刻み、ダンシングしながら組み立て作業をするドワーフの姿など見たことがないので理解できなかった。

そういった意味では、ソリステア派の工房にいたドワーフ達は怒鳴り散らしながら拳を挙げるだけで、作業場で歌い踊らなかっただけまともなのかもしれない。

「話にだけは聞いているが、マジでいるのか？　そんなドワーフが……」

「いるよ。ほら、よく耳を澄ませて聞いてみるといい。聞こえてくるだろ？　連中の奏でるリズムが……」

「…………えっ？」

言われてすぐに聞き耳を立てるアド。

すると暗闇の先から一定の間隔で指を鳴らす音が聞こえてくる。

ゼロスは即座に『隠れるんだ、アド君！　見つかったら巻き込まれるぞ』と、腕を引きながら倉庫の陰に隠れた。

宵闇に包まれた船着き場を、横並びに一糸乱れず小刻みにリズムを取り前進しつつも、指を鳴らしながら現れたドワーフ達。

時折、片足を高々と上げながらジャンプ＆スピンも混ぜ、なぜか全員が不敵な笑みを浮かべつつミュージカルの如きダンシングをしていた。

「ここ……船着き場だよな？　いわゆる演歌でお馴染《なじ》みの波止場ってやつだよな？　劇場の舞台

じゃねぇよな？」

「若いのや……よく見ておくんじゃぞい。アレが……サントールの街が誇る踊れる土木作業員……。その名も、ハンバ土木工業夜間突貫作業部隊じゃぁ！　アミーゴ!!」

「なんで年寄り口調ぅ!?　それより連中のダンスって、ミュージカルのウエストサイ……」

「勇気とツルハシ、情熱とハンマーが彼らのアミーゴなんじゃぁ!!」

「人の話を聞いてる!?　全く意味が分かんねぇよ!!」

「分からんか、若造。職人とは、魂と培った技術の合体じゃぁ！」

「ますます分からんわっ、なんで誇らしげに言う!!」

おっさんは何度かハンバ土木工業の洗脳――いや洗礼を受けていた。

そのためか、記憶の奥底に封印されていた建築魂《ビルドスピリッツ》が覚醒し始め、なぜかドワーフ達の立てる音程に自然とリズムを取り出している。

このままでは、ゼロスは器用にダンシングしながら倉庫の骨組みを建てているドワーフ達の中へと交ざりかねない。それほど労働に対する喜び（？）が無意識に刷り込まれていた。

なんというか、目つきがヤバい。

『こ、これがバイオフィードバック……。強制的に刷り込まれた働く意思が、ゼロスさんを労働者に変えるのか……ん？　それって健全なことなんじゃ……あれ？』

勤労意欲一色に染め上げるドワーフ達の洗脳法に、アドは戦慄《せんりつ》した。

だが、よく考えると働くこと自体は間違いでなく、自給自足はしているが事実上無職のおっさんにとって良いことのように思える。

「それよりも、今は一度帰るのが先だろ。この有様じゃ知り合いがどうなっているのか分からん。とにかく今は安否確認が最優先だ」

「はっ!?　そ、そうだった……。なんか今、危険な方向に堕《お》ちそうになっていた気が……」

「俺が言うのもなんだが、ドワーフ達との交流を控えたほうがいいと思うぞ？　ゼロスさんのことだからヤバいものを裏で横流ししてんだろうけど」

「失礼な。僕はただの栄養剤を正当な価格で販売しているだけだ。売ったものをどう使うかは、購入者のドワーフの親方次第だけどねぇ」

「それが一番マズいと思うんだけどなぁ……」

いつまでもこの場に留《とど》まるのは危険と判断したゼロスは、ドワーフ達に見つからないようにそそくさとその場を後にする。

二人が立ち去った船着き場では、労働の喜びに酔いしれる夜間作業専門ドワーフ達が陽気な歌声を夜風に乗せ、作業が早朝まで続けられたとか……。

◇　◇　◇　◇　◇　◇

サントールの街、新市街を船着き場まで一直線に通る大通り。

倒壊した建物は少ないものの、軽微な損壊を被った建物や半壊した建造物はいくつも見られるが、やはりと言っていいほどにハンバ土木工業の職人達がいい笑顔で復興作業に当たっていた。

知り合いの職人ドワーフに遭遇することを恐れたゼロスは、裏通りを通って旧市街へと抜けようとしていた矢先、アドと共にそれと遭遇した。

「「…………」」

裏通りに軒を連ねる家屋もまた大なり小なり地震の被害を受け、その後始末として瓦礫や木片などが道端に集められており、かつての小綺麗な裏通りとは思えない酷《ひど》い有様だ。

その中には、持ち寄った食材で料理を作ったときに出た生ゴミを入れた屑籠《くずかご》も、廃材と一緒に置かれているのだが、その生ゴミに頭から突っ込んで漁《あさ》るメイド服の女性の姿があった。

そして、おっさんにはそのメイド服の女性に凄く見覚えがあった。

今にも潰《つぶ》れそうな――もとい、この惨状では既に物理的な意味合いで潰れているかもしれない魔導具店の店員。訪れた客に迷惑の限りを尽くす自称天才の迷探偵クーティーであった。

しかし、現在の彼女はただの不審者に成り下がっており、正直に言って関わり合いになりたくない。

アドも見つかると厄介なことになりそうな予感から、声を潜めてゼロスと会話する。

『ゼ、ゼロスさん……たしかアイツ、クーティーって女だよな？　……何やってやがるんだ？』

『それは分からないが……幸いにして奴はまだ僕達に気付いていない。目を合わせれば勝手に友人扱いしてきて、しつこくつきまとわれるから、気付かれないようにこの場から離れるんだ。気配を消すことも忘れるな』

『そういやあの女……ソリステア派の工房でドワーフの職人にタコ殴りにされてたっけ……』

『どうせ仕事もできないのに、舐《な》め腐った態度で職人達に向かって、『こんな簡単なこともできないんですかぁ～？　ぷぷぷぅ～これだから凡人は駄目ですねぇ～。私に任せればちょちょいのぷぅですぅ～』とか、ドヤ顔で言ったんじゃないかい？』

『凄いな……その通りなんだが、なんで分かったんだ？』

『なんとなくだ』

おっさんの脳裏には、クーティーがソリステア派の工房でどんな行動をとったのか、その情景がありありと浮かんでしまった。

実姉のシャランラとは別方向で人の神経を逆なでする天才であるが、物事を自己中心的に考え完結しているところは共通しており、他人の嫌がることを本能で嗅ぎつけダイレクトアタックをかましてくる。

おそらく彼女の人を舐め腐った態度にムカついた職人達の、『おう、そこまで言うならやってみろや。その代わり、できなかったなら分かってんだろうな。あ？』という挑発に乗り、その結果クーティーは不良品を増産した。

当然ながら結果は散々で、『できねぇくせに舐めたこと言ってんじゃねぇぞ、クソがっ！　大口叩いたんだからできるまでやってもらうぜ』と作業を続けさせられ、失敗したらぶん殴られるの繰り返しとなる。なまじ職人がドワーフだったから遠慮や手加減なんてものはない。

これで反省すればいいのだが、クーティーは『こんなの、天才の私にかかればチョチョイのポイですぅ。適当で充分』などと煽《あお》る。

当然だがドワーフ達はそんな甘ったれた言い分など聞く耳を持たず、『技術なんてものは、目で盗んで覚えるもんだろうが。てめぇ、舐めてんのか！』と容赦なく叱責《しっせき》し、更に加えられる体罰は苛烈《かれつ》なものになっていく。あとはエンドレスだ。

それでも平常運転なのだからクーティーの頑丈さは呆《あき》れるほどだ。

『彼女はどこでも人に迷惑をかける……。絶対に関わってはいけない人間だ』

『ああ、思い出したくもないが俺も理不尽に拉致られたからな……それでどうする？【透過《ステルス》】の魔法で姿を隠すか？』

『いや、彼女はああ見えて変なところで勘が鋭い。しかも悪い方向で妙に冴《さ》えわたるんだよ。姿を隠しただけでは安心できない』

『そうなのか？』

『彼女の雇い主であるベラドンナさんから色々と話を聞いてるからねぇ。他人に嫌がらせをするために生まれてきたような存在だ』

『たしかに工房でもかなり人を舐めた態度だったな』

クーティーの恐ろしさは、無意識下で他人を都合よく利用することに特化していて、他人が迷惑だと思う状況を悪意なしで躊躇《ちゅうちょ》せず作り上げられる行動力にある。

しかも状況をより悪い方向へと持っていく才能に溢《あふ》れているのだからタチが悪い。

『背後を通り抜けるにも、ここで透過《ステルス》の魔法を使えば、おそらく彼女は即座にこちらを振り返る。真っすぐ帰るのは悪手だ。顔を見られただけでもOUTだと思ったほうがいいだろう』

『魔力探知か？　いや直感スキルかも……ってことは、気付かれないうちに迂回《うかい》して逃げるという選択しかないいんじゃないか？』

『正解。少しでもこちらが発見されるリスクを減らしたい。遠回りしてでも逃げるよ』

『面倒事の匂いがプンプンするからな……しかたがないか。もう少しで帰れるところだったのに』

『用もないのに突然現れ、無自覚で散々悪意を振りまいた挙げ句、しつこくつきまとってくる厄介者。それが彼女だ……。視界に入ったら最後、『憑《つ》イテク……憑イテク』と言いながらどこまでも追ってくるぞ。最悪のステイヤーだ』

『それは……怖いな』

ゼロスほどではないが、アドもクーティーのヤバさを理解しており、『絶対に関わってはいけない人間』という言葉にも同意できる。

なにせドワーフ達に殴られながらも全く反省がなかったのだから。

『こっそりとこの場から離れるぞ』

『了解』

ゆっくりと踵《きびす》を返しこの場から離脱を試みる二人。

だが、ゼロスはクーティーをまだ甘く見ていた。正確にはもう一つの異常性に気付けなかった。

彼女は自分に対して向けられる強い悪感情の気配に対して妙に鼻が利き、それを自分に向けられている好意だと極大に勘違いするのだ。強い嫌悪の念を向けられるほど、彼女の身体は即座に獲物であると反応し、無自覚でタカリ行動へと移行する。

ちなみに前雇い主のベラドンナは、皮肉にも散々悩まされたクーティーの迷惑行為の結果、悪感情を超越した境地へと至っていたため、普通にクビ宣告を叩きつけることができた。

少しでも悪感情を向けていたら好意ありとみなされ、今もつきまとわれていたであろう。

話を戻そう。背中を向けた瞬間に視線を感じたおっさんとアド。

振り向いてはいけないと思うときほど、なぜか振り向いてしまうという典型的なお約束。

そして二人は見てしまった。

こちらを見ているクーティーの姿を……。

「「な、なんか……やべ……」」

ゴミを漁り続けて人生を悲観し絶望したのか、あるいはただ現実逃避していたのかは分からないが、彼女の目は虚《うつ》ろであった。

しかし、ゼロス達の姿を確認した瞬間、クーティーは笑みを浮かべる。

実に悪魔的で醜悪なニチャァ〜とした粘着質な笑みであった。

正気を失っていたことでクーティーの本質が表に出たのかもしれない。

「クソ泥さんとクズ職人さんじゃないですかぁ〜。ここで会ったのも何かのご縁、ありがたく天才な私の世話をしなさい。これは命令ですよぉ〜」

「「さっきまでゴミを漁っていた奴が、なぜ上から目線!?」」

先ほどの醜悪さはどこへやら、満面の笑みを浮かべ手をブンブン振りながら走ってくるクーティー。同時に逃げだすゼロスとアド。

「ヤバい……あの女、俺のことを覚えていやがる。工房で話すらしてねぇのに……」

「自分にとって利用できると判断したとき、記憶力がめっちゃ冴えわたるんじゃないですかねぇ？しかも記憶を捏造《ねつぞう》するうえに思い込む。けど、これで分かったっしょ。関わってはいけない相手だって……」

「向こうが関わろうとする気満々じゃねぇか!?」

「だから逃げるんですよ。アレは、全力でどれだけシバキ倒しても諦めませんからねぇ」

「タカリにしても悪質すぎるだろ!!」

全力で逃走するゼロスとアドを、逃がすまいとロックオンしたクーティーが追いかける。

「ひどぉ～い～、なんで逃げるんですかぁ～。私とお二人の仲なんですからぁ、大人しくご飯を奢《おご》ってくださいよぉ～。あと住まいと毎日お小遣いをくださいぃ～」

「「図々《ずうずう》しすぎるだろ!!」」

「ハッ!?　まさか……私があまりにも美しいから照れてるんですかぁ～？　大丈夫ですよぉ～、こう見えても私は穀潰《ごくつぶ》し相手でも寛容ですからぁ～。なんなら貢いでくれてもいいんですよぉ～、これもいい女の宿命ですよねぇ～」

「「そして厚かましい……」」

クーティーの脳内では物事を自分に都合よく解釈する。

ゼロスと遭遇したことも――

『顔見知り』➡『一人は一緒に仕事をした仲』➡『つまりは友人』➡『友人だったら、ご飯を喜んで奢ってくれますよねぇ～』➡『お金も好きなだけ貸してくれるはずですぅ～』➡『返せなくてもいいですよね。だって友人だもん』

――と、このように脳内変換されるのだ。

そこには当事者達の意思など、反映されないどころか入り込む余地もない。

「追ってくるぞ、あの女……。途轍《とてつ》もなくヤバいな、ゼロスさん！　下手なストーカーよりも諦めが悪い」

「そうだねぇ～。それに……よく見るといい。特に蹴とばしたゴミ箱から飛び散る生ゴミをね」

「えっ？」

狭い路地とはいえゼロス達はそれなりの速度で走っている。

震災の後始末中でも人が生活している以上はゴミが出るもので、この路地裏にも少なからず生ゴミが入ったゴミ箱が家屋や店の外に出されていた。

そのゴミ箱を猛スピードで駆け抜けるゼロス達が蹴り上げ、空中でぶちまけられた中身にクーティーが食らいつき、紫の汁を垂れ流しながら咀嚼《そしゃく》しつつ追いかけてくる。

「な、なんなんだよ、あの女！　飛んだ生ゴミを、目にもとまらぬ早業でシャクシャクしてんぞ!?　凄《すさ》まじく意地汚ねぇ、そして汚ねぇ!!」

「どれだけ拒絶しようと、全く理解しないんですよねぇ。本当に最悪ですよ……」

クーティーも生きることに必死だ。

だが、必死に労働して金銭を得るならまだ可愛《かわい》げもあるが、彼女はどこまでも他人への依存を貫いている。他人に寄生しなくては生きていけない邪悪な生物なのだ。

ゼロス達を既にロックオンしたクーティーは、逃がすつもりはないと言わんばかりに猛追撃をしている。しかも徐々にではあるが距離も詰まってきた。

このままでは追いつかれるのも時間の問題である。

「なんで逃げるんですかぁ～。こんな絶世の美女が一緒に食事をしてあげようというんですよぉ～？　ここは素直にご馳走《ちそう》するのが男性の流儀じゃないんですかぁ～？」

「「………」」

「まぁ～、逃げたくなる気持ちも分かりますよぉ～。なんせ、このクーティーさんが相手なんですからねぇ～」

男二人は『相手にもよる』と言おうとしたが、クーティーに言ったところで理解すらしないだろうと諦め、喉元に出かかった言葉を呑《の》み込んだ。

それ以前に全身がゴミ漁りで薄汚れ、顔中に残飯を張り付け異臭を放つ女を美女とは到底呼べない。呼びたくもないし認めたくもない。

それ以上にドヤ顔のクーティーに腹が立つ。

「この誰もが羨《うらや》む天才的頭脳……」

「『その頭に生ゴミが張り付いていやがりますが？』」

「男達を惹《ひ》きつけてやまない、香《かぐわ》しく匂い立つフローラルなフェロモン」

「『ハエを惹きつけてやまない、腐敗臭が漂ってますけど？』」

「美しいって罪ですよねぇ～。この知性と美貌を兼ね備えているせいで、誰も近づけないんですからぁ～」

「存在が罪だよなぁ～」

「恥性と残念性を兼ね備えているせいで、誰も近づきたくないよねぇ……」

逃げつ追いつの間で交わされる噛《か》み合わない会話。

その間にもじりじりと距離が縮まる。

追いつかれると判断した二人は、互いに反撃する必要があると確認し、無言のまま頷《うなず》き合う。

「さぁ、さぁ！　さぁ!!　四の五の言わずにご飯を奢ってください。アナタ達に拒否権はありませんよぉ～！」

「だが断る」

「奢る相手は自分達で決めますよ。少なくとも君には資格がない。さっさと諦めてくださいな」

「ふっふっふ、そんなことを言っても逃がしませんよぉ〜。何が何でもご飯とお金と住む場所、ついでに快適な生活を提供してもらいますぅ〜。これは私のような天才を損失させないための義務なんですよぉ」

「義務ときやがったか。しかも、しれっと要求が増えてやがる」

「何が何でもか……言っちゃいけないその言葉、後悔してもらいますぜ」

これ以上の問答は不要とばかりに二人は同時に振り返ると、互いの右手をクーティーに向けて翳《かざ》し、魔法を発動させた。

「「【フラッシュ】」」

突然の眩《まばゆ》い光が路地裏を白く染めあげる。

下手をすると失明しかねないほどの閃光《せんこう》をクーティーは直視してしまった。

「ひぎゃぁああああぁぁぁっ!!　目が……目がぁあああぁぁぁっ!!」

「決まったな……。とんだサイコパスだ」

「存在そのものが迷惑の塊みたいな生物だからねぇ」

「道徳心や倫理観はないのか？　ある意味では超越しているようだが……」

「そこが判断の難しいところかな」

増長、自己偏愛、自意識過剰、自己中心的、身勝手、我儘《わがまま》、幼稚、他人蔑視の上に、他人からの侮蔑《ぶべつ》の意思を好意と認識するから手に負えない。聖人でも彼女を更生させることは不可能だろう。

思い込みが激しいとか、そういうレベルを限界突破した怪物なのだ。

身勝手な泥ママや、頻繁に不倫を繰り返す馬鹿夫といった連中は法律で裁けるだけまだマシといえる。少なくとも彼らは民法や刑法を持ち出せば黙らせることが可能なのだから。

おっさん的には、悪意を隠さないだけ姉であるシャランラの方がマシと思えたほどだ。

「人並み程度の倫理観は持っているみたいなんだが、その範疇《はんちゅう》から自分を除くというか、自分が人間の枠組みを超えた特別な選ばれた存在だと、本気で思い込んでいるようなんだよねぇ。……ただの穀潰しなのに。中二病罹患《りかん》者でもここまで酷くないよ」

「……精神科の医師に診てもらったほうがいいんじゃね？」

「間違いなく医師は匙《さじ》を投げるよ。六十八億三千万本ほど……」

「手の施しようがないほど重症ということか……」

転げまわるクーティーの姿を眺めながら、アドはげんなりとした表情を浮かべていた。

これほど邪悪な人間など他にいないであろう。

「さて、目が眩《くら》んでいるうちにさっさとここから離脱しよう。復活されても面倒なだけだし、回復するまで待つ必要は僕達にはないからさ」

「そうだな」

二人ともこれ以上クーティーに関わりたくなかった。

ただ、他人の嫌がるところを直感的に察する彼女の特性から、帰宅する方角というヒントすら与えたくないと考えたおっさんは、狭い路地を三角飛びの要領で壁伝いに屋根まで飛び上がり、隠密スキルを駆使して遠回りをするルートで離脱を図る。

アドもゼロスに続いた。

「そこまでする必要があるのか？」

「彼女には瓦の音というヒントすら与えたくないんだよ。家の方角を知られたら、そこから虱潰《しらみつぶ》しに探しかねないからねぇ。住処《すみか》を特定されるのも時間の問題だ」

「無駄に執念深いな」

「『探偵は情報を足で稼ぐ』という小説のセオリーを忠実に実行するんだ。変な方向で根性があるから、家がバレたら最悪だよ……。まぁ、得た情報から的外れの推理をおったてるんだけどねぇ」

「駄目じゃん」

「困ったことに自分の推理に絶大な自信があってねぇ、的外れな推理を真実にするべくしつこくつきまとう。これでメンタル崩壊した被害者が数多いという話だ」

「事実無根の冤罪《えんざい》じゃねぇか！　存在そのものが悪魔だろ」

「アレはおそらく、断頭台の露と消えても自分の罪を理解することはないだろうねぇ」

反省とは罪を自覚し、己を改める行動を起こして初めて成立する。

だが、クーティーの頭に反省という言葉は存在しないので、一生罪を自覚しないまま生きていくことになるのだろう。

「この世界に来てからというもの……碌《ろく》でもない奴にしか出会わねぇな」

「アド君や、それは僕も含まれているのかねぇ？　三十六時間ほどじっくり話を聞きたいところなんだけど？」

「自覚してんなら変な行動は自重しろや！」

こうして二人は一時間ほどかけて遠回りをし、なんとか自宅へと帰りついた。

まぁ、アドについては、既に深夜に近かったためソリステア公爵家の別邸に帰ることもできず、ゼロスの家で一泊することになったが。

その翌朝、アドは全速力で愛する妻と娘の元へと向かった。

◇　◇　◇　◇　◇　◇　◇

イサラス王国。

現在、ソリステア魔法王国とアルトム皇国の支援を受け、魔導式モートルキャリッジの部品製造工場が建設されている、発展の目覚ましい国である。

先の地震でも目立った被害はなく、建設作業も順調に進んでいた。

そんな建設現場を、ヘルメットをかぶったルーイダット・ファルナンド・イサラス王が視察し始めた矢先に、その一報は届いた。

「陛下！　陛下はいずこにおられますか！」

「なんだ。今、陛下は視察中であらせられるぞ！　報告であれば城でもよかろう」

「待て、ここまで来たということは急を要するということであろう？　どれ、申してみよ」

「ハッ、メーティス聖法神国の聖都【マハ・ルタート】がドラゴンの襲撃を受け崩壊しました。国の中枢を失ったことで現在国内では混乱が拡大中とのこと」

「「!?」」

メーティス聖法神国は宗教国家であるが、同時に権力が聖都に集中した集権国家でもある。領土を持つ貴族もいるが、上層部から派遣された役人が領地経営を取り仕切っており、名前だけの領主が口を出すことはない。

全てが国の中枢からの命《めい》で動いているためか、マハ・ルタートが壊滅したとなると国内が荒れることは容易に予想できる事態であり、イサラス王国から見れば好機到来といえるだろう。

だが、現実はとても厳しい状況であった。

「早すぎる……。まだ軍備は整っておらぬぞ。兵站《へいたん》も揃《そろ》わぬ今の状況では、出陣を許可するわけにはいかぬ」

「しかし、この好機を逃すわけにもいきませぬな」

「ソリステア魔法王国からの支援状況はどうだ？」

「保存食――缶詰が毎日のように運ばれてきておりますが、全軍に行き渡るほどではありませぬ。持ってひと月……戦線を維持できなければ敗北は必至でしょう。勢い任せで侵攻して逆に敵に結束を固められるわけにもいきません。ここは聖法神国の混乱状況がどこまで広がるか、様子を見るのがよいかもしれませぬな」

「急《せ》いては事を仕損じる……か。悩ましいものだ」

国の中枢が失われても、まだメーティス聖法神国には指導者に相応《ふさわ》しい者がいる。

例えばガルドア将軍を含めた【聖天十二将】だ。

「聖天十二将はどう動くか、ここも問題であるな」

「警戒すべきはガルドア将軍と残りの二人くらいでしょう。先のアルトム皇国との戦争と、ルーダ・

イルルゥ平原での戦いで半数が戦死しております。生存者もいますが、将として戦場に立てる者はいないとか……」

「ガルドア将軍か……。こちらに引き入れることは可能か？」

「陛下！　それは、まさか……」

「老将だが人望も厚く、あの国では珍しく高潔な人物と聞く。我が国の将として働いてくれぬものかな」

ルーイダット王は本気でガルドア将軍の引き抜きを考えていた。

だが、気がかりなことがもう一つある。

「【アーレン・セクマ】将軍はどうします？」

「ガルドアと対立している将軍であったな。その者はいらぬ……。暗部からの情報通りの人物であれば、我らを平然と裏切るであろうよ。こちらの寝首を掻《か》きに来るかもしれん」

「噂《うわさ》では血連同盟と繋《つな》がりがあるという話ですからな。それに、あの者は若いながらも野心家で、危険な男とか。まだガルドア将軍の引き抜きの方が現実的です」

「この混乱は更に広がるであろうから、アーレン・セクマにとってもまたとない好機であろう」

「……暗部には、できるだけガルドア将軍との接触を急がせましょう。同時に侵攻の準備も急がせます」

「うむ……。中原の混乱がどう動くのか、同盟国との情報共有もせねばならんな。なんとも忙しくなりそうだ………」

大国の崩壊は、周辺国にも多大な影響をもたらしそうであった。

戦乱の暗雲がどこまで広がり続けるのか、今は誰も知らない。

第八話　おっさん、恋愛症候群が発動し精神的ダメージを受ける

「……結構、酷《ひど》いことになってたんだねぇ」

早朝。ルーダ・イルルゥ平原から戻ったことをルーセリスに伝えようとしたおっさんは、教会裏に積み上げられた廃材の山を見て呟《つぶや》いた。

昨夜、クーティーから逃れるために民家の屋根を駆け抜けて帰ってきたが、遠目に疲労でふらつきながら教会へ入っていくルーセリスの姿を見かけた。

街の様子から彼女が懸命に怪我人の治療を当たっていたことが容易に想像でき、無事であったことに安堵《あんど》しつつも今はゆっくりと休ませるべきだと判断し、声を掛けるのはやめておいた。

アドに至っては何度も公爵家別邸に戻ろうとしていたが、深夜近くであったことや貴族屋敷はドワーフ達が建築を手掛けている可能性が高いからと説得し、一晩泊まらせることに成功する。

そのようなこともあり朝食を済ませたあと直《じか》に教会に顔を出すと、裏口前で片付けをしていたラディが話しかけてきた。

「あっ、おっちゃんだ。帰ってたんだ」

「やぁ、ラディ君。おはよう。実は昨夜遅くに帰ってきたんだけど、起こすのも悪いし声を掛けなかったんだよ。それにしても……なかなかの損傷具合だね」

「一部の壁が崩れたり礼拝堂の天井が落ちたり、他にも被害はあったけど、俺達はなんともなかったから安心してよ」

「天井が落ちたって、怪我人はいなかったのかい？」

「朝の礼拝以外に教会に来る人なんていないからな、被害はたいしたことないよ。俺達もルーセリスねぇちゃんも外にいたし、揺れで驚いただけさ」

「いや、それって教会としてはどうなのよ。せめて懺悔《ざんげ》をしに来る人がいてもいいんじゃね？」

おっさんの言葉にラディは、『どうせ連中はルーセリスねぇちゃんが目当てなんだから、来ても邪魔なだけだよ。下心しかねぇ客なんて来ないほうがいいだろ？』などと答える。

確かにルーセリス目当ての男どもが押し寄せても邪魔なだけだが、それだとこの教会は神を祀《まつ》る場としての役割を果たしていないことになるわけで、存在価値が問われる。

「片付け作業は進んでいるのかい？　なんなら手伝うけど」

「もうほとんど片付いているから大丈夫。あとはこの廃材を処分するだけ。教会の修復は……領主様の仕事かな？」

「どうだろうねぇ？　街の被害も相当なもんだし、予算が出るか微妙なところだとは思うけどね。しばらくは放置されるんじゃないかな」

ドワーフが手掛けた石造りの建築物だったためか、建物の規模に対してそれほど大きな被害にならなかったのは不幸中の幸いだろう。

一応地下室もあるようだが、長らく放置していたせいか扉が開かないらしい。

礼拝堂の下に地下室があったら床が抜けていたかもしれないとラディは言う。

「ところで、ルーセリスさん達は？」

「あ？　いるけど、呼んでこようか？　ちょぃと待ってて」

そう言って教会へ入っていくラディ。

「お〜い、シスターにジャーネねぇちゃん。旦那が帰ってきてるぞぉ〜？　早く出迎えて派手で濃厚なぶちゅぅ〜をかまそうや！」

『おい、ラディ!?　おま、なにを言ってんだ!?』

『ラディ君、人前でそんなことを言うものではありません!!』

何やら教会内でわちゃわちゃしていたようだが、程なくしてルーセリスとジャーネが押し出されるかのように裏口から出てきた。

いや、実際子供達に押し出されてきたのだろう。

裏口のドアが閉まる直前、ジョニー達が男前に笑いながらサムズアップしていた姿が見えた。

そのすぐ横では、イリスがガラス窓に張り付いてこちらの様子を窺《うかが》っており、何が起きていたのか予想できてしまった。

「ちょっと遅いですが、おはようございます、ルーセリスさんにジャーネさん。実は昨夜帰ってきたのですが、挨拶が遅れてすみません」

「いえ、何事もなくご無事でよかったです」

「ま、まぁ……無事に帰れてよかったんじゃないか？　アタシは心配なんてしてなかったからな」

「ジャーネさん、てぇてぇツンデレ乙です！　ところで、派手に濃厚なぶちゅぅ〜……します？　僕としてはその後の理性が保てるか保証はできませんが」

「誰がツンデレだぁ、ガキ達の前でそんな真似できるかぁ!!」

「私としてはウェルカムです！」

「「えっ？」」

ルーセリスとジャーネは互いに見つめ合う。

「ジャーネ……もう、いい加減に覚悟を決めてください。このままダラダラと進展どころか婚姻すら引き延ばすつもりですか？　それは慎重ではなく、ただの臆病ですよ」

「ルー……なんでお前はそんなに割り切っているんだ？　普通は恥じらいや躊躇《ちゅうちょ》ってものがあるだろ。腹を括《くく》りすぎてて、女なのに男前すぎるだろ」

「ハァ〜……このまま放置していると、ジャーネはいつまでも逃げ続けてしまいますね。仕方がありません……ゼロスさん、ここは一発濃厚なぶちゅぅ〜をかましちゃってください」

「えっ、いいんですか!?　早朝のちょっとしたオヤジギャグのつもりだったのに……」

「ちょっ、まっ!?」

何やら展開が怪しくなってきた。

こうと決めたら強引にでも事を進めようとするルーセリスの行動に、ジャーネはどこかの司祭長の幻影を見た気がして、背筋に冷たいものが走る。

子は親に似るというが、ルーセリスの育ての親は間違いなくメルラーサ司祭長で、その行動理念というものを完全に受け継いでしまっているように思えてならない。

「かまいません。夫婦となる以上、朝昼晩のキスは毎日が当たり前と思わなければ、先の関係に進むことなんてできるはずありませんからね」

「朝昼晩って……それは所謂《いわゆる》バカップルというものでは？」

「しかも毎日はやりすぎだろぉ！」

「そうですか？　よく公園や広場などで見かける恋人達は、それこそ長時間何度も飽きもせず、しかも人目をはばからずにそこかしこで堂々と濃厚なキスをしていますが？」

「「あ～……確かに」」

よく考えてみると、濃厚なキスを交わしているカップルや若夫婦は街でよく見かける。性や愛に関しておおらかというべきか、余計なことに縛られず自由な恋愛を楽しんでおり、恥ずかしげもなく人前で堂々と見せつけていた。

独身生活の長いおっさんは軽く殺意を覚えたものである。

それよりもルーセリスの言動が若干おかしいことが気にかかる。

三人の関係が進展することを望んでいるのは分かるが、自分達以外のカップルに対して棘《とげ》があるような発言であり、まるでエロムラやおっさんが恋人達を妬《ねた》む感情に近いものがあった。

『言葉に若干の棘はあるが、嫉妬《しっと》というわけではなさそうだな。じゃぁ、なかなか関係が進展しないことへの焦り……いや、ルーセリスさんは意外に行動力があるから、焦るくらいなら攻めに出る』

人は感情の起伏が他の動物に比べて豊かである。

ルーセリスも人である以上、正の感情以外にも負の感情を持ち合わせているのは当然のことであり、何らかの理由で負の側面が表に出てきているのかもしれないと推察した。

考えられるのは例の病気だ。

そう、嬉《うれ》し恥ずかし忌まわしき【恋愛症候群《ラブ・シンドローム》】である。

「というわけで、ジャーネとぶちゅぅ～をかましちゃってください♪　次は私の番ですよ♡」

「だから、なんでアタシを優先するんだぁ！　それなら別にルーが先にキスしてもいいだろ!!」

「…………………それもそうですね」

「「ほわぁ～い？」」

不用意な一言を言い放ってしまったジャーネ。

その言葉に対してルーセリスはにっこりと微笑《ほほえ》むと、おっさんの元へ近づいてきた。

何やら不穏な気配を感じる。

「……あの、ルーセリスさん？」

「ふふふ……えい♡」

そして唐突に抱きついた。

成人女性の豊かで柔らかい身体の密着に、一瞬おっさんの気が逸《そ》れた隙《すき》を突かれ、ルーセリスの唇がゼロスの口を文字通り塞《ふさ》ぐ。

まるで子供同士が行う無邪気で可愛《かわい》らしいキスであったが、この行為自体がゼロスの思考を奪い、それと同時に例の症状を目覚めさせる。

ちゅっちゅと可愛らしいキスを繰り返すルーセリスのことが愛《いと》おしく、ゼロスは無意識に手を伸ばすと彼女を抱きしめ、湧き上がる本能と目の前にいる女性の想《おも》いに応えたいという感情が溶けあい、抑えきれなくなった衝動が身体を支配し突き動かす。

普段のゼロスであれば、キスをされた驚きから硬直したままであっただろう。

薄れゆく理性の中でわずかに残された冷静な思考も、『据え膳食わぬは男の恥』とか『毒を食らわば皿まで』といった言葉を免罪符に、次第に侵食されていった。

押し寄せる衝動が二人の行動を大胆なものへと変えていく。

「ん……ふっん……んんっ…………」

舌を絡ませ合う淫靡《いんび》な音とともに、ルーセリスの悩ましげな声が漏れる。

その光景をジャーネは目の前で呆然《ぼうぜん》としたまま傍観していた。

『ふえっ!?　……えっ…………えぇっ～っ!?』

目の前で突然繰り広げられる熱愛シーンに、ジャーネは思わず赤面するもそこから目が離せない。

それどころか、次は自分の番が回ってくるかもしれないという事実に期待と不安がないまぜとなり、思考とは裏腹に体は硬直したまま指一本動かせなくなっていた。

同時に心拍数が上がっていく。

『な、スゴ……。うそ、アタシ……こんなことされんのかぁ～～っ!?』

恋愛症候群《ラブ・シンドローム》は男女間の魔力による精神波の共振同調で引き起こされる。

だが精神波には波というものがあり、この波の同調率が高いほど精神暴走による奇行に走りやすく、今のおっさんとルーセリスの状況はこれに当たる。

では、なぜジャーネが同じように暴走しないのか？

それは三人の中で彼女だけ体内の魔力保有量と体外に排出する魔力量が低いためだ。

大気中の自然魔力や体内魔力は精神に反応する性質上、どうしても無意識の精神波が含まれ、それは魔力が高く感知能力が鋭い者ほど同調を引き起こしやすい。

ルーセリスの場合、微弱だが先祖である天使の力に目覚め魔力保有量も増えたこともあり、同類

の使徒であるおっさんの魔力に引きずられる形となったのだが、キスによる接触によって魔力共振現象が引き起こされ、今度はゼロスの精神が引きずられる形となった。

だが、この共振現象も長く続くことはない。

元より精神波は個人によって波長が異なるため、徐々に体が慣れていき自我を取り戻す。問題があるとすれば自分達が異常な行動をしているという自覚症状がないことだろう。

まぁ、ここまで詳しいことを知らないジャーネでも、自身も暴走する危険があることは自覚しており、なんとかしたいとは思うものの内面が夢見る乙女な彼女は踏み込めずにいた。

そうこうしている間に二人は濃厚なキスを終える。

「ゼロスさんって……意外と大胆なんですね」

「女性にここまで迫られたら、男として恥をかかせるわけにはいきませんからね。僕なりに頑張ってみましたよ」

「それに……その、結構……お上手なようで……。もしかして、以前に恋人がいらっしゃったんですか？」

「若い頃……幼馴染《おさななじみ》がいましたが、それ以降、恋人ができたためしがありませんねぇ。あるとすれば……」

ゼロスの脳裏に社会人時代の記憶が呼び起こされる。

それは、出張で外国に行ったときのことだった。

某国のバーにて――、

『Ｈｅｙ、Ｓａｔｏｓｈｉ。テンション低いＹｏ、もっと盛り上がらないとね！』

『いや、キャシー。飲みすぎだぞ。明日に響く……』

『ダイジョブ、ダイジョブ。心配性ねぇ～。そぉ～んなつれないSatoshiには～、こうしてやるぅ～♡』

『おい、待てや！　酔いすぎだぞ、みんな止めてくれ！　おい、やめ……んぐぅ!?』

——取引先の社員達と飲みに行き、壮絶に絡まれた。

しかも、酔った勢いにまかせ口移しでアルコール度数の高い酒を飲まされたうえに、そのまま濃厚なキスをされてしまった。

今でも昔を思い出すたびに、『はじめはバリバリの堅物キャリアかと思ったのに、酒が入るとあそこまで変貌するとは思わなかった……。しかも致命的なまでに酒癖が悪い……』と、何度も呆《あき》れた溜息《ためいき》を吐《つ》いている。

まぁ、酔った勢いの事故のようなもので、人にはいくつもの顔があると思い知らされた出来事であった。おっさんの中ではノーカン扱いとしている。

ただ、ゼロスは気付いていないようだが、ルーセリスとのキスの最中にこの時の記憶と経験が潜在意識から意図せずフィードバックされ、誘導されるように濃厚な行為に及んでいた。

恋愛症候群《ラブ・シンドローム》は精神に作用する以上、当然ながら本能の解放と同時に理性の低下という影響が出るが、記憶の奥底に封じ込めた性的な経験と欲望すらも解放してしまう。

要は性的欲望と種の生存戦略が見事に噛《か》み合った結果の行動だ。

タチの悪いことにこの暴走行動を起こしたときの記憶はなぜか消えることがなく、あとになって羞恥《しゅうち》のあまりに転げ回ることになるのだが、それは今のところどうでもいいことだろう。

問題は恋愛症候群《ラブ・シンドローム》の対象者がもう一人いることだ。

ルーセリスは濃厚キスのおかげで精神の共振から脱してきているが、ゼロスはジャーネがいることでキス対象のスイッチが変わっただけである。つまりは今も暴走の影響下にある。

「次はジャーネの番ですね」

「えっ？　ちょ……本気かぁ!?」

「本気ですよ？　そしてこの婚姻届を三人で役所に届けてきましょう」

「ちょ、まだそれ持ってたのかぁ～。しかもアタシの指印まで押されてる！」

「あっ、じゃぁちょうどいいので僕の名前も入れて指印も押しましょう。これで遠慮する必要はなくなりますねぇ～。ククク……」

暴走の影響下にあるわずかばかりの理性は、おっさんを大胆不敵な行動派にシフトチェンジさせていた。ジャーネに濃厚なキスをブチかます気満々である。

逆に言うとキスを交わすか、それ以上の行為に及ぶまで正気に戻らない可能性がある。

一方、訳が分からないうちに退路が徐々に断たれていくジャーネ。

「待て、ルー！　まさかと思うが……そのまま提出する気じゃないよなぁ!?」

「今はまだ出すつもりはありません。今は……ですが」

「その含みのある言い方はなんだよ！」

「まぁ、いつかは出すんですから、別に気にする必要もないでしょ。それよりもジャーネさん……お待たせしました」

「待たせたって…………まさか、ほほほ、本気で……き、きしゅを!?」

「そんなに嫌がることはないじゃないですか、さすがにおじさんのガラスのハートも傷ついちゃいますぜぇ～。まぁ、逃がしはしませんけど」

ちょっと思考判断力がイカレたおっさんにロックオンされてしまったジャーネさん。

ムードもへったくれもない状況と、逃げ腰になりつつも自身に恋愛症候群《ラブ・シンドローム》の影響が出始め心拍数の上昇を感知したジャーネは、『このままではヤバい！』と判断し脱兎《だっと》のごとく逃走を図った。

そんな彼女を変なテンションで追うおっさん。

事情を知らなければ普通に犯罪現場だ。

「はっはっは、どこへ行こうというのかね？」

「アンタ、テンションがおかしいぞ！　自分の異常に気付いていないのか!?」

「異常？　何を言っているんです。僕は充分に正常ですが？　正常だからジャーネさんと愛を深めたいと純粋に思っているんですけどねぇ～」

「その思考自体がおかしいぞ！」

どこぞの王族の子孫の少女を追いかけ回す某大佐のように、ゼロスはジャーネを次第に追い詰めていく。

そんな異常なおっさんだが、楽しげに追い回す一方で思考の片隅では『あれ？　僕は何をやっているんだ……？』と、自分の行動に対して疑問を覚えてもいた。

だが、恋愛症候群《ラブ・シンドローム》罹患《りかん》者が三人揃《そろ》っている状況から引き起こされる共振現象が、正常な思考を取り戻す邪魔をしていた。

ルーセリスとゼロスの精神波の共鳴がズレ始めると同時に、今度はジャーネとの共鳴が始まり、当然だがジャーネにも『なんでアタシ……逃げてるんだろ？』という疑問が脳裏をよぎる。

そう、この時には既に【ルーセリス＋おっさん】の精神波の同調が、【ジャーネ＋おっさん】の同調に切り替わっていた。

やがてそうした疑問も生物としての本能に侵食され始め、『もう、受け入れてもいいんじゃないか？』という考えに染まっていく。

こうなると、頼みの綱は理性と本能という二つの感情の戦いなのだが、危険だと理性が警鐘を鳴らしているのに本能からの影響が勝り始め、逃走する速度が徐々に落ちていき――結局、おっさんに追いつかれてしまう。

「捕まえましたよ、ジャーネさん……」

「は、離せ……」

「そんな潤んだ目で見つめられると、可愛すぎて僕も感情が抑えられなくなりますよ」

「も、もう……抑えきれなくなってんだろ」

「えぇ……もう我慢することなんてできません。ジャーネさんがこんなに魅力的なのがいけない」

フィーバータイムＲｏｕｎｄ２に突入するおっさん。

自宅の外壁に押さえつけられ、ジャーネに逃げ場はもうない。

いや、正確には自らの本能が逃げる選択を拒否していた。

二人の顔が次第に近づいていき、唇が優しく触れ合う。

「はぅ……ん……」

「可愛い声ですね、ジャーネさん……。もっと可愛らしいところを僕に見せてください」

「ひゃ……ひゃい♡」

囁《ささや》くように耳元で告げられたその一言で、ジャーネの理性は吹き飛んだ。

熱に浮かされたジャーネさん、恋愛症候群《ラブ・シンドローム》フィーバーに突入。

同時におっさんの脳裏でも、『なに恥ずかしいセリフをかましているのかねぇ〜。まぁ、いいや……。このままGO　GO！』という思考に染まりきっていた。

二人は拍手するルーセリスの監視のもと、濃厚な口づけを交わし続けたのであった。

二人の精神波の共振同調がズレるまで……。

このあと正気に戻った三人は、初恋を覚えた小学生のようにそわそわもじもじと挙動不審になるだけでなく、自己嫌悪と激しい羞恥心で互いの顔すら見られなくなったという。

◇　◇　◇　◇　◇　◇　◇

ソリステア公爵家別邸に戻ってきたアドは、真っ先にユイと娘の元に向かおうとする衝動を抑え、クレストンのところへ報告に訪れていた。

「……なるほどのぅ。アンフォラ関門まで落としたか」

「ゼロスさんは戦争が始まると言っていたが、実際はどうなんです？　こっちでは何か動きがありましたか？」

「動きだす前にこの騒ぎじゃよ。街の様子を見たであろう？」

「古い家屋は軒並み地震の影響を受けていたな。復興が早すぎるけど……」

「馴染《なじ》みの土木会社が張り切っておったからのぅ。職人達の目は死んでおったが……」

おっさんからの前知識によってあまり驚かなかったが、どう考えてもハンバ土木工業という会社はおかしいと再認識したアド。

ただ、ドワーフの職人根性は理解していても、その悪質性だけはいまいち理解できないでいた。

「まぁ、我が国の方針では、しばらくは様子見じゃな。地震被害のこともあるが………実はのぅ、メーティス聖法神国の聖都マハ・ルタートが、ドラゴンの襲撃を受けて崩壊しおったらしい。今やあの国は無政府状態よ」

「はあっ!?　なんでそんなことになってんのぉ!?」

思わず変な声をあげるアド。

アド達が支援しているイサラス王国にとっても好機到来だが、割を食うのは民達なので素直に喜ぶことができない。また、メーティス聖法神国の貴族達が焦って暴力による強引な統治など行えば、不満から反乱を企てる組織も生まれるだろう。

まして無政府状態ともなれば台頭する貴族達が勝手に国を興し、それはやがて大きな内乱に発展する可能性もある。

「無政府状態って、そんなことになれば……」

「中原は戦乱の世となるのは確実であろうのぅ」

「ゼロスさんもある程度は予想していたが、急展開すぎるだろ……」

「まぁ、混乱を収めるために有力な貴族を担ぎ出すじゃろぅが、そうした連中はこぞって評判が悪い。下剋上《げこくじょう》を狙う野心家であれば真っ先に潰《つぶ》す標的に選ぶじゃろうな」

「うわぁ～……」

はっきり言って戦乱の到来は野心家にとっても好機だ。

気に入らない相手を叩《たた》き潰《つぶ》し、支配する領地を増やすことで自分の国を興すことができる。しかも滅んだ国の悪政を喧伝《けんでん》すれば大義名分と正当性が得られるオマケつきだ。

特に好き勝手やらかした神官を処罰することは民も納得するだろう。

まぁ、そうした神官達のほとんどは貴族階級出身者が多く、彼らの悪評を利用すればライバルの民からの支持は下がり、蹴落とせる可能性も高くなる。

「あと、これは未確認情報じゃが、四神は天誅《てんちゅう》を下されたらしいのぅ……アルフィア殿に」

「……あっ、なんかスゲェ納得した（つまり……この世界の管理権限を取り戻せたってことか？）」

「密偵の報告によると、どうもメーティス聖法神国の裏事情や悪事も暴露されたらしいのぅ。これであの宗教国家の威信は地に落ちたことになる。この混乱は波紋のように広がり、大きなうねりとなって戦乱を呼ぶきっかけとなろう。なにしろ神官達の正当性は失われたのじゃからな」

「俺としてはイサラス王国の動きが心配なんですけどね。あの国には世話になったからなぁ……」

「ふむ……」

クレストンはイサラス王国側の視点で、前後の動きを脳内で予測してみた。

イサラス王国はアルトム皇国やソリステア魔法王国の支援を受け、着々と軍備の拡張と戦争への準備を秘密裏に進めていたが、兵力や兵站《へいたん》もまだ充分とはいえない。

現状でも一定範囲の領土を奪えはするだろうが、兵力が足りない状況下で戦い続けることを余儀なくされるため、防衛した土地を維持し続けることは難しい。

ならば、メーティス聖法神国が崩壊し混乱が長期に及ぶ状況こそ動く機会であり、侵攻の準備と同時に有能な人物の調略にかかるのがベストだろう。領地を保有する有力な貴族であればなおよい。戦争はただ敵を倒し続ければいいというわけではなく、入念な下準備も戦略として求められるものなのだ。

「儂《わし》の予想ではイサラス王国はしばらく動くまい」

「その根拠は何です？」

「あの国は兵員やそれらを維持する食料に限りがある。それにメーティス聖法神国にも有能な人物はおるからのぅ。いくら好機とはいえ無茶ができるはずもなく、攻め込む前に調略くらいは始めるじゃろ」

「有能な人物が弱小国に大人しく従ってくれるのか、甚《はなは》だ疑問だな。それに時間が足りないんじゃないんですか？」

「逆じゃな。時間を置くほどに聖法神国の混乱は長引くじゃろう。そうなると有能な人物の下に兵力が集中することになる。その人物を引き込めばよいのじゃよ。なに、別に忠誠を誓わんでもいいのじゃ。使える駒となってくれるならばな」

野心家であれば周辺の国に自分を売り込むことが考えられ、混乱に対処できない貴族であっても領土の譲渡を条件に地位の保証をしてやるなど、戦わずに領土拡大を図ることは可能だ。

一度でも味方に引き入れることができれば、邪魔になったときに自国の法で裁くなり使い潰す駒として利用するなり、切り捨てる方法などいくらでもある。

要は国に損害を出さなければいい。

「けど、それってある程度の現状把握能力がないと駄目じゃないですかね？　無能な奴は極端なまでに無能だしさ」

「そこそこ利口であれば保身に走るじゃろぅが、引き込むに足りるか判別するには、小競り合いくらいは始めてもらわんと審査する基準にもならんのぅ」

「危機感を煽《あお》って行動の結果を見ることで選定するのか。現段階で靡《なび》くような奴らって、面倒事から逃げようとする使えない連中の可能性があるし、見極めるのが難しいところだな」

「そのあたりのことは儂らのような貴族や暗部の仕事じゃ。これ以上の話は機密事項が多いから話すことはできん。すまぬのぅ」

「いや、これ以上踏み込むのも野暮だろうし、聞いたら政治介入になりそうだ。報告も終わったことだし、ユイや娘に会いに行くことにするよ」

「うむ、話はここで終わりじゃな。アド殿も早くユイ殿に顔を見せて安心させてやるとよい。心配しておったからのぅ。ふぉっふぉっふぉ」

「それじゃ、失礼します」

一礼して立ち上がると、アドは執務室のドアから出ていった。

クレストンは彼の背を見送ると、『既に調略は始まっておる。我が国も多少領地をいただかねば割に合わんわい』と呟いた。

現在、目立った領土獲得の野心がある同盟国はイサラス王国だ。

アルトム皇国は現状で満足しており、もし領地を増やしたければ【邪神の爪痕】を通り、ファーフラン大深緑地帯の開拓を始めればよいと考えている。ルーフェイル族については中原の領土紛争などに興味がなかった。

他にも同盟国はあるが、中原で戦乱が起こることで彼らがどう動くのか、このあたりも見極める必要がある。そんな為政者の思惑など関係ないアドは、何の根拠もなしに妻子の待つと思《おぼ》しきサロンに向け、スキップしつつ向かう。

根拠もないのに向かった先でユイの姿を確認できたのは、野生の直感か愛のなせる業かは分からないが、広い別邸内を探し回らずに済んだのは僥倖《ぎょうこう》といえよう。

「ユイ、かのん。今帰ったぞ」

「あっ、アドさんだ」

「俊《とし》君、お帰りなさい」

「お土産はないのかしら？　アドさんって意外に気が利かないのね」

「シャクティ……なにもないルーダ・イルルゥ平原で、土産なんか手に入るわけないだろ。ゼロスさんが謎のパワードスーツを手に入れたくらいだ」

なにやらファンタジー世界ではありえない単語を訊《き》き、三人の思考は一瞬固まった。

シャクティも冗談のつもりで言った言葉だが、どうにもアドはゼロスが絡むと予想外のことに巻き込まれる傾向があるようで、どんな非常識な真似をしでかしてきたのか大いに気になった。

「みんな、無事だったようだな。サントールに戻ってきたら家屋が倒壊しているところが多くて、本気で心配したぞ」

「俊君は心配性だね。私達は特に問題はなかったよ」

「そうそう。地震後にボランティア活動をしていたくらいだから」

「こんなときほど人の逞《たくま》しさを実感するわよね。最初は家をなくして落ち込んでいた人達も、復興作業が進むにつれて立ち直っただけでなく、自ら作業を手伝うまでになるんだもの」

地震による被害は大きく、家族を亡くした者も多い。

それでも立ち上がり復興のために働く人達の姿は、生きようとする命の悲しくも力強い輝きというものを教えてくれる。

人は決して弱い存在ではないのだ。

「まぁ、それとは別方向で力強いエネルギッシュな人達もいたけどね……」

「あの土木作業をしていた人達だよね」

「あの人達、大丈夫なのかな？　目つきが少し異様だったけど……」

「……土木作業」

アドは昨夜見かけたドワーフの作業員を思い出す。

ハンバ土木工業――技術を学ぶ機会と見れば、それがたとえ被災地であろうとも嬉々《きき》として飛び込み、異常なまでの速度で復興作業を促進させる頼もしい援軍だ。

だが、彼らの行動にはボランティア精神など一切なく、技術力の向上を図るという一点のみに集約されている。救助活動すらついでなのだ。

彼らドワーフが復興の中核にいることに対し、その溢《あふ》れんばかりの仕事に対する情熱をよく知るアドは、なんとも複雑な表情を浮かべていた。

◇　◇　◇　◇　◇　◇　◇

「「「あぁああああぁぁぁぁぁぁっ!!」」」

恋愛症候群《ラブ・シンドローム》の波が去ったとき、ゼロス達の脳裏に走ったものはどうしようもない羞恥心からくる衝撃と精神的なダメージだった。

行動が大胆になるといえば聞こえがいいが、言い換えれば感情からくる精神の暴走であり、それを理性が自覚したとき恥ずかしさのあまり死にたい気持ちになる。

暴走時に本人に自覚がないことが最悪だ。

もっとも、自覚後の反応は三者三様だったのだが……。

「うぅ……あんな…あんなこと………。初めてだったのに………」

「まさか、自分からキスしていくなんて……。いずれはそんな関係になると思っていましたが、自ら飛び込んでいくとは思いもしませんでした……」

「僕としてはただ嬉しかっただけですけどね……。あの内から湧いてくる愛おしさの感情が本心なのだとしたら、もう隠すことなんてできませんよ……」

理性を取り戻した今のゼロスは、『二人を愛している』という言葉を口に出すことがどうしてもできなかった。

一人の女性としてルーセリスやジャーネを愛しているのか、本能的な衝動が彼女達を求めているだけなのか、今のおっさんには分からないからだ。

いや、二人に惹《ひ》かれていることだけは確かだ。ここは断言できる。

問題なのはそこに本当に愛があるのか、単に性的な意味合いで魅力的な女性と見ているのか、そこが分からない。

前者ならいいのだが、後者だった場合は二人に対して無礼千万である。性欲発散の対象としか見ていないことになるのだから……。

理性と本能が逆転している状態だったため、己を取り戻したあとの罪悪感はより酷いものになる。

「覚悟は決めていましたけど、実際に体験してみると凄《すご》く恥ずかしいですね」

「お前は横で拍手喝采しながら喜んでただけだろぉ!?」

「可愛かったですよ？　ジャーネ」

「うがぁあああああぁぁぁぁぁぁっ!!」

恋愛にも自分のペースというものがあるのだろうが、例の症状はそうした段階を問答無用で飛越し、本能と本心を剥《む》き出し状態で晒《さら》してしまう。無理にでも隠し続けようとすれば、鬱《うつ》かノイローゼに陥りかねない危険があるのではとゼロスは考えていた。

だが、恋愛症候群《ラブ・シンドローム》によって引き出された行為は、その全てが自身の内側に閉じ込めておいた感情の爆発だ。受け入れてしまえば問題はない。

しかし物事はそんなに単純ではない。

人は馬鹿正直に生きているわけではなく、虚勢や見栄を張って生きているものだ。

いくら相性が良くても、父親と娘ほどの年齢差があるゼロスを愛しているなど簡単に受け入れることができないほど、ジャーネはとことん乙女だった。

許容範囲が狭いとも言い換えることができる。

「ハァ～……あそこまで濃厚なキスをしたのだから、いい加減に受け入れてもいいのに……。そういえばゼロスさんは？」

「あそこで珍妙なポーズを取りながら苦悶《くもん》しているぞ……」

「どうして畑の中心で悶《もだ》えているのでしょうか……」

「知らん」

己を取り戻したおっさんは羞恥心と罪悪感に駆られ、奇妙に体をくねらせながらルーセリス達から離れていったようである。

【恋愛症候群《ラブ・シンドローム》】の症状が発動すると美化フィルターがかかり、ルーセリスやジャーネには百倍美化された姿でおっさんが見えてしまう。そんな彼女達から潤んだ目で見つめられ抱きつかれれば、どんな堅物の男でも理性を保つのは難しいだろう。ましてや今回はゼロスも恋愛症候群《ラブ・シンドローム》の影響下にあったのだからどうしようもない。

重度の恋愛症候群《ラブ・シンドローム》の症状を別の言い方で表すとしたら、【突発性チョロイン熱愛誘発症】であろうか。イザナギとイザナミが一発で恋に落ちたように、レッツ・フォーリンラブしてしまうのだ。

先ほどの発情状態だったときの記憶がおっさんを苦しめる。

『恐ろしい……自分が自分でないようだ。確かに、若い女性と口づけなど役得なわけで……いやいや、そうじゃなくて！　問題なのは、あの時ジャーネさんを押し倒そうとする欲望が抑えきれなくなっていたことだ。あのまま症状が続いていたら、真っ昼間から青空の下でハッスルドッキングしていたとこだぞ!?　ヤバい！　ヤバいぞ!!　嫁入り前の女性に僕はなんてことを……ふぬぐぅおおおおぉぉ!!』

ジャーネよりもおっさんの方が重症だった。

『今なら分かる。全裸で砂浜を『アハハ』『ウフフ』と走り回るバカップルや、人目をはばからず愛を叫んだあとに、その場でラブラブ・ストライクをかました人達の気持ちが……。自分の視野が二人だけの空間に限定されてしまうんだ！　これが複数となると……く、他人事《ひとごと》だと思っていたが、これではブロス君のことは笑えない』

そして、三十人以上の奥様の相手をしているケモ・ブロス君の勇気に、敬意すら覚えた。

獣人族は本能に忠実なため、毎日が恋愛症候群《ラブ・シンドローム》のようなものだ。抑えきれない本能と情欲を求める衝動が、いかに危険なのかをおっさんは再認識し、奥さんズに抗《あらが》い続けているブロスの苦悩を本当の意味で理解した。

どうしようもないのだ。

「ブロス君、僕が甘く見ていたよ。君は……紛れもなく勇者だ！」

力強く叫んだが、これは論点をずらしただけの現実逃避に過ぎない。

なんでもいいから適当なことを言って誤魔化さなければ、羞恥と罪悪感のあまりに本気で正気を失いかねない。自我を守るための逃避行動だ。

もっとも、どれだけ逃避しようとも起きてしまった現実は変えようもなく、三人はしばらくの間悶々《もんもん》とした日々を過ごすことになる。

一部始終を覗《のぞ》いていた教会の子供達は言う――『もう、いい加減にくっついちまえよ！』――と……。

第九話　中原動乱の序章の序章

メーティス聖法神国――いや、正確には『元』が付くだろうか。

聖都【マハ・ルタート】を失ったことにより、国内の立て直しは各領地の貴族達の手に委ねられたが、派遣された文官達に領地を任せきっていた彼らにそんな手腕があるわけもなく、進まぬ復興が大きな問題となっていた。

更に問題がある。四神が邪神扱いとなり、かつての邪神が本当の【神】であると拡散されたことにより、四神教の権威は地に落ちてしまう。

国政の裏側で行われた非道な行為が白日の下に晒《さら》され、まことしやかに囁《ささや》かれている本当の神の降臨にて、【神】が人間だけの味方ではないと宣言もされたという。

これにより信仰で国をまとめることが事実上不可能となってしまった。

「困ったことになりましたね……」

「フフフ、そう思うかい？　私には好機と思えるかな」

「好機……ですか？」

貴族の代わりに領地の管理を行っていた文官達の前で、男は楽しそうに笑いながら窓の外を眺めていた。

歳の頃は二十代後半か。ブロンドの豪奢《ごうしゃ》な髪が太陽光に照らされ、まるで王冠を思わせる。

彼は決して振り向くことなくやや興奮気味に話を続けた。

「これで何かと口煩《くちうるさ》い神官達を黙らせることができる。もう彼らの時代は終わったのだよ、次の時代は若者の手で切り開いていくべきだと思わないかい？　そう、私のような……ね」

「まさか、祖国を裏切るおつもりか!?」

「祖国？　君は何を言っている？　国などとうに滅んでいるではないか。そう、神の断罪によって跡形もなくね。では、残された者はどう動くべきか、自ずと分かるのではないか？」

「……民のために、一刻も早く領地を治め安定させる……ですか？」

「そうとも！　民は不安に思っていることだろう。信じていた神は世界を滅ぼす邪神で、神官達は懸命に働いてくれた勇者達を謀殺した悪者。信仰を名目に自分達に不自由を強いてきたとも思っているかもしれないね。だから、新たな時代にはもっと自由で開かれた国が必要だと思わないかい？」

振り向きもせず芝居がかった口調で語る男に不信感はあるが、彼の言っていることにも一理あり、文官達は何も言い返すことができない。

国の中心であった四神教の信仰と威信は地に落ち、泥まみれ。

しかも、縋《すが》ろうとした真の神もまた『人に都合のよい神など存在しない』と完全拒絶。

今必要とされているのは、民を一つにまとめ上げる求心力と政治力。そして混乱を力ずくで押さえつける軍事力であり、現状でそれらを有している者は限られている。

例えば、目の前の男がそうだ。

「……将軍。貴方《あなた》がそれを成そうというのですか？」

「いやいや、さすがにそれは傲慢《ごうまん》といえるのではないかね？　いくら私でもそのような大言は口にできぬよ。そこまで自惚《うぬぼ》れるほど自信家でもない」

「では…………ガルドア将軍のような方ですか？」

「ははは、あの方は軍人ではあるけど政治家ではない。国を興そうなどという野心など持ち合わせてはいないさ」

ガルドア将軍は民を思いやる騎士の中の騎士とまで言われ、英雄の器と言っても過言ではない才を持ってはいるが、その本質はどこまでも戦士なのだ。

戦場では有能な将軍でも、国を治められるのかと問われれば首を傾《かし》げるしかない。何よりも高齢で引退時期でもある。

たとえ多くの民が担ぎ上げたとしても、彼が王になるには時間が足りないのだ。

「王とは民に望まれて生まれる存在だ。やみくもに剣を振り回す程度では決してなれない」

「しかし、このままでは国が荒れる一方ですぞ！　一刻も早く手を打たねば……」

「他国が攻め入ってくることを心配しているのかい？　周辺は小国だから、中原奥地である我が領に侵攻してくることはないだろう。国境沿いの領地などくれてやればいい」

「そんな……」

「どのみち今の私では、さほど事態を収めることなんてできないさ。中原は荒れる……これは確定事項だよ。君達も覚悟を決めたほうがいい」

集められた文官達はそれぞれの顔色を窺《うかが》う。

彼らを派遣したメーティス聖法神国の政治中枢は消滅し、今後の行動は彼らの意思によって決めなければならない。もはや誰も指示を出す者がいないのだ。

目の前の男は芝居がかった口調で不安を煽《あお》っているが、同時にそれは文官達を遠回しに試しているようでもあった。

あえて言うのであれば『賢い選択をしろ』『私に従えば地位は約束する』『君達が働ける場を用意しよう』とも聞こえる。

そして『自分に忠誠を誓え』とも。

もちろん、彼はなにも言ってはいない。あくまでも文官達の抱いた感想に過ぎない。

「まぁ、答えをすぐに出せとは言わないが、時間がないことも確かだ。君達がよりよい選択をしてくれることを願う」

「……一つ、よろしいですか？」

「なにかね」

「先ほどガルドア将軍は王に向かないようなことを仰せでしたが、では【アーレン・セクマ】将軍はいかがですか？」

「あぁ……彼か。彼なら覇王を目指せるのではないかと思う。ただし、そこに民を救おうという慈悲の欠片《かけら》は一片たりともない。断言するよ、彼は血に飢えた獣だからね。戦いに魅入られているのさ」

「まさか！　仮にも聖天十二将の一人ですぞ!?」

「聖天十二将の空きが多いことは君達も知っているであろう？　先のアルトム皇国との戦いで戦死した者が多い。ルーダ・イルルゥ平原での戦いでも戦死者を出しているし、現在動けるのはガルドア将軍とアーレン将軍……そして、私だけだ。他にも生存者はいるが、彼らは二度と戦場に立つことはできない体だ。それほどの大打撃を受けた戦いがあったのに、アーレンが戦場に出されなかった理由が分かるかい？　気まぐれで部下すらも殺すからだ……毎日のようにね」

「「「!?」」」

文官達は息を呑《の》んだ。

聖天十二将の実力は勇者と同等と言われている。

その理由だが、彼らには少なからず勇者――異世界人の血が流れており、一般の騎士達に比べて群を抜く成長速度と強さを持っていたからだ。

だが、勇者の血統も世代を重ねることで薄まり、将軍の地位につける実力者が簡単に現れることはない。だからこそ実力を持った者を相応《ふさわ》しい地位に縛り付けたのだ。

そう、聖天十二将も実はメーティス聖法神国の上層部には信用されておらず、将軍職に就けることで監視下に置かれていたのである。

「間違っても彼に仕えることがないことを願うよ。まぁ、それは君達の自由だがね。私からは何も言うことはない。好きにしたまえ」

「……いえ」

「我々の答えは決まりました」

「あなた様にお仕えすることにします、【フューリー・レ・レバルト】将軍」

「おいおい、将軍はやめてくれないか？　これでも怪我で早々に将軍職を引退した身でね」

「ご冗談を……。怪我などとうに癒えておりましょうに。将軍がお嫌でしたら伯爵とお呼びしましょうか？」

「そうしてほしいな。何にしても我が領にとっては喜ばしいことだ。君達の選択を無駄にしないよう、私も一層奮闘することをここに誓おう。これから忙しくなる」

そう言いながら振り返り笑みを浮かべるフューリー・レ・レバルト。

彼は一見して舞台俳優のような優男だ。

女性受けしそうな甘いマスクに切れ長の青い瞳の目が特徴だが、ただの色男が将軍に選ばれるはずもない。まして聖天十二将の地位を与えられるなど、その実力は他の将軍達と比べても遜色はないのだろう。

ただしどこか享楽的であった。

「それで今後の方針なのですが……」

「まずは私達の領地の混乱を収めることにしよう。我が聖騎士団も健在であるし、なによりも君達という優秀な部下が就いたのだ。一年以内に事を収めることにする」

「い、一年……ですか？」

「アーレンが行動を起こしたとしても、まともに領地を治められるとは思えないからね。その前に領地周辺の貴族達も平定する。必要なら…………攻め滅ぼす」

「そ、それは………」

「分かっている。騎士団を動かすにも兵站《へいたん》がなくては意味がない。長期戦も視野に入れねばならないから、迅速に内政を安定させる必要がある。アーレンに私が動いたことを悟られる前にね」

これより貴族達の領地をかけた小競り合いが始まる。

他国の動きも気になるところではあるが、小国が支配できる領地などたかが知れており、警戒するべきだが深刻に考える必要はない。

むしろ警戒すべき敵は身近にいる。

『さて……楽しくなってきたな。アーレンの奴はどう動くのか、ゆっくり雑務をこなしながら待つとするか。彼ならおそらく私にとって都合よく動いてくれるだろう』

この日よりフューリーは自領の周辺貴族の領地を平定していくことになるのだが、あくまでも自領の民を守ることを強調し続け、国を興す宣言は一切口にしなかった。

同時に彼と同じように動き出した貴族達は、今まで押さえつけられていた感情をぶつけるがごとく、他家との小競り合いを率先して始めるのであった。

◇　◇　◇　◇　◇　◇

メーティス聖法神国西方、グラナドス帝国国境付近。第八十六号砦《とりで》。

その砦の一室は大量の血で赤く染め上げられていた。

血液の持ち主達は全員が四肢を縛りつけられているかへし折られており、身動きできない状況であったことが窺える。おそらくは一方的に痛めつけられて死んでいったのであろう。

遺体となった者達は誰も元の姿が分からないほど酷《ひど》い有様だった。

そんな中、最後の生存者と思《おぼ》しき男を棍棒《こんぼう》で一方的に殴り続ける人物がいた。

血のように赤い髪、喜悦の笑みを浮かべ、サディスティックに殴り続ける男の目には獰猛《どうもう》な光が宿り、最後の一人を容赦なく責め続ける。

泣き叫び許しを乞うていた男がやがて何の反応も示さなくなると、その人物はつまらなそうに血まみれの棍棒を投げ捨てた。

「あらら……もう全員死んだのかよ。最近の盗賊は骨がねぇな。簡単に逝っちまう」

そこは拷問部屋であった。

本来であれば捕らえた罪人を責めたて背後関係を自白させる場所なのだが、今やここは赤髪の男の娯楽室と化し、罪人をただ殺すだけの場となっていた。

男――アーレン・セクマは血を見るのが好きな異常者である。

彼の率いる騎士団も多少の差はあれ似た傾向が強く、騎士の立場でなければ殺戮者《さつりくしゃ》の集団と変わりない。

事実、多くの人達から処刑部隊と呼ばれ恐れられていた。

「ハァ～……つまんねぇ。雑魚をいたぶったところで満たされねぇんだよなぁ……。戦争でも始めれば派手に殺せるんだが……」

彼は狭い部屋で犯罪者を殺すより、大勢のギャラリーに見られる中で合法的に人間を殺したいという欲望に苛《さいな》まれている。

しかし騎士であっても、そんな場面は滅多にない。

それは英雄願望などではなく、他者の目の前で暴力により人間を壊すという快楽に酔いしれたいだけで、そこに明確な理由など存在しなかった。

捕らえた盗賊を嬲《なぶ》り殺しにしているのも、抑えられない衝動を鎮めるための儀式のようなものだ。

『いっそ国を裏切って戦争でも仕掛けてみっかな……。こんな退屈な日々におさらばできるなら、それもアリか…………』

かなり物騒なことを企《たくら》んでいた。

アーレンは聖天十二将に選ばれるほどの実力のある騎士だが、人間としての良識や倫理観が破綻しており、他人だけでなく自分の命すら軽んじている。

仮に戦争など引き起こせば、最初は異常性丸出しで目に映る者を次々と手にかけ、己の欲望のままに殺しまくれるだろうが、すぐに形勢逆転され擂《す》り潰《つぶ》されることだろう。

『それはそれで面白そうだが、長く楽しめそうもねぇよな。敵を民衆の目のある場所でぶっ殺して、恐怖でびびる連中を嘲笑《あざわら》うのも面白そうなんだが、面倒な仕事も背負《しょ》い込みそうだ』

メーティス聖法神国に対しての反乱、拠点として弱小貴族の領地を奪うとしても、その後に続く戦いには対応しきれなくなる。

領地を奪ったところで管理維持を続けなければ兵站に影響が出てしまうのだが、領地運営に力を入れている暇はない。そんな暇があればどこかで戦いを仕掛けているだろう。

しかしながら部下がいる手前、食料の供給は絶やすわけにはいかない。

有効な手といえば敵から奪い続けながら戦う戦法だが、これもあまり賢いやり方とはいえなかった。簒奪《さんだつ》が目的と分かれば打つ手などいくらでもあるからだ。

「なぁ～にヤベェこと考えちまってるかねぇ、俺は……。こんな事を企んでいたなどと上のお偉いさんに知られたら、真っ先に異端審問にかけられるわ。連中、俺を始末したくてウズウズしてっからなぁ～」

抑えきれない衝動と、国に監視されている立場という板挟みの中で、自由のないこの状況に苛立《いらだ》ち不満を覚えていたアーレンだったが、国に喧嘩《けんか》を売るほど馬鹿でもなかった。

少なくとも、この時までは……。

「お、お愉《たの》しみの最中、失礼します。将軍！」

「あん？　これが愉しんでいるように見えんのか？　スッゲェ不満だ。お前の目は節穴かよ。あぁ？」

「も……申し訳ありません」

「まぁ、いい……。んで、俺に何の用だ。くだらねぇ話だったらぶっ殺すぞ」

「報告します。聖都が……」

「聖都？　聖都がどうしたんだよ。さっさと言えや」

「聖都が…………ドラゴンの襲撃で壊滅しました。法皇様方の安否も不明とのことですが、おそらくは…………」

一瞬だが『なんだよ。やっぱりくだらねぇ話じゃねぇか。こいつ、殺しちまうか』と思ったが、言葉の意味が脳裏に浸透してくるにつれ、重大な事実に気付いた。

聖都壊滅とはメーティス聖法神国の政治中枢が失われたことを意味する。

国内は混乱し、その波は国土全体に広がることだろう。

つまり、今後しばらくはアーレンの行動を咎《とが》める者達がいないということだ。

それどころか、将軍という地位を利用することで自由に配下を動かすこともできる。

『おいおい……マジかよ。いや、だが待て。自由になったからとはいえ、考えなしに派手に動くのはマズいな。あの気取り屋のフューリーに隙《すき》を見せるのは危険すぎる。さて、どうしたもんか……』

アーレンにとってフューリー・レ・レバルト将軍は面倒な相手であり、油断のならない敵という認識であった。同じ聖天十二将の一人とはいえ、とても気を許せるような相手ではない。

涼しげな顔の下には何を考えているか分からない不気味さを隠し、常に他の将軍達を値踏みするような視線で見ていた。絶対に腹黒い野心家であるとアーレンは結論づけている。

正直に言って油断ならない相手だ。

「マズい事態だな」

「えぇ……しかも四神教が隠してきた悪事も何らかの力によって拡散されてしまい、四神の威光も地に堕《お》ちました。このままでは国が崩壊してしまいますよ」

「バァ～カ、もうとっくに崩壊してんだよ。マハ・ルタートが滅んだ時点でな。このままだと給料が出るかどうかも怪しいぞ（そういえば……囚人を拷問していたときに、何か聞こえてたな。スキルか何かの力によるものだと思うが、アレ……悪事の暴露だったのか）」

「そこですか!?」

「給料は大事なことだろ」

給料云々《うんぬん》はともかくとして、国の中枢の消滅は混乱を招く。

事を起こすにしても配下の者達がついてきてくれるかどうか怪しいところだ。

なにしろ彼らを留《とど》めておける財布が失われたのだから。

『どうすっかねぇ……。混乱、つまりは指導者がいないってことだろ？　俺がその立場に就くのは面倒だから、誰か適当な奴を見繕う必要がある。それも、とびっきり無能な奴であるならちょうどいい』

アーレンは思考をフル回転して今後の動き方を思案する。

メーティス聖法神国では、東西の国境付近の貴族ほど独立性が強く、有能な人物が領地を治めており、彼らの下に就くのは悪手だろう。

そうなると聖都近辺や中央と繋《つな》がりの強かった貴族を担ぎ上げたほうがいい。

「なぁ、この近辺で無能な領主に心当たりはねぇか？」

「無能……ですか？」

「あぁ……本当にどうしようもなく小心者で、なんの才覚も持ち合わせないうだつの上がらねぇ、毒にも薬にもならないような貴族だ。周りに流されやすい傾向が強いなら最高だ。そんな使えねぇ貴族に心当たりはないか？」

「将軍……ズケズケと辛辣《しんらつ》なことを言いますね。そんな、中間管理職止まりのくせに簡単な仕事すらまともにこなせない馬鹿貴族領主なんて、それこそ掃いて捨てるほどいますが？」

「お前も大概に辛辣だな……」

使えない貴族の心当たりが多すぎた。

まぁ、メーティス聖法神国は汚職にまみれた傾国なので、候補者が多いに越したことはない。選《よ》り取り見取りだ。

しかし、多少は貴族としての役割を自覚した小利口な人間でなくては意味がない。本当の意味での無能者を神輿《みこし》として担ぎ上げるのは愚行だ。

『まぁ、当面は文官をこき使えばいいか。楽しい戦争の舞台を整えねぇとな』

アーレンは国内が荒れることを歓迎しているが、面倒な事務仕事まで押しつけられたくはない。あくまで戦場で戦いたいだけなのだ。民衆のような弱い相手ではなく、それなりの実力を持った騎士達を一方的に蹂躙《じゅうりん》したい。

そのために必要なものは大義名分と体裁だ。

荒れた国を立て直すという合法的な名目と、民のために立ち上がった将軍という立ち位置を得ることで、合法的に武力を行使することができる。

問題は担ぎ上げる神輿だ。

「で、話を戻すが、都合のいい貴族に心当たりはねぇか？」

「条件にもよりますけどね。正義感はあったほうがいいですか？」

「要らねぇな。小者のくせに野心家というのがちょうどいい。そこそこ領地を持っていて金払いが良ければ文句はねぇ」

「それなら、ある程度は絞り込めそうですね。少し待ってください、候補者を見繕ってみます」

「おう、早めにな。いつまでも砦に燻《くす》ぶってたら先を越される」

「誰にですか？」

「いけ好かねぇフューリーの糞《くそ》野郎にだよ！」

フューリーは将軍であったが、同時に一地方を預かる領主でもあった。

騎士団を維持できるだけの財力と政治的な手腕を持ち、民からの信頼も厚い好人物として見られているが、アーレンは気付いている。

彼が腹黒い野心家であることを。

ただ合法的な殺し合いを望み、殺戮衝動を解放したい欲求だけの自分とは大きく異なるが、あえて言うのであれば英雄願望とでもいうのだろうか。

「……奴なら王になることを目指すだろうぜ。今頃は机の前で虎視《こし》眈々《たんたん》と計画を練っているに決まっている」

「将軍も王を目指してみてはいかがです？」

「冗談だろ、誰がそんな窮屈な地位に納まりたいなんて思うかよ。俺はただこの衝動を解放できればいいんだよ、戦場でなぁ」

血に飢えた獣――それがアーレン・セクマという男の本質だった。

だが、その感情はどこまでも純粋で、そしておぞましい。

抑えられない衝動を緩和するために、今まで盗賊などの虜囚やホームレスを拉致し、暴力を加え殺してきた。今までは報告書という紙きれ一枚で非合法な殺人を誤魔化していたが、国が滅んだ現在においてアーレンは好き勝手に殺戮できるようになるも、それはそれで退屈なだけだ。

弱い相手をいたぶるのは嫌いではないが、それでは今までと何も変わりない。

やはり興奮するのは大規模な戦場での戦いなのだ。

「……奴は俺の殺戮衝動に感づいている。だからこそ動き出すのを待っているんだろうぜ。自分が英雄になるためにな」

「その病気さえなければいい上司なんですがね」

「俺にそこまで言えるのはお前くらいだ。みんな内心ではびびっているからな」

「いっそ、獣人族に戦いを仕掛けてみては？　アンフォラ関門が落とされたみたいですよ」

「事が落ち着いてからな。この西国境付近の平穏もせいぜい三ヶ月で崩壊するだろ」

メーティス聖法神国の今後の行く末は貴族達の行動に委ねられている。

真っ先に動き出すのは有力な貴族だろうが、問題はアーレンの望むような戦場を用意してくれるかどうかにある。護衛務めとしてそばに置かれるようでは意味がない。

「意外に早いかもしれませんよ」

「それならそれでかまわん。俺は楽しい戦争ができそうな奴に売り込むだけだ」

「無能貴族は？」

「それは……アレだな。勇者共の言う保険ってやつだ。というわけで、使えそうな奴のリストアップを頼むわ」

「ハァ～……人使いの荒いことで」

騎士は頭を抱えながら拷問部屋から出ていった。

「……さて、この死体を片付けるとするか」

アーレンは氷属性の呪文を唱え盗賊の遺体を氷結させると、無造作に蹴り飛ばして粉々に粉砕し、水属性魔法で下水に洗い流した。

『しっかし……神官共は、なんでこんな便利な力を利用しようと思わなかったのかねぇ。かなり使えるじゃねぇか。馬鹿なんじゃゃね？』


聖天十二将の一人、アーレン・セクマ。

彼は密《ひそ》かに裏ルートで購入したスクロールで魔法を覚えていた。

殺戮衝動を内に秘めた危険な男であったが、それ以上に片付けのできる綺麗《きれい》好きな男でもあった。

彼にとって魔法とは掃除に便利な道具という認識である。

そんな彼に掃除された拷問部屋は一流レストランの厨房《ちゅうぼう》のように整然と片付けられ、アイアン・

メイデンなどの拷問器具が磨かれ、真新しい医療器具のごとく銀色に輝いていたとか……。

◇　◇　◇　◇　◇　◇　◇

地震発生から六日が経過した。

地震の影響で混乱していたソリステア魔法王国では、復興の兆しが見え始めたと同時にメーティス聖法神国の崩壊の報《しら》せが届き、王族も含め今後の対応の話し合いが始まっていた。

当然だがこの情報は各地に広がり、イストール魔法学院の生徒達も新聞を通じて知ることとなる。

「……先生があの国は滅びるようなことを言ってましたけど、本当に滅びましたね。それも、こんなにも早く……」

「わたくし達としては、あの目障りな国が消えてくれて喜びたいところですけど、現実はそれほど喜ばしいことではなさそうですわね」

「そうなんですか？」

「セレスティーナさんは貴族としての責務に携わっていないので、事の大きさにあまり実感が湧かないことも理解できますけど、かなり厳しい状況ですわ」

国の中枢ごと消滅したメーティス聖法神国。

予測できないのは国が滅んでも残される有力な貴族達の動きである。

今までは神官職に就ければ優遇されることもあり、貴族の子息子女はこぞって四神教の信徒として神殿へ送られたが、それに不満を持ち行動には移さないものの反発していた貴族は大勢いた。

跡継ぎを神殿に送るということは恭順することを示し、同時に人質の意味合いもある。そんな貴族達は子らを守るために賄賂を贈ることとなり、結果として国の腐敗を進ませるのに一役買っていた。そんな貴族達がこの機を逃すはずがない。

無論、野心のある貴族達も存在しており、この機に乗じて国を興そうと動き始めるだろう。

「そう遠くないうちに貴族同士の内乱が始まるというのが、わたくしのお父様の予想ですわね。戦火が広がってこちらに難民が押し寄せると、さすがに対応はできませんわ」

「聖法神国は無駄に国土が広いですからね」

「貴族同士で戦争を始めるのはかまいませんけど、巻き込まれる民の身にもなってほしいですわね。あの国の貴族は傲慢な方々が多いですから、きっと酷い状況になると思いますの」

「戦争という行為自体が酷い状況なんですけどね。国土が荒れたら戦争どころの話じゃないんですけど……」

「街や村に被害が出れば貧困層が増え産業が著しく滞り、やがて我が身に返ってくるのですわ」

「戦争するにもお金がかかりますからね……」

貴族同士での戦争の場合、滅ぼされるか先に軍事予算が尽きるかで勝敗が決まる。

仮に勝ったとしても失われた兵力の補充が難しく、そのうえ兵を一から育てていく余裕も時間もない。弱ったところを突かれ逆に滅ぼされかねない危険な綱渡りだ。

しかし弱小貴族にとってはうまく事を進めることで成り上がれる好機でもある。

「才能のある人が台頭してくることになるのでしょうか？」

「そうだと思いますわ。冷静で狡猾《こうかつ》で、そして時に大胆な行動が取れる方が出世していくとは思いますわよ？　ですが……勇者を利用するだけして裏で殺してきたような方々ですから」

「四神教……酷いですね」

今回のことで四神教の悪事が広く知れ渡った。

聖都マハ・ルタートにいた勇者達が生きているかどうかは分からないが、真実を知った彼らの離反は免れないだろう。

つまり、勇者に縋れない以上、持てる兵力で生き残る術《すべ》を探さなくてはならない。

「結局は才気溢《あふ》れる有力な貴族の下に集中するか、迅速な行動で周辺の敵対する貴族を倒していくしかありませんわ。少なくとも中立を保とうとする方なんて信用できませんし、されませんもの。問題は……」

「その戦争がこちらにも飛び火しないか、ということでしょうか」

「こちら側に鞍替《くらが》えする貴族は、向こうからすれば裏切り者でしょうし、罪人の引き渡し要求を名目に戦争を仕掛けてくる可能性がありますわ」

「罪人って……情勢を見て賢く立ち回っただけですよね？　そんな強引な……」

「馬鹿は目先のことに囚《とら》われて、多少強引な手を使ってでも領土を広げたいと思うんだよ。寝返った貴族の領地の防備など、連中とそれほど変わりないからな。奪うこと限定で行動するなら簡単にできるぞ。まぁ、順調なのは最初だけで、あとで手痛い打撃を受けるだろうがな」

「「ツヴェイト様（兄様）!?」」

「随分と物騒な話をしているな。お前ら、こちら側に来る気にでもなったのか？」

いつの間にかツヴェイトが傍《かたわ》らに来ていた。

淑女らしかぬ話題で盛り上がっていたことに赤面するキャロスティーと、背後から唐突に声を掛けられ、いまだに心臓の動悸《どうき》が激しいセレスティーナ。

そう、二人がいるのはツヴェイト達が近接戦闘訓練をしている訓練場だった。

「まぁ、そこは裏で親父《おやじ》達が動いているだろうから、寝返った貴族は今頃陛下と謁見《えっけん》でもしてんじゃないか？　狙ったのはおそらくは辺境伯あたりだろ」

「お父様なら確実にやりますね。むしろ、こういう状況になる前からコンタクトを取っていたんじゃないかと……」

「だろ？」

「公爵様なら、そのようなことをしていても不思議ではありませんわ。なぜあのお方が王でないのか、本当に不思議でなりません」

「悪い意味で自由人だからな……」

教養もあり、頭も切れ、しかも大胆に行動できる度量を持つデルサシス公爵。

しかし彼は王ではない。

その才覚を持ち合わせていても、やっていることはマフィアの首領《ボス》のようなものだ。しかし裏でも表でもそのカリスマ性は隠しきれていなかったりする。

「俺は陛下がかわいそうに思えてくる……。あんな化け物じみた人間が従兄弟《いとこ》なんだぞ？　俺だったら立ち直れない。実の息子でもキツいのに……」

「まぁ……そうですわね」

「きっと裏方仕事が好きなんでしょうね。ところで兄様、訓練はもうおしまいですか？　先ほどウルナと格闘していたようですけど」

「あ～……さすがに獣人との訓練はキツいわ。あのタフさにはついていけねぇ。アレでハーフだということは、純血だとどんだけタフなんだよ。聖法神国の連中もよく相手にできたな……」

「神聖魔法という切り札があったからじゃないですか？」

メーティス聖法神国には獣人達を奴隷にしてきた歴史があるが、なぜそんな真似ができたのかツヴェイトは理解できなかった。ウルナを相手にしたことでその疑問は更に深まる。

だが彼は、ソリステア魔法王国で暮らす獣人と、ルーダ・イルルゥ平原で暮らす獣人との間に決定的な違いがあることに気付いていない。

ルーダ・イルルゥ平原で暮らす獣人は野性味に溢れ損害を恐れず突撃一辺倒の脳筋。

一方、ソリステア魔法王国の獣人は日常的に文明に触れており、そこに教育が加わることで考える力が磨かれ、戦略的な戦いを行う。

要は生活環境で獣人達の性質に差が出るということだ。

「【闘獣化】持ちの異常なタフネスの戦士とやり合うんだぞ。神聖魔法だけでは防御一辺倒になっちまうだろ？　罠《わな》に嵌《は》めて一方的に倒すしかない。ウルナ一人でも今までの魔導士ではとても相手にならん」

「それは……サーガス様のお身内ですし、特殊な鍛えられ方をなされたからでしょう？」

「まぁ、獣人と互角に戦えるほどの実力者だからな……。養子のウルナも手ほどきを受けていたとしてもおかしくはねぇが、単純にあの身体能力は脅威だ」

「そのようですわね……」

三人の視線の先では、ウルナとウィースラー派の学生達が組み手を行っていた。

ウルナ一人に対して男子学生が数人がかりとは少し卑怯《ひきょう》くさいが、彼女はその数の優位に技量で凌駕《りょうが》している。まるで大人相手に子供達がじゃれついているような状況だった。

「あははは、もう少し切り返しをよくしないと、隙を突かれて吹っ飛ばされるよ？　こんなふうに――――！」

「ごはぁあ!!」

「くそ、なんであの角度から蹴りが放てるんだよ！　しかも体勢の立て直しも速い。まじぃ……惚《ほ》れそうだ」

「おま、こんなときになに言ってんだ!?」

「強い女が好みだったのかよ!?　どうでもいいけど包囲網を崩されるな、各個撃破されるぞ!!」

「嬉《うれ》しいけど、告白するならアタシより強くなってね～。それじゃ、いっきまぁ～～す！」

「「「ぐぅ～～あぁ～～～～～～～～っ!!」」」

ウルナの竜巻のような蹴り技で包囲陣形を組んでいた男子達が全員吹き飛んだ。

戦闘スキルなどは一切使用していないが、蹴りを放った瞬間に発生した衝撃波は明らかにスキルと同等の威力を持ち、ウルナよりも身長や体重で勝る男子達が面白いように弾《はじ》かれる。

「さぁ、もう一勝負いってみよぉ～か。もし勝てたらデートしてあげるよ」

「マ、マジ……ですか？　なんという……ご褒美を…………」

「しゃらぁっ、ぜってぇ勝ってやんぜぇ!!」

「女の子とデート……。ここまで餌をぶら下げられて逃げるなど、それはもう男じゃない！」

「本気ってやつを見せてやらぁ!!」

欲に塗《まみ》れた男子達は一斉にゾンビのごとく起き上がる。

彼女いない歴＝年齢の彼らにとって、デートという言葉は闘志に火をつけるどころか爆発させるのに充分な効果を発揮した。たとえご褒美デートでも彼らにとっては命を懸けるに値する価値がある。

やる気の炎が宿った彼らは男前三割増しの真剣な表情で構えをとると、我先にとウルナに挑んでいったが、いくら真剣になろうとも実力差が埋まるわけではない。

程なくして返り討ちに遭った男子達は宙を舞う。

そんな哀れな彼らの姿を見て、ツヴェイトは額に手を当てて『あの馬鹿どもが……』と呟《つぶや》いた。

「ウルナ……強くなってねぇか？　前に戦闘訓練に紛れ込んでいたときよりも、技にキレがあるんだが……」

「出会った頃、魔法が使えないことで虐《いじ》められていたのが嘘《うそ》のようですね。今なら魔力の塊くらいなら簡単に放てますよ？　魔法もいくつか覚えたようですしね」

「それ、とんでもなく成長が早いですわよ!?　どうやったらそんなことが……」

「知らないところで過酷な修行でもしてんのか？　あいつは……」

ウルナにいいようにあしらわれ続けていた男子達が、次々とKOされていく。

死屍累々《ししるいるい》の彼らとは異なりウルナだけが元気いっぱいだ。

疲労とダメージによって困憊《こんぱい》し地面を舐《な》める男子に彼女は目もくれず、高々と拳を天につき上げ、

『ダァ～～～ッ！』と可愛《かわい》らしく咆《ほ》えていた。

「どうでもいいが、お前らは訓練しないのかよ」

「えっと……さすがにあそこまで実戦向きなのは、ちょっと……」

「男性を相手に一対多数なんて無理ですわ」

「自分の身くらい守れなくちゃ駄目だろ。男十人くらい同時に相手して、返り討ちにできなくてどうすんだ？」

「「無茶です!!」」

ツヴェイトは貴族として敵から身を守る訓練は必要だと考えていたが、淑女に求めるにはそのレベルが少しズレていた。ゼロスの影響で常識の枠組みから若干外れてきているのかもしれない。

対してセレスティーナとキャロスティーだが、筋肉がついて手足が太くなることが嫌で、あえて実戦訓練を減らしていた。

複雑な乙女心と武への向上心、決して交わることのできない境界がそこにある。

この後、脳震盪《のうしんとう》を起こして気絶した男子を医務室に運ぶため、担架が何度も訓練場を往復することになるのであった。

第十話　おっさん、進化の仕組みを知る

ルーセリスとジャーネのキスを奪って以降、三人の距離感は微妙なものへと変わっていた。

といっても、顔を合わせ会話しても気まずく、話が続かず妙に挙動不審になる程度のものだが、

一応は関係が進んだと言えなくもない。

ただ三人を見ていると、誰もが『最近の子供の方が進んでるだろ』と言いたくなるような、焦《じ》れったさを感じるだろう。

そんな中、メーティス聖法神国の崩壊のニュースが新聞の一面を飾り、教会と自宅でルーセリスとゼロスがそれぞれ声をあげていた。

「聖都マハ・ルタートが壊滅か………」

以前からメーティス聖法神国が崩壊することを予測していたゼロスであったが、ここまで急展開だとは思わなかった。

国の中枢が崩壊すれば国全体が瓦解するのも早いだろうことは理解するが、国内には広大な領地を持つ有力な貴族もいるはずで、邪神ちゃんの暴れた直後に起きた地震によってトドメを刺されたのだろうと判断する。というか、四神教の悪事が白日の下に晒《さら》された時点であの国は詰みだろう。

そんなことよりも、ゼロスの興味は別のことにあった。

「アルフィアさんや、ちょいと聞きたいことがあるんですがね？」

「んむ？」

眼の前でフライドオークを食べていた邪神ちゃんは、おっさんの声に反応したものの質問に応えようとせず、黙々と肉を頬張《ほおば》り続けていた。

口の中の肉を呑《の》み込むと、皿の上にある新たなフライドオークに手を伸ばして、下品に食い散らかしていく。

神の威厳など、そこには全く存在していなかった。

「没収」

「のぉあ!?　貴様……我への供物を奪い去るとは悪魔か！　この罰当《ばち》たりめが!!」

「作ったのは僕なんで、文句があるなら自分で食材から用意して作ってくださいよ。この、暴食の駄目神が！　そもそも僕は供物を捧《ささ》げたつもりはないですし、君を崇め奉るつもりは欠片《かけら》すらありませんからねぇ」

「ぐぬぬ……よかろう。教えてやるから肉をよこすのじゃ！」

「なんで上から目線なんです？　欲しければ、『この哀れな浮浪駄目神に、慈悲の施しをしてください。この通りです』と、地面に頭を擦《こす》りつけながら土下座するもんじゃないんですかい？」

もの凄《すご》く蔑《さげす》んだ目を邪神ちゃんに向けるおっさん。

見方によれば児童虐待だ。

だが、その邪神ちゃんもプライドはなかったようで、本気で『この哀れな駄目神に施しを〜〜っ!!　後生じゃぁ〜〜〜っ!!』と泣きついた。

邪神ちゃんの食い意地は、神としてのプライドを凌駕するようである。

「アルフィアさんが完全復活したということは、管理権限の掌握はできたわけですか？」

「うむ。次元崩壊は防げたが後始末で苦戦しておる。異世界からの援軍と協力して事態の収拾に当たっているが、この惑星の摂理に異界の摂理が侵食しておって、案の定、手の施しようがなくなる寸前になっておったからのぅ」

「異界の摂理ねぇ……。それって召喚勇者の魂にこびりついた元の世界の残滓《ざんし》に、この世界の抗体プログラムが癒着したことによるバグってことですよね？　そんなに酷《ひど》いんですか？」

「こびりついた……なんか嫌なイメージが湧く言い方じゃのぅ。まぁ、そんな状況じゃからな、多少の異界の摂理を取り込んででも管理システムの安定化を図っておる。これがまた面倒な作業で、正直うんざりしておるわ。惑星管理システムがこのバグのせいで穴だらけじゃ!!」

「もはやコンピューターウィルスですねぇ」

この世界の摂理をOSに例えると、異界の摂理はウィルスだ。

つまり邪神ちゃんは、ある程度ウィルスを容認して残しつつ、現在絶賛稼働中のOSの調整と安定を試みると言っているのであり、それはかなり面倒な作業のようだ。

そんな忙しい中、『こんな場所に来て肉を食っていていいのだろうか?』と疑問に思う。

「それ、大丈夫なんですか?」

「勇者の魂のサルベージと召喚された世界の特定作業……。同時に必要な部分を残して削除する調整も行っておる。あまりにも難航しておって、分体を地上に送って息抜きでもせんと、正直やってられぬ。本体は不眠不休で復旧作業中なのじゃぞ、もっと我を労《ねぎら》わぬか!!」

「デバッグ作業、ご苦労様です」

「なんとも心のこもっておらぬ労いの言葉じゃ……。我はそもそも生み出されてすぐに封印されておったのじゃぞ? 全ての管理権限を有したからといってシステムを完全に掌握できておるわけではないのじゃ。しかもこの世界の理《ことわり》は神の手を必要としない完全自律型で創造されておる。お主《ぬし》らには分からぬじゃろうが、恐ろしく精巧で緻密なシステムで管理されておるのじゃ～。我が一度でもシステムに接触しておったら、バックアップを用意できたじゃろうに……。今は穴だらけのシステムを掌握するのに苦労しておる」

「ＯＳの根幹をなす場所に入り込んだウィルスが、別の場所のウィルスと連動して厄介なバグを発生させ続けているってところなのかねぇ？」

「免疫──勇者システムと言い換えればよいか？　それが自己診断プログラムを誤認させ、バグが発生しているのに正常と黙認する事態になっておった……。しかも他の管理世界にまで影響を及ぼしておってのぅ。拡散拡大を止められただけでも僥倖《ぎょうこう》じゃろう。危なかったわ……」

勇者召喚から始まった負の連鎖は世界滅亡どころか、外の次元世界にすら影響を及ぼすほど酷い状況に陥っていた。

次元崩壊を未然に防げたことは幸いだったといえようが、後始末でかなり苦労をしているからか邪神ちゃんの表情も優れない。かなりうんざりしているようだ。

圧倒的という言葉すら生ぬるい、馬鹿げた情報処理能力を持つ神が精神的に参っているのだから、その苦労は人であるゼロスには理解できようもない。

一応はこの世界を立て直すために動いていたようなので、ささやかなご褒美代わりにフライドオークをアルフィアの皿に追加した。

「それで、この世界は今後どうなるんです？　本来であれば、レベルアップ可能なゲームみたいな世界ではなかったんですよね？」

「現在の状態からバランスよく調整する必要があるのぅ。魔物だけならともかく、人類種の進化制限が完全に壊れておって、ほぼ無制限状態じゃったからのぅ」

「無制限って…………レベルに限界値がなかったと？」

「うむ……ただ、現状の生物ではレベル５００がギリギリ変化に耐えられる値じゃから、そこを目安に細かく設定を見直す必要があるのぅ。本来であれば数世代にわたって変化するレベル数値じゃというのに、一世代で進化可能レベルに到達するなぞ異常事態じゃぞ。お主らの世界を想像すれば、それがどれだけ異様なことなのか容易に分かるじゃろ？」

「ふむ……では、なぜ現時点で進化現象が発現しないんです？」

「魔力に満ちた世界においての進化とはのぅ、言ってしまえば別の生物へ変異することを示す。限界値まで魔力を内包した生物は、その肉体を別の存在へと作り変えることによって種としての階位を上げてゆくのじゃ。じゃが、そのためには肉体に内包された魔力以外にも、自然界の魔力を取り込む必要がある。生物に宿る魔力はそもそも生命エネルギーのことじゃから、その生物の魂の波動と同じ波動を持つ。この魔力は進化時において魂を守る殻を形成し、自然界の魔力を吸収することで、より強い肉体を再構築するのじゃ。昆虫の蛹《さなぎ》を想像すれば理解しやすかろう」

「つまり、勇者召喚魔法陣のせいで進化に必要な自然魔力が不足したと？」

「さよう。自然界魔力の濃度が低下し、進化に必要な魔力が取り込めない状態が続いておった。それなのに無制限で進化するような状況じゃぞ？　気付かずに放置しておったら種のほとんどが絶滅しておるところじゃった。それで慌てて一時的な制限を施したのじゃ………疲れた」

無制限で進化するということだが、進化するには高い濃度の自然界魔力が必要となる。

では、自然界魔力を使わずに体内の魔力を利用した場合はどうなるのか、少し気になったのでアルフィアに尋ねたところ、『体内に秘めた魔力が膨張し続けて破裂する』らしい。

だが勇者召喚魔法陣は既に消滅しており、自然界魔力もファーフラン大深緑地帯から流入していることから、レベルが５００に達している者がいれば進化を始めても不思議ではない。

しかし、それらしい話は聞いたことがなかった。

ちなみに、自然界魔力の濃度は植物などの繁殖や環境への適応進化にも大きな影響を及ぼすので、生態系の管理においても重要案件である。

進化する権利を持つのは何も動物ばかりではないのだから。

「なら、ファーフラン大深緑地帯で経験値を稼げば、すぐに進化はできんじゃね？」

「お主……あんな魔境で人間が生きていけると思うか？　進化する前に魔物どもの腹の中よ。例外はあるがな……」

「ですよね～」

しかし、そうなると人間が生きる土地での進化が行われない理由が分からない。

自然界魔力が豊富なファーフラン大深緑地帯が近くにあるのだから、こちらにも膨大な魔力が流れ込んできていてもおかしくはないはずなのだ。

そこに疑問を抱きゼロスはアルフィアに聞いてみた。

「それなのじゃが、ファーフラン大深緑地帯のような魔力濃度が過剰な領域があるじゃろ？　あの地の地下には結晶化した天然魔石がかなりの埋蔵量で存在しておって、そこに自然界魔力が留《とど》まっておるのじゃ。こちらに流れてくるのはほんのわずかな量で、魔法を使う分には問題はないのじゃが……進化するには濃度が足りん」

「つまり、進化においては自然界魔力が必要不可欠。進化が可能となるまで成長した個体は、周囲の魔力を取り込んで魂と肉体の強化を図ると……。そして、体内に保有できる魔力量も桁違いに跳ね上がる……ん～、これは確かにシステムで管理すべき案件だぁ～ねぇ」

「モグモグ……そんな種がかの地ではぽんぽんと増えておる。条件付きの制限でも設けねば人間など簡単に滅びるわ。じゃが、惑星管理システムの復旧がなかなか進まぬ状況でのぅ」

「神の情報処理能力をもってしても修正が追いつかないとなると、事態は深刻ってどころじゃないでしょ。それで、どう対処するおつもりで？」

「うむ、じゃから惑星管理の中枢システムである世界樹の負担を軽減させるため、この惑星に存在する全てのダンジョンコアを覚醒させることにしたのじゃ！」

「……はっ？」

ダンジョンコアは様々な場所で膨大な魔力を吸収し、過去から現在に至るまでの情報を利用して広大な迷宮を創り出す。当然だがダンジョン内では魔物を繁殖させるので、処理できなくなった魔物を外部へと放出するスタンピードを引き起こす、極めて危険な事態だ。

それが惑星上の至るところで活動を開始することになる。

「今、かなり物騒なことを言いましたよね？　詳しく、話を聞こうじゃないか……」

アルフィアの話によると、惑星上から消失した魔力の補填《ほてん》と、自然界の生態系を一手に管理する世界樹を復活させ、その周囲を結界で封鎖することで世界樹が生成した魔力を飽和状態になる寸前まで溜《た》め込むと同時に自然の再生を行ったのだが、その過程で世界樹周辺の広大な土地はファーフラン大深緑地帯のようになりかけてしまった。

そこで爆発的に増えたのが動植物の異常進化種である。

その獰猛《どうもう》性と繁殖速度が異常すぎていたこともあり、食物連鎖が形成される前に凶悪な魔物が拡散されかねず、順調に繁殖していた世界樹の廉価版である精霊樹などの希少種も生存競争に負けそうな勢い。

無理を通しての大自然の再生は歪《いびつ》な食物連鎖で失敗する確率が高まった。

そこで、休眠中のダンジョンコアを使って増やした魔力を吸収させることにしたのだ。

「…………それで、各地にダンジョンが出現すると？」

「うむ……。しかも大規模なダンジョンから初心者向けのものまで、幅広く各地に現れるじゃろう。ロマン溢《あふ》れるじゃろぅ？　大ダンジョン冒険時代の到来じゃ!!」

「ダンジョン王に俺はなる！　って、そんなわけあるかい!!　つまり、各地域でダンジョンから排出される魔物の脅威に、常に脅かされることになるってことじゃないですか!!」

「人類側にもメリットはあろう？　迷宮産の武器や素材、鉱物資源が無尽蔵じゃぞ？　お宝ゲットでウハウハじゃ」

「その代わりに人類存続の危機じゃねぇか!!」

アルフィアは気軽に言っているが、ゼロスはダンジョンで起こる厄介な事実を知っている。

そう、ダンジョンが古代の建造物だけでなく、旧魔導文明の兵器を再現してしまうことだ。

遺跡程度なら別にかまわないのだが、兵器までとなると話は変わってくる。もし地上に持ち出され戦争に使われでもしたら洒落《しゃれ》にならない。

「ミサイルやレーザー兵器を再現するようなダンジョンが増えたら手に負えませんねぇ」

「我もそこまで馬鹿ではないぞ。さすがに兵器まで餌——もとい、宝扱いするわけがなかろう？　ダンジョンコアはユグドラシルシステムとリンクしておるから、その手のものを作り出さないように調整できる。他のコアと情報を共有して禁止事項扱いにしてしまえばよい。文明や文化は人の手で築くものじゃからな。滅んだ文明のものなど再現せぬわ」

「なるほど……アーハンの村にある廃坑ダンジョンは、世界樹という管理システムがなかったから、あんな魔導文明期の研究施設なんて再現したのか。今後、むやみに兵器を作り出すことがないと分かっただけマシかねぇ……」

「あとはファーフラン大深緑地帯に点在するダンジョンじゃが、そこで繁殖している魔物は全て殺処分じゃな。あんな生物を放出したら人類が一年も経《た》たぬうちに絶滅してしまう」

「……随分とヤバい魔物が養殖されてたんですねぇ」

ファーフラン大深緑地帯の魔物が絶望的に強い理由が判明した。

ダンジョンで繁殖され外部に放出されたせいで、ただでさえ強いのに生存競争で生き延びたことで非常識なまでに強力な個体になったのだ。

神が殺処分を決定したということは、それだけ現在の世界にそぐわない生物なのだろう。

「お主ら使徒と互角以上に渡り合える魔物など、それはもう生物の枠組みから逸脱しておる。そこまで進化するならば、もう少し高い知性を持ってもらわなければな……。闘争本能に特化しただけの獣なぞ生態系を壊すだけで、この惑星にとって害悪でしかないわ」

「遠回しに僕のことを逸脱した生物扱いしてませんかねぇ？」

「事実じゃろ。使徒というものは限定的とはいえ強大な力を持っておるのじゃぞ？　もはや生物の枠組みから外れておると前にも言った気がするがな」

「限定的にというのは？」

「この世界から出れば、ただの人じゃ。多くのダミー使徒が既に回収されておるようじゃが、死亡するなり寿命でもくるなりすればお主も地球に帰れるぞ？　ただ……のぅ、勇者の魂と一時的とはいえ接触した魂が、妙な反応を見せておる。しぶとくこの世界に留まっておるようでのぅ、さすがに今の段階では回収が難しくて放置状態じゃ。正直に言うと手が回らぬ」

「神の世界も人手不足ですかい……ん？　えっ、帰れるの？　地球にッ!?」

「無論、元の世界に戻すとも……。まぁ、しばらくはこちらで暮らすことになるのじゃが、何なら寿命が尽きるまで人生を謳歌《おうか》してもよい。我の復活に貢献したのじゃから、それくらいの褒美を与えられてもいいじゃろ」

「褒美……とな? ……………その本音は？」

「なんの話じゃ。我はただ善意で言っておるのじゃが？」

「善意……ねぇ？」

どうにも胡散臭《うさんくさ》い。

いくら使徒としての能力を元の世界の神々に付与されているとはいえ、ゼロスの魂には異界の摂理が少なからず刻まれているはずで、死んでも魂は回収されると定められていても、この世界に居続けるのは危険な気がする。新たなバグ発生の原因にもなりかねないのだから。

とはいえ、このあたりのことを尋ねたとしても惚《とぼ》けられるような気がした。

「ときに、恋愛症候群《ラブ・シンドローム》とかいう発情期……なんとかできませんかねぇ？」

「今は無理じゃな。そもそもアレは病気でも何でもない。勇者召喚魔法陣の影響で大気魔力濃度が薄くなったことにより、体が自然界魔力の薄い状況に慣れてしもうたのが原因よ。そのため季節風などにより自然界魔力が流れ込み、一時的に魔力濃度が高まった際に過剰反応として表れるのじゃ」

「……一種のアレルギー反応みたいなもんですかねぇ？　花粉症みたいな」

「ちと異なるが、まぁ……似たようなものじゃな。あとは魔力の特性上、精神波が魔力で伝播《でんぱ》することにより、相性の良い者同士が半ば強制的に惹《ひ》かれ合う」

「そんで所かまわずフィーバータイムですよ？　今までどれだけの人達が社会的に抹殺されたことやら……。メーティス聖法神国がもたらした、とんだ二次被害じゃないですか」

要は大気魔力の濃度の差異によって精神暴走が引き起こされるということだ。

言い換えるのであれば、引き起こされないためには大気魔力が一定濃度で安定している必要があるのである。確かにこれでは恋愛症候群《ラブ・シンドローム》の発症を防ぐ手立てはない。

むしろこれから被害者が増える可能性が高いだろう。

「……男女間の一線を越えると発症しなくなるのは、どういった理由で？」

「房中術というのを知っておるか？　男女の交わりを利用した魔力の循環方法じゃ。精神暴走を引き起こした状況下で性行為を行うと、ジョイント部分を介して魔力の循環が行われ、肉体が次第に濃い魔力に慣れていく。合体の回数を重ねるほど正気に戻るというわけじゃ。雌雄同士の交わりは少なからず魔力の循環を行っており、子供を受胎すると親の魔力に対する資質を受け継ぐことになる。もっとも、今のお主らの状況じゃと精神暴走時の連結合体は一回や二回では収まらぬようじゃから、気をつけるのじゃぞ？　子づくりは計画的にのぅ」

「ジョイントとか合体って言うなや、生々しいわ!!」

摂理の正常化で恋愛症候群《ラブ・シンドローム》もなんとかなるのではと思っていたが、生々しい問題は避けて通れないようだ。

それよりも邪神ちゃんの嬉《うれ》しそうな表情の方が気になる。

おっさんを見ながら性行為の話をする彼女は妙に生き生きとしており、絶対に何かを企《たくら》んでいるとしか思えない。神ともあろう者が下世話な話が大好きとは考えにくいので、何か裏があるとしか思えないのだが、それが何なのかがまだ見えてこなかった。

仕方がないので邪神ちゃんと話を続けながらも様子を探ることにする。

「僕も暴走する危険があるんですがねぇ……」

「諦めよ、男女で惹かれ合うのは自然の摂理じゃ。潔くシンメトリカル・ドッキングして、生物の摂理に従い子孫を残すがよいぞ。使徒と原住生物の血統がどのような進化を生み出すのか、我も大変興味がある」

「実例が既にいるじゃないですか」

「ルーフェイル族のことか？　アレは言ってしまえば退化よ。じゃが、退化した種族の血統に使徒の因子が加わることで新たな種が生まれると思うと、我には大変喜ばしい。産めよ、栄えよ。そして霊的な進化を遂げ我らの予想を超えてみせよ。汝《なんじ》らの子孫がいずれ我が頂《いただき》に辿《たど》り着くのを心待ちにしようではないか」

「そういうところは神なんですねぇ」

邪神ちゃんにも愛はある。

しかし悠久を生きる彼女にとって刹那《せつな》的な生死には興味がなく、連綿と続く時を繋《つな》ぐ命とその果てに想いを寄せているようで、いずれ辿り着く高位存在への進化以外に関心を持つことはない。

社会性からくる対立や、そこから生じる戦争など本当にどうでもいいようで、その過程で得られる経験で、魂がどのような影響を受けるのかが重要なのである。

彼女の求めているのは肉体的な進化などではなく、あくまでも魂の霊質的な進化なのだ。

播《ま》かれた種が苦難の果てに生命体の極致に至るまで見守り続ける。

どこまでも果てしない寛容さと、極端なまでの冷酷さ。

そして、幸も不幸も平等に見守り、命の営みを記憶し続ける深い愛情でもあるのだが、それが何を意味するのかなど人であるゼロスには図りようもない。

「何にしても、今の問題は解決しないことだけは分かったな……」

「子孫を残すのであれば早いほうがよいぞ？　ダンジョンが出現し始めたら、戦争どころの騒ぎではなくなるからのぅ。備えておくに越したことはあるまい」

「もしかして、大量の魔物が放出されるので？」

「ダンジョンが形成されて、いきなり魔物の暴走などあるはずはなかろう。じゃが、現在稼働しておるダンジョンは分からぬな。ある程度の情報は読み取れても、システムエラーの影響で全てのダンジョンコアの情報が把握できておるわけではない。せいぜい休眠状態になる前の情報を引き出せるくらいじゃな」

「せめて、ダンジョンからいつ魔物が放出されるのか、知りたいところなんですがねぇ」

「変革は既に始まっておる。もはや逃れることなどできぬぞ？　今は備えておくべきじゃろう」

世界は再生を始めている。

しかし、その影響は知的生命体にとって不都合なことが多く、対策を練っておかねば国が大自然によって滅ぼされることになりかねない。

「ときに、僕とルーセリスさんとの間に子供ができたとして、霊質的な進化の種が播かれる以外に何か意味があるんですかい？　妙に僕が子孫を増やすことに対して乗り気じゃないですか」

「な、何のことじゃ？」

「……使徒の子孫と現役異界使徒である転生者。つまり、限りなく邪神ちゃんに近い種が生まれるかもしれない。そういうことですよね？　何を期待し、何を狙っているんです？」

「し、知らぬ……邪推しすぎじゃ！」

「現在摂理のデバッグ作業に当たっているのは、他の世界の神々の眷属《けんぞく》ですよね？　つまり、この世界にアルフィアさんの配下の者は存在していない。だが、使徒の子孫達は存在している」

「…………」

視線を逸《そ》らし、黙秘を決め込んだ邪神ちゃん。

つまり、当てずっぽうの戯言《ざれごと》がいい線を突いたということだ。

「たしか、君の先代さんは妖精王に神気か魔力かは知らないけどぶち込んで、強引に神へと仕立て上げましたよねぇ？　被害者の君が知らないはずがない……ってことは！」

「ふっ…………フハハハハは！　よくぞ見抜いたぞ、明智《あけち》君！　そう、確かに我には従属する神族は存在せぬ。元よりこの世界にはルーフェイル族の先祖以外に神族は存在しておらなんだ。じゃが、我は神族を創り出す術《すべ》を知っておる」

「まさか…………本気か!?」

「弱体化した神族の因子と新鮮な神族の因子を持つ人間、この二つが組み合わされば、さぞ強力な力を持つ天使の素体にもなろう。いや、従属神クラスの素質を持つやもしれん」

邪神ちゃんは、とんでもないことを考えていた。

高位の存在へと昇華する魂を待つなどという先の方針を捨て去り、堂々と人体実験と改造を施す宣言をのたまう。この傲慢《ごうまん》さはまさに神ならではのものだろう。

「いや、そこは普通に優秀な神を創造すればいいんじゃね？　なにも能力的に劣る人間から選ぶ必要なんてないでしょ」

「我も配下となる神を創造することは考えておった。しかし、時間が足らぬのじゃ!!　ついでに本体はこの世界の完全掌握に苦戦しており、配下を生み出す暇がないときている。ならば、多少能力的に劣るとも、天使を創り出せばよいではないか」

「元より時間の流れに左右されない存在なのだから、制止した時間の領域で新たな神を創造すればいいじゃん。なんでそんなに焦ってんだ！」

「…………現在、我は【神域】ごと時流に固定されておって、高次元領域での眷属創造は行えん。我の本体は検閲と修正作業に全力で当たっておるゆえに、そんな暇がないのじゃ。じゃが優秀な人手は欲しい」

「大人しく他の世界の神々からの救援に頼りやがれや!!」

「嫌じゃ、嫌じゃぁ！　我も配下の者が欲しいのじゃぁ、天使でも準従属神でもいい！　この仕事が終わったらみんな帰ってしまうのじゃぞ。寂しいではないかぁ!?」

この日、おっさんは邪神ちゃんを神と思うことを完全にやめた。

いや、元よりそんな気も更々なかったのだが、ただの我儘《わがまま》なクソガキに付き合う気にもなれない。

自ら立場を貶《おとし》めた邪神ちゃんは、今も癇癪《かんしゃく》を起こし床の上で無様な駄々をこねている。

その威厳の欠片もない姿に、ただただ呆《あき》れるしかなかった。

◇　◇　◇　◇　◇　◇

「……メーティス聖法神国、本当に滅んでしまいましたね」

「そう……だな」

「うん、おじさんの言う通りになっちゃったね」

「ルーセリスさんやメルラーサ司祭長は、今後どうするつもりなの？　いつまでも神官服を着続けるわけにはいかないでしょ、こんな大ごとになってしまっては……」

新聞を読み終えたルーセリスがポツリと発した一言に、ジャーネ、イリス、レナがそれぞれ反応する。

正直なところ、ルーセリスにとってメーティス聖法神国および四神教が滅ぼうがどうでもいいことだった。元より彼女の目的は神聖魔法の治癒系統の魔法だったため、既に目的を果たしていることもあり、四神教にこだわる必要はどこにもなかった。

それ以前に彼女の血統はルーフェイル族で、最初から四神教とは敵対する立場にあるため、この事実を知って以降はますます教義に無関心になっていた。

「私は元から四神教の教義には興味なんてありませんし、神官服なんていつ捨ててもかまわないと思っていましたよ？　ただ、今これを捨てると着るものが他になくて……」

「ルーセリスさん……それ、女子にとって致命的だよ⁉　普段着を持っていないの？」

「同じ神官服なら何十着もあるのですが……」

四神教の神官達には、支給された神官服の着用が義務付けられていた。

そのためルーセリスは、実は一着も私服を持っていない。

メーティス聖法神国に修行に行って以降、彼女は自分の服を買ったことがなかった。

「まぁ、いちいち着替えで悩むことはありませんから、便利といえば便利ですよね」

「ルーセリスさん……。私が言うのもなんだけど、それは女として致命的に駄目だと思うわ。私でもドレスくらいは持っているもの」

「「えっ？」」

レナがドレスを持っていると聞いて、三人の視線が一斉に集中した。

ショタコンで名を馳《は》せる（？）レナだが、実は裏では名の知れたギャンブラーであり、高級なカジノにも出入りするため、当然ドレスをいくつか所持しているのだ。

そんな事情を知らない三人の顔には、『なんでドレスなんか持ってるの？』という疑問が浮かんでおり、レナも彼女達の表情を見て考えていることがすぐに分かった。

「レ、レナさん……ドレスなんて持っていたの？　初めて聞いた……」

「いけない？　他にもいくつかアクセサリーや香水なども持っているわね。普段着もあるけど、傭《よう》兵《へい》という職業上、着飾る機会がないだけよ」

「嘘《うそ》だろ……………ただの変態かと思っていたのに女子力が高かったなんて、アタシ……立ち直れそうにない。少し横になるな……」

「失礼ですよ、ジャーネ……。いくら無差別少年性的捕食者のレナさんでも、一応は女性なんですから……」

「酷い言われようね。私だって人並みにお洒落には気を使っているわよ？　幼い頃に女子力を捨ててきたジャーネと、見た目は聖女でも内面ががさつなルーセリスさんほど女を捨ててはいないわ」

そう……レナは確かに変態だが、人並みにファッションには興味がある。

今この場にいる女性陣の中では一番女子力が高いのである。

そんな彼女に辛辣《しんらつ》な一言を言われ、二人は凄《すご》いショックを受けていた。

「………レナさんに女子力があったことに驚いたけど、今はそれは置いておこうよ。問題は四神教のことだよ。新聞だとほとんど邪教認定されてるじゃん。これってルーセリスさんにとって凄く危ないことなんじゃない？」

「メルラーサ司祭長も………あの人は大丈夫か」

「お歳のわりに殺しても死ななそうなしぶとさがあるから、心配するだけ馬鹿を見るわよね。元より神様なんて信じていない人だし」

「それはそれで変だと思うのは、私だけ？　でも、あのお婆《ばあ》さんはともかくとして、他の神官の人達は危険じゃないかな？」

四神教は邪教認定されてしまった。

今はまだ事態がそれほど深刻ではないが、いずれ迫害の対象にされかねない。

また、敬虔《けいけん》な信者にとっては信仰の対象を失ったことになり、その衝撃は相当大きなものとなる。

この混乱はこれからますます拡大していくことだろう。

「男性は殴られる程度で済みそうだけど、女性だと危険じゃない？　不埒《ふらち》な人達って必ずいるもんなんだし」

「イリスの言う通りね。ルーセリスさんは今すぐにでも代わりの服を用意するべきだと思うわ。性的に襲われでもしたら遅いから」

「ですが、神官服って便利なんですよね。汚れは簡単に落ちますし、見た目よりも丈夫で長持ちですから。お金もありませんから、どのみち代わりの服なんて買えませんよ」

「こんなときなのに、なんで機能優先なんだよ……」

ルーセリスが衣服に無関心なのは昔からだ。

それを知っているジャーネも、この期に及んで神官服を捨てられないルーセリスに呆れるが、そもそも彼女には代わりになる着替えがない。

「神官服は危険だけど、私服を買うには金がかかるかぁ～。なら、おじさんに神官服を改造してもらうといいんじゃ？　私の服もおじさんに改造してもらったものだし、頼めば四神教とは異なるデザインにしてくれるかもしれないよ？」

「あっ、その手があったわね。イリス、ナイスよ」

「いやいや、それでも駄目だろ。まさかタダで『神官服の改良をしろ』なんて言うのか？　それはさすがに不義理だろ」

「そうですよね。替えのものを含めても数が多いですし、その全部を改良するのではゼロスさんに悪いと思うんですけど……」

「なんで？　奥さんの身を守るためなんだから、おじさんもタダでやってくれるよ。夫婦なんだから遠慮する必要ないじゃん」

実に無邪気で素直なイリスの感想。

夫婦という言葉に反応し、途端に顔が赤くなるルーセリスとジャーネ。

「なんでジャーネが頬《ほお》を染めるのよ。今はあなたの話はしていないけど？」

「うっせ！　ルーのことはアタシにも他人事《ひとごと》じゃないんだよ！」

「あ～……それもそうよね。あなたもルーセリスさんと一緒にお嫁入りするわけだから、確かに他人事ではなかったわ。私としたことが、これはうっかりしてたわね。からかうチャンスだったのに……」

「充分にからかってるだろ！　わざとらしく言うな‼」

「話……続けてもいい？　こっちで勝手に進めるよ」

脱線を始めるレナとジャーネ。

そんな彼女達を放置し、イリスは続きを話し始めた。

「確か、一部の人達を除いて四神教の神官さん達は評判が悪いんだよね？　神聖魔法による医療行為のぼったくり水増し請求に、四神教の信仰が行き届いていない国に対しての横柄な態度。他国に来てまで好き勝手する身勝手で悪辣《あくらつ》な所業の数々……。数えるのも馬鹿らしくなるほどにあちこちで恨みを買っているよね？　そんな宗教が今回の件で邪教だと判明したんだよ？　女性神官なんて、それこそ酷いことされちゃうんじゃない？」

『『この子………なんで嬉しそうな表情しながら言ってんだろう』』

「それに、ここの領地は治安がいいけど、ソリステア魔法王国の……他の場所から来た不埒な犯罪者に目をつけられ、路地裏に連れ込まれて意識を失うような薬を嗅がされ、気付いたらどこか知らない場所に連れ込まれて、あんなことやこんなことといったすんごい酷いことをされちゃう可能性が高まるんだよ。そうなる前に四神教の神官服のデザインをなんとかしたほうがいいと思う」

『『あ〜……イリス（さん）、むっつりなんだ』』

イリスとしては純粋にルーセリスのことを心配しているつもりである。

しかし、口に出すことが憚《はばか》られるような内容を話すとき、彼女はなぜか凄く生き生きしていた。

気付いていないのは本人だけだろう。

「まぁ、イリスの心配ももっともよね。けど、ゼロスさんに女性ものの衣服を改良するセンスがあるのかしら？　イリスの魔女ドレスも、前のものをベースに多少飾り付けしただけで、デザインはほぼ変わっていないわよね？」

「あ〜、そういうの、おっさんは苦手そうだよな……」

「見た目よりも性能にこだわるタイプって感じがするね」

「普通に私服を買ったほうが安上がりな気がするんですけど……」

「ルーセリスさん、お金がないんじゃなかったの？　でもおかしいよね？　この教会は栽培した薬草を売って収入を得ているよね？　マンドラゴラってそれなりの値段で売れたと思うんだけど……」

「それは、あくまでも教会のためのお金であって、私の個人資産ではありませんから使えませんよ」

ルーセリスにはお金がない。

そうなった原因は実はゼロスにあった。

ルーセリスは孤児達を救いたいがために、神聖魔法だけでなく薬師の資格も得ている。そんな彼女が魔法薬の効能の高さを知ってしまえばどうなるか？

当然だが、率先して魔法薬の精製に手を出すに決まっていた。

しかしながら調薬には複数の素材が必要になるわけで、裏の畑で栽培している薬草だけでは種類が足りないこともある。その場合は素材店を利用して購入するのだ。

だが、薬草などの素材はそれなりに値が張る。教会の運営費というか生活費から捻出《ねんしゅつ》するわけにもいかず、自腹を切ることになる。

つまるところ、調薬に足りない素材は全てルーセリスの給料で賄っていた。

魔法薬の精製を教えているゼロスが真っ先に気付くべきことである。

そのような事情を話すと――――、

「「「そこは相談しろよ!!」」」

――――怒られた。

「えっ？　ですが、これは私のエゴみたいなものですから」

「それで身を削ってどうするんだ！　頑固にも程があるだろ……知ってたけど」

「ルーセリスさんも我が道を行く人だったんだね…………」

「これは、気付けなかったゼロスさんも悪いわね。神官服のことはゼロスさんに無料でやってもらいましょう。四神教の神官服のデザイン変更だから、イリスの服よりも簡単にできるでしょ」

かくしてルーセリスは、三人によって半ば強引に連行されるような形で、ゼロスの家へと突撃することになったのである。

第十一話　おっさん、神官服改造の依頼を受ける

圧力釜から蒸気が噴き上がり、その様子を真剣に見つめているゼロス。

その先では目を輝かせながら、フライドオークがくるのを待ち続ける邪神ちゃんがいた。

アルフィアは際限なく食べ物を食い続けることができる。しかも満腹になることもないことから、食事の終了は本人が飽きたときとなる。

ただ、別次元に存在する本体がよほどストレスを溜《た》め込んでいるのか、分体である邪神ちゃんの食欲は留《とど》まることを知らない。

先に飽きてきたのはおっさんの方である。

「……さすがに飽きてきましたねぇ。作り方を教えますから、あとは自分で調理してくれませんか？」

「酷《ひど》い奴じゃな、こんなにプリチーな我に働けと？　今も全身全霊で働いておるというのに、お主《ぬし》は悪魔か！」

「人間には限界というものがあるんです。君の胃袋はブラックホールだから、凄《すご》く不毛なことをしている気になるんですよ」

「神に直接貢げるのじゃから、それだけで充分に幸運じゃろ。我の下僕なのじゃから文句を言うでない」

「生憎《あいにく》、僕は神なんてものを信用しちゃいないんですよ。君を含めてね……。好きな言葉はギブアンドテイクですから、こちらに利益がないのなら今後のご飯は抜きにしますぜ？」

「鬼じゃ、ここに鬼がおる！　それも悪鬼羅刹《あっきらせつ》の類《たぐい》じゃぁ!!」

さすがのゼロスでも、その気になれば延々と食べ続けられるような究極生命体に貢ぐなど、とても正気の沙汰ではないと思っている。

これで何かの報酬でも貰《もら》えるのであれば別だが、自分だけが損をし続けるような状況はお断りだ。ましてや邪神ちゃんは完全復活を果たした以上、これ以上付き合ってやる義理もない。

「ぬぅ……ならば、前の身体の素材から瘴気《しょうき》を全て抜いてやろう。どうせ危険物として異空間に封印しておるのじゃろ？」

「前の身体……？　あ～【ソード・アンド・ソーサリス】で君を倒したときの報酬アイテムですか。すっかり忘れてましたけど、あの不気味な素材、瘴気を抜いたところで使い道なんてあるんですかい？　鱗《うろこ》らしきものに人面が無数に浮き出ていたんですが？」

「攻撃してきた敵を根こそぎ吸収しておったからのぅ……。魂は回収しておるが、怨念《おんねん》は残っておるやもしれん」

「呪い系のアイテムは僕の専門分野ではないんですよ。それに、この調理作業も飽きてきましたから、これで最後にしようと思ってますぜ」

「我はまだ食い足りぬのじゃぞ!?」

「知らぬわ」

ここでおっさんと邪神ちゃんの立場は逆転する。

必死にゼロスの足にしがみつき、『後生じゃから、もっと我に供物を……。もう無茶は言わぬからフライドオークを作るのじゃぁ!!』と泣きつく姿に、もはや神としての威厳など存在していない。ただの我儘《わがまま》なお子ちゃまである。

そんなグダグダな状況の中、玄関の扉を叩《たた》く音が聞こえた。

「はぁ～い、開いてますよぉ～。今は取り込み中なんで、勝手に入ってきてください」

「おじさん、仮にもお客なんだから、そんな気の抜けた返事をしなくてもいいんじゃない？　すんごく失礼だよ」

「お～っと、怒られちまったぜ。ですがねぇ、いま火を扱ってますんで離れられないんですよ。足元には邪魔者もいますし……」

「足元？　あっ、アルフィアちゃんだ。なにしてんの？」

「聞くのじゃぁ、こやつときたら我を邪険に扱いおって……。凄くいけずなのじゃぁ!!」

「際限なく食べまくるブラックホールにかける情けなどない」

神にも容赦ないおっさんであった。

食べることが唯一の楽しみであるアルフィアも、こうなるとただの小娘である。

その様子を見て呆《あき》れ顔のイリスを先頭に、ルーセリス達も中に入ってきた。

「お邪魔します、ゼロスさん」

「邪魔する」

「ジャーネ……。近いうちにここは自宅になるんだから、そんなに警戒することもないんじゃない？」

「余計なことを言うなぁ!!」

この間の恋愛症候群《ラブ・シンドローム》を原因とした濃厚キスのせいで、ルーセリスとジャーネは妙にゼロスを意識するようになっていた。

対しておっさんはまた抑えきれぬ衝動が発動しないか気が気ではない。

キスだけならまだいいが、更に暴走し人前で一線を越えるような事態にでもなれば、社会的に死ぬことになりかねない。

「ブラックホールって、アルフィアちゃんってそんなに食べるの？　教会に来たときは人並みの食事で済ませてたけど」

「あ？　あぁ……彼女は食べたものがすぐにエネルギー変換されるんですよ。事実上無制限で、食べだしたら飽きるまで止まらない。その気になれば世界中の食料を食い尽くすことができるほど暴食なんだよねぇ～……。料理を作るのが馬鹿らしくなるだろ？」

「うわぁ～………」

アルフィアに向けられたイリスの呆れた視線が痛かった。

それでもおっさんの足にしがみついているところを見るに、よほど食い意地を張っているのであろう。

「今日はどうしたんです？　残念ですが、今は胸が大きくなったり背が高くなるような薬は作ってませんが？」

「それは私がチビでまな板だというのかぁ、こんちくしょうめぇ!!」

「まぁ……………平均では、あるのか……なぁ？」

「その間《ま》は何っ!?　しかも疑問形だよぉ!!」

「すまない、自分に嘘《うそ》がつけないもんで……」

「申しわけなさそうに謝るなぁ!!」

初《しょ》っ端《ぱな》から煽《あお》りにくるおっさん。

イリスとのこうしたやり取りも、久しぶりのような気がして楽しかった。

「レナさんもお久しぶりで。相も変わらず少年とのアバンチュールを楽しんでますかい？」

「それが、最近はご無沙汰で……。出会いを待つのも疲れたから、今度から積極的に動こうかと思っているところね。そろそろ本気の相手を探すべきなんじゃないかと考えてるわよ」

「それはよい傾向なのでは？」

「でも、簡単にはいかないわ。どこかに歳をとることのない永遠の美少年はいないかしら？」

「エルフかグラスランナーくらいじゃないですか？　まぁ、見た目は少年でも頭脳がジジィの場合ありますから、一目で判別は難しいですねぇ」

「純朴で穢《けが》れのない永遠の美少年だといいんだけど」

「そら無茶だ。どの種族でも歳を重ねるごとに汚れていくもんですからねぇ、熟さない青い果実だけを手に入れるなんて不可能。シャングリ・ラなんて存在しないんですよ」

「人はなぜ歳をとるのかしら。永遠に子供のままなら幸せなのに……」

「原初の人間が楽園から追放された大きな原因は、性という知識を得たからでは？　男と女という性別の概念を意識したとき、それは既に純粋とは程遠い存在になったんですよ」

「クッ……それじゃ私は永遠に純粋な少年とは会えないのね。私という存在を意識したとき、少年は永遠に純粋さを失うのだから……」

『それ以前に、あんたが一番穢れてんだよ』とは言えないおっさんであった。

イリス達も同様のことを考えているのか、レナに向ける視線が厳しい。

「それで、本当に今日はどうしたんです？」

「あっ、それなんだけど。おじさんに頼みたいことがあって」

「頼みたいこと？」

「ルーセリスさんの神官服なんだけど、別のデザインに作り替えることはできる？　こう、四神教とは異なる感じで……」

「あ〜……そゆこと。やろうと思えばできますけど、デザインには自信がないですよ。色や装飾を変えるくらいなら楽ですが、四神教のシンボルでもある十字架はどうしようかねぇ？」

神官服の改造依頼。

要は四神教が滅んだ現在、神官達に不満を持つ者達の敵意を少しでも緩和させるため、見た目を変えるということなのだろう。

その程度であれば引き受けてもいいが、問題はデザインだ。

おっさんは武器の製作なら好き勝手にできるが、ファッションセンスが問われるデザインは苦手で、ゲーム時代でもそこだけは別のプレイヤーに頼んでいた。

なので、あり合わせのもので改造するしかない。

「神官服……か。まぁ、修道服とローブなんですが、このままベースとして使うとして四神教の十字架を何に変更すべきか……。なにか手頃な紋章でもあればいいんだが」

「そうだな。十字架だと四神教であることが一目で分かるから、馬鹿な連中に襲われないように変えるべきだろう。ルーはあまり気にしていなかったようだが、念のためにな」

「まぁ、どこにも馬鹿はいますからねぇ」

四神教の没落は、その影響下にあった者達にも大きな影を落とす。

中には難癖をつけて不埒《ふらち》な真似をしでかす者が出てこないとも言い切れないため、安全策を講じるのは当然だろう。

よく考えてみれば、メーティス聖法神国の没落は前々から予想していたことであり、なぜそのことに考えが及ばなかったのか不思議だ。

「魔導士のローブとはデザインが異なりますからねぇ、それに見合う象徴となると……」

「あの……別に神官であることにこだわらなくてもいいんですよ？　いざとなれば魔導士に転職しますから……」

「治療行為をするから色に関してはそのままでいいでしょうが、四神教の名残は消したいところですねぇ」

「やっぱり、人目を惹《ひ》く象徴のようなものが必要だよね。紋章？　動物とか……」

「医療関係だと、ユニコーンやフェニックスといった生物を単純な構図に落とし込むのが広く一般的ですが、ありきたりなものは却下したいねぇ」

「別にそれでいいだろ。なんで一般的に普及しているものから逸脱しようとするんだ？」

「おじさんだから……」

「ゼロスさんだからじゃない？」

酷い言われようだが、今までの行動の結果なのでおっさんは何も言わない。

だが、神官服の改造には一つ懸念事項がある。

「ところで、ルーセリスさんの神官服を変えたとして、他の方々は今までのままなんだよね？　それ、『自分さえよければ他人はどうでもいい』と思われませんかね？」

「「「あっ………」」」

そう、神官はルーセリスばかりではない。メルラーサ司祭長を含めこの国には大勢いる。

今までのようにぼったくり治療をしている者もいれば、ソリステア魔法王国の国政に合わせ魔法を覚える異端者、そして我が道を行く無法者の神官達だ。信仰を捨て去り、神官服を脱いだ者すらいる。

「ルーセリスさんだけが別の神官服を着ていると、独断専行だとか裏切り者と他の方々から非難されませんか？　周りが敵ばかりになるのはマズいでしょ」

「言われてみれば……確かに。他の方々の問題もありますよね」

「ルーセリスさんのことばかり心配してたけど、あんまり関わりがなかったせいからかな、すっかり忘れてたよ。これじゃ逆にルーセリスさんが責められる立場になっちゃうかも……」

「神官に世話になったことなんてないからな、忘れても仕方がないだろ」

「何気に酷いことを言っているわよね、私達……」

『えっ？　神官の世話になったことがないって……怪我したりしてないってことだよねぇ？　どゆこと……あっ、魔法薬か！　簡単なものならイリスさんでも作れるし、そりゃ神官の出番はないわ』

この世界は、【ソード・アンド・ソーサリス】の時のような強力な魔法薬はあまり必要とされない。

下級のポーションでも、数で補えればそれなりに傷の治療もできることもあり、イリスがポーションを作りまくればジャーネ達三人が神官の治療を受ける機会が減るのも当然だった。

実際、ゼロスの知らないところで調子に乗り、ばんばん製作していたりする。

「そうなると、他の皆さんも衣装替えする必要がありますよね」

「衣装替えって……ルーセリスさん、演劇の俳優じゃないんだから。でも、簡単に神官服のデザインを変えてくれるのかしら？四神に対して敬虔《けいけん》に信仰している方々もいるのよね？」

「ん〜、そうなると真面目な神官達への説得と、大衆の目を逸《そ》らすための大義名分が必要ってことだね！　それならアルフィアちゃんがいるじゃない」

「イリスさん……コレが役に立つと思えるのかい？　足元に情けなくしがみつきながら食いものをねだる、神とは名ばかりの穀潰《ごくつぶ》しですよ？」

人ならざる存在だから、思考そのものに大きな隔たりがあることも理解できるが、壊すだけ壊して放置とはいただけない。事態の収拾のため、多少のテコ入れをしてくれてもいいのではないかと、この場の全員が無言で期待の視線を向ける。

「な、なぜ我を見るのじゃ？」

「駄女神様、ちょいと一仕事してきてくれませんかねぇ？」

「……愚か者の配下に、今後の行動指針となる大義名分を与えろと言いたいのじゃろ？　断る。なぜ我がそのようなことをせねばならぬのじゃ？　そもそも宗教なぞ、人間が勝手に作り出し勝手に信じておるだけではないか。我には全く関係ないぞ。まぁ、信仰心は魂に霊質的な変動を与えることもあろうが、それも微々たるもので優遇するほどのものでもない」

「その微々たる変動も、魂の変質の可能性の一つなのでは？　完全に摘み取る必要もないでしょ。四神への信仰が君に向かうだけで、君自身には何の影響もないんだし」

「我にメリットがない。むしろ我の名を騙《かた》り好き勝手にやらかす者が増えるだけで、デメリットの方が大きいくらいじゃ」

「今後の世界の変革で、神官達の力も借りる必要があるでしょ。犠牲を最小限に抑えるためにも、多少のテコ入れくらいはしてくれてもいいんじゃありませんかねぇ？　口からデマカセを言って誘導すればいいだけの話ですし」

「我を詐欺師みたいに言うでないわ！」

邪神ちゃんは働く気がなかった。

まぁ、【神域】で本体が今も必死に働いているのだから、気分転換に地上に降臨させた分身まで働く必要がないのも理解はできる。

だが、気まぐれで現れては食べ物をねだるのは、さすがに違うとゼロスは思っている。

世界の摂理を正常に戻すのは元からの役割であり、ただ飯を食らうのは神を強調してのタカリだ。何かを求めるのであれば対価を出すのが物質世界の常識だ。

「そうは言いますがねぇ、神であることを笠《かさ》に着て食事をねだるのはどうなんですかい？　人が君らに訴えた願いを叶《かな》えるとき、君らは代償を求めるのでしょ？　なら、君は僕に何の代償を払ってくれるんだい？」

「高位存在に訴え願いを果たそうとする行為は、言ってしまえば事象の書き換えのようなものだ。一部とはいえ世界の理《ことわり》を歪《ゆが》ませるのだから、それ相応の代償を支払うのは当然であろう？　そんな高位の我が、なぜお主に代償を払わねばならぬ」

「つまり高位の存在であれば、浮浪の者のようにタカリ行為を容認されると？　便利な肩書ですねぇ～」

「お、おのれぇ～……」

おっさんから見て邪神ちゃんは定職につかない橋の下のサバイバーと変わりない。

都合のいいときに現れては食い散らかす存在を容認するほど心は広くなかった。

「そもそも僕が君に施しをする理由はないんですよ。食べなくても死ぬわけではないですし、普段はどこで何をしているのか分からない風来坊ですからねぇ。ついでにメリットもない。フライドオークが欲しければ働いてくださいよ。卑しんぼさん」

「ル、ルーセリスぅ……こやつになんか言ってやれ。神を神とも思っておらんぞ！」

「えっ？　えぇ〜!?（ここで私に振られても……）」

「我は頑張っておるのじゃぞ!?　こうしている間にも壊れかけた摂理を修正し、分身を放って世界の再生に動き回っておるというのに、こやつときたら感謝の意すら示すことはないのじゃぁ!!」

「それが君の仕事でしょうに、感謝する必要があるのか？　そのために存在しているようなもんでしょ」

「酷すぎるのじゃぁ〜〜〜〜っ!!」

邪神ちゃんは号泣した。

イリス達からは邪神ちゃんはかわいそうに見えるが、それでもおっさんは容赦しなかった。わずかに視線だけ動かしチラチラとこちらの様子を窺《うかが》っているのを見逃さなかったからだ。

そんな邪神ちゃんにゼロスは容赦なく冷徹に『働け』と言葉を投げかける。

今度は本気で号泣した。

後にも先にも神を泣かせたのはおっさんが初めてのことだろう。

「悪魔じゃ……。ここに悪魔がおる…………」

「別に難しいことを言っているわけじゃないでしょ。信仰に熱心で、しかも四神に裏切られたことでショックを受けている司教クラスの人に、少しばかり慰めの声を掛けてあげればいいだけじゃないですか。他国に島流しになった人であれば、なお都合がいいと思いません？　何もアルフィアさんを崇めろと言うわけじゃないですし、神の名のもとに少しばかり使命というものを与えてあげればいいんですよ」

「それ、心が弱っている人間を甘言で誘導する詐欺師の手口じゃぞ？」

「神官なんて神の威光を笠に着た詐欺師みたいなもんじゃないですか。詐欺師が詐欺師を唆《そそのか》して何が悪いんです？　それで少しばかり世が良くなれば万々歳じゃないですかねぇ？」

『『『『も、問題発言だ（じゃ）……』』』』

「別に難しい話ではないでしょ。その間に僕はフライドオークを用意しておいてあげますよ。そろそろ圧力釜から出さないと、せっかくの風味が駄目になる」

邪神ちゃんの耳がピコピコ動いていた。

目はおっさんを睨《にら》みつけているが、口元からはよだれが垂れており、食べる気満々である。

「……仕方があるまい。今回だけじゃぞ」

「分かりゃ〜いいんですよ。あっ、余熱が取れるまでには帰ってきてくださいね？　冷めたフライドオークは不味《まず》いですから」

「その上から目線が腹立つのう。じゃが仕事は手早く片付けてくるのじゃ」

『『『しょ、食欲に負けた……』』』

フライドオークを対価に、邪神ちゃんは人の世に多少のテコ入れをするべく、転移でどこかへ飛んでいった。

見送ったおっさんは魔導式コンロの火を止めると、圧力釜の蒸気を一気に抜く。

蒸気と共に香ばしい匂いが漂う。

「いい香りですね」

「低温の油でじっくりと火を通しましたからねぇ。肉質は柔らかく、香辛料の味と香りも中まで染み込んでいますよ。高温の油で一気に揚げた方が早いのでしょうが、それだと香草の風味が壊れてしまいますから、少し時間が掛かっても低温の方がいいんですよ」

「カイが見たら絶対に釜ごと強奪するぞ」

「あっ、それ私も思った」

「あの子達、最近は街の近郊で狩りをしているようね。傭兵《ようへい》ギルドに登録するためのお金を稼いでいるみたいよ？」

「独立が近いのか……少し寂しくなるのかねぇ」

教会の子供達は今年全員が独立する。

成人すると教会から出て働くというのが、養護院やそれに関連する教会施設での決まりごとだ。保護される立場からの卒業である。

「アルフィアさんの話だと、これからいたるところにダンジョンが発生するらしいですよ？　彼らには稼ぐのに楽な時代が来るんだろうねぇ」

「嘘だろ!?　その話……本当なのか!?」

「そうなると、ダンジョンから放出される魔物の危険が高まるわけね。楽に稼げる時代に思えるけど、同時に危険な時代が到来することになるわ」

「そうなの？　私には楽しい世界になると思ったんだけど……」

「ダンジョンが増えるということは、それだけ危険な場所が増えるということだ。魔物の素材は確かに売れるだろうけど、ダンジョンがどこに発生するのか分からない以上、未発見のダンジョンで魔物の放出なんかされると対応が後手に回る。大惨事に繋《つな》がりかねないから、国やギルドが総力を挙げて管理しないといけないってことだねぇ～」

暢気《のんき》に言いながら、蓋《ふた》を開けた圧力釜からトングでフライドオークを取り出していく。

おっさんを除く全員がつばを飲み込んだ。

「フッ……食うかい？」

「いいの？　アルフィアちゃんの分は……」

「今から用意しておきますよ。どうせ、いくら食べたところで満足なんてしやしないんですから、適当な量を用意しておけばいいんですよ。多少手抜きしたところで分かりはしませんって」

『『『それ、いいのだろうか？』』』

揚げたてのフライドオークを全て取り出し終えると、傍《かたわ》らの衣をつけた肉を適当に圧力釜の中に放り込み、再び蓋を閉めてコンロを点火する。

肉を揚げ終わる間、『十字架の代わりに、邪神ちゃんの姿を模した意匠にしてみますかねぇ？』などと別のことを考え、即興で紙に描き始めた。

「これ、もしかしてアルフィアさんですか？」

「円や三角など単純な図形やラインを組み合わせて、女神を思わせる紋章にしてみようかと思いましてねぇ。神官服には合っていると思いますよ？」

「これがアルフィアちゃん？　えっ？　十二の翼って……多くない？　ていうか、本人に無断で使用してもいいの!?　天罰受けちゃったりしない？」

「そんな細かいことにこだわる奴じゃないだろ。きっと気にも留めないと思うぞ？　それよりもアタシは、この翼を広げたデザインが好きだな」

「ですが、このデザインですと翼の部分で幅を取りませんか？」

「そうよね。背中にこの紋章を入れるのか、それとも胸元に小さく刺繍《ししゅう》するのか、どちらにしても手間がかかると思うわ。複雑すぎて……」

神官服に施すデザインで盛り上がる五人。

だが、ここで大きな問題があることにルーセリスは気付いた。

「あの……ふと思ったのですが、そもそも神官服を勝手に改造していいのでしょうか？　少なくともメルラーサ司祭長に許可を得るくらいはしておかないと、あとになって問題視されませんか？」

「「「あっ……」」」

「えっ？　許可……取ってないんですか？　だとしたら、これって独断専行になるんじゃないですかねぇ？　不埒者に因縁をつけられる前に、同じ神官達から文句を言われるのは確実でしょ。大丈夫なんですか？」

四神教が邪教認定されてすぐの神官服の改造。

そんなものを着ていたら敬虔な司祭からは保身に走ったと思われ、追及を受けることになりかねない。そもそもどこの宗派なのか不明瞭だ。

「改宗と判断するなら、創世神教でしょうか？　ただ、邪神ちゃんはあくまで後継者なわけで創世神本人じゃないし、立場的には調和神でしょうかねぇ？」

「おじさん、創世神教ってどんな宗教だっけ？」

「神道に近いかな？　信仰はするけど頼らない、ただそこに存在している神を敬うというだけ。年始めと年越しで何か行事を行っていたと思うけど、詳しいことは知らないんだよねぇ。地方によって色々と作法が異なるようだったから。各地に祠《ほこら》も立てていたって記録にあったなぁ～」

「ミサのようなものはなかったのでしょうか？」

「ないねぇ。基本的には神官と似たような仕事をしていたようだけど、民と密着型だったから医療行為でぼったくりをすることもなかったって話だ。四神教とは大違いだねぇ」

「ミサがない……それ、いいですね。毎日聖書を引用して説法を考えるのも面倒だったんですよ」

ルーセリスは改宗に賛成派だった。

だが、崇める神はあの邪神ちゃんことアルフィアで、君臨はすれど統治せずな存在だ。

神とは元来そういったものであろうが、別の視点で見れば人間には無関心。とても人が求めるような神ではない。

「アルフィアさんの役割は世界の管理と、高位存在にまで昇り詰めようとする魂の選定ですからねぇ。端的に言えば『苦難を乗り越え魂を鍛えましょう』と、それしか考えていない。地上で暮らす人々の営みなんて関心ないいんだよねぇ。聖書に書かれているような道徳心や寛容性なんて最初から求めちゃいないんですよ。創世神教に改宗しちゃっていいのか、僕には判断がつきませんねぇ」

「あれ？　じゃぁ、創世神教がやっていたことって何なの？　おじさんの話だと、創世神教の神官さん達の仕事って、怪我人の治療だけ？」

「魔法薬も精製していたみたいですよ？　他にも『健全なる精神と魂を鍛えるには、まず肉体から』と言いながら大勢で山ごもりしたり、瘴気《しょうき》で汚染された土地を浄化して回ったりと、ほとんどがボランティア活動らしい。今も信仰しているアルトム皇国ではどうなんでしょうかねぇ？」

「奉仕の精神はあったのね。むしろ四神教よりも健全な宗教だわ。見習えばよかったのに……」

「レナ……それを言ったら四神教の神官達の立場がないだろ。今さらだけど……」

創世神教に改宗するということは、必然的に人の魂を更なる高みに上げるべく、現世での人生の全てを魂の修練に捧《ささ》げることが前提となる。

魂の昇華とは高位次元の存在への進化であり、全ての魂がこの責務を背負っていると言っても過言ではない。教義では輪廻転生《りんねてんせい》を繰り返す人生の全てが修練ということだ。

ぶっちゃけると仙人を目指すということに等しいだろう。

善性も悪性も呑《の》み込み、人の身で高位存在の思考を得ようとすることも修行に含まれているためか性欲にも肯定的で、神官同士の婚姻も認められている。

要は欲望を受け入れつつも欲望からの解脱を目的としているとのことだ。

あくまでも歴史書での受け売りであり、現在はどのような信仰文化に発展しているのか不明で、アルトム皇国でも秘匿性が高く詳しく知る学者はいないらしい。

四神教の台頭で、そういった宗教関連の歴史文化を記した書籍の多くは軒並み焚書《ふんしょ》され、メーティス聖法神国以外の国でも外交問題になることを恐れ処分したとのことだ。

「まぁ、無欲なボランティア組織だと思えばいいんじゃないですかねぇ？　よう知らんけど」

四神教の神官達が改宗して創世神教に鞍替《くらが》えするのか、あるいは新たに別の宗教を興すのかはゼロスも分からない。というか、これから彼らがどのような人生を進むのかなど、おっさんには正直どうでもよかった。

確実に予想できることは、四神教の消滅で国が分裂し戦乱の世が来ることと、これからダンジョンが無数に出現するということだけだ。

ゼロスとしては、『暗い時代が続かないといいなぁ～』と、どこか他人事《ひとごと》のように呟《つぶや》くのであった。

◇　◇　◇　◇　◇　◇

完全体となったアルフィアは、自分が管理している世界においては全知全能に近い存在だ。

そのため、惑星一つの事象に関しても全てを把握することが可能で、そこに住む数多くの人種から特定の人物を探し当てることもできる。

空間転移で飛んだ彼女は、サントールの街の上空からある建物を俯瞰《ふかん》していた。

その建物の中では今、四神教の不祥事を知った派遣司教を含む司祭達が顔を合わせ、今後の方針を話し合っている最中であった。

アルフィアは事象を読み取りその様子を覗《のぞ》き見る。

「勇者召喚による世界の崩壊未遂、歴史の裏で行われた勇者の抹殺行為、それによって誕生したドラゴンによるマハ・ルタートの崩壊……」

「その悪行を知りながら放置していた四神か、これでは邪教と呼ばれても仕方がない。我々はいかに罪を償えばよいのか……」

「「「「ハァ～～～～～っ……」」」」

派遣司教を含む神官達は大きな溜息《ためいき》を吐《つ》いた。

四神教の総本山が消滅し、数々の悪行も暴露され、その話は既に周辺諸国にまで広がっている。

今後、四神教を名乗るだけで石を投げられかねない事態となり、彼らの表情は暗いままであった。

「私達は本国に不満を持ってはいましたが、まさか最悪という言葉すら生ぬるい猛毒を抱えていたとは思わなかった。聞くところによると、勇者召喚には獣人族を生贄《いけにえ》にしていたとか……」

「業が深すぎる……。我らの命だけでは償いきれぬ罪を犯していたとは……」

「今後は我らに対する風当たりが強くなろう。我々はただ、人々が健やかに暮らせるよう教義に沿った人道の道に進めればよかったのに、このような事態になろうとは……」

もはやお通夜ムードである。

しかも今後の展望はないに等しく、更に四神教の犯してきた罪があまりにも重いため、再起を図ることなど不可能だ。

そんな中で、昼間だというのに酒を飲む初老の女性司祭の姿があった。

「ハァ～……どいつもこいつも、辛気臭い顔だねぇ。酒が不味くなっちまうよ」

「メルラーサ司祭長……。一応、ここにはアダン司教様もいらっしゃいますので、そのような振る舞いはおやめください」

「ハッ、どんだけ考えたところで答えなんか出やしないよ。あの国が腐っていることは、あたし達が一番よく知っていることじゃないさね」

「それでも、私達は今後の行く末を決めなければならないのです。それなのに貴女《あなた》ときたら……」

「あたしから見たら、話が横道に逸れてるとしか思えないんだけどねぇ？　一つ聞くが、人を救いたいと想《おも》うことに優劣などあるんかい？　大事なのは神や宗教の教えなんかではなく、誰かを救うためには何ができるかだと思うんさね。そこさえはっきりすれば、自《おの》ずと行動できるんじゃないのかい？」

「四神教――いや、神という存在にこだわりすぎていると？」

彼らは神という存在がいたからこそ信仰心を胸に秘め、今まで善性を信じ道徳心を持って活動してこられた。神という存在が自分達の中で大きな支えとなっていたのだ。

だが四神が邪神とされてしまったことで、彼らの中にあった芯のようなものが折れ、何を信じていいのか分からなくなってしまった。

四神教の腐敗の原因はあくまでも人間であり、いずれ自分達がその過ちを正すという理想と信念を持っていたばかりに、崇拝する神そのものが災禍《さいか》の根源であったことを知ったことで己を見失ったのだろう。

そんな彼らをメルラーサ司祭長は扱《こ》き下ろす形で叱咤《しった》した。

「神なんてのは、存在はしていても所詮《しょせん》は外から覗き見しているだけの存在だからね。そもそも頼ろうと思うこと自体間違いさ。神聖魔法は今でも使えるんだから、今までとやることは変わらないさね。大事なのは、どれだけ自分達の善性を貫き、人を救済するのか、じゃないのかい？」

「生きている中で何かを成す。それが一番重要ということか……。メルラーサ……君は昔とちっとも変わらぬな。どこまでも己を貫く姿勢、正直羨《うらや》ましく思うことがある」

「ハンッ、あたしゃ自分の好きなように動いていただけさ。今までも、そしてこれからも。どこにいるかも分からない傍観者に縋《すが》る前に、まずは自分で考え足掻《あが》き続けろってもんさね。あたしから言わせてもらえば、神に縋る行為は最初から答えを貰おうとしている、卑劣で浅ましいイカサマにしか思えないね。人生というのはそんな簡単に答えが出るもんじゃないだろ？　生き続けた先に費やしてきた時間の答えが見えるってもんさ。アダンも以前はそうして生きてただろうに、いつからそんな腑抜《ふぬ》けになっちまったんさね」

神には頼らない。

そう言い切っているメルラーサ司祭長の言葉に、アダン司教は苦笑いを浮かべつつも弱気になっていた自分を恥じる。『私は……いつ理想を捨ててしまったのであろうな』と心の中で呟いた。

だが、メルラーサ司祭長に改めて言われた言葉に、自分の中にもわずかに燻《くす》ぶりのような火種が残っていることを確かに感じていた。

そこに気付けたことが素直に嬉《うれ》しい。

「……そうであったな。私は――いや、我らは最初から神に頼ろうとは思っていなかった。確かに腑抜けていたようだ。メーティス聖法神国を出るときには艱難辛苦《かんなんしんく》を受け入れることを覚悟しておったのに、なんという体たらくよ」

「ふん、少しはマシな面《ツラ》になったじゃないか。そうさ、理想を現実にするには長い時間が必要さね。その最初の礎《いしずえ》になる覚悟があったからこそ、あの国を出たんだろ？　目を覚ますのが遅すぎるよ」

「すまぬな。我らは元より四神などに頼ってはいなかった。人が正しく生きられるための道標《みちしるべ》となる覚悟であったのに、いつの間にか神という存在に依存しておったようだ。どうやら平和ボケしておったらしい……」

「で、では……」

「うむ、今さらだが四神教の教義を捨てる。我らはただ人に尽くし道徳を説くだけの存在でよい。それ以外のものなど必要ないのだ」

「「「「おぉ!!」」」」

アダン司教は四神教から離れることを宣言した。

他の神官達もその決意表明に同意を示す。

「今日が我らの新たな門出、よ……ッ!?」

「な、なんだ!?」

「こ、これは……!?」

その時、唐突に世界が停止したかのような異様な気配に包まれた。

いや、自分達がいる部屋自体が世界から隔絶されていた。

窓から見える景色は灰色で、飛ぶ鳥が空中で静止している。

本能から恐怖心が湧き出し、体はまるで巨大な腕に掴《つか》まれたかのように動かず、精神は言いようのない圧迫感に苛《さいな》まれた。

何よりも恐ろしいのが、強大な存在の気配を感知してしまい、生物としての本能が『ありえない』と拒絶するも現実がそれらの感情の一切を否定する。

「あの愚物共の信徒にしては、随分とまともであるな。ふむ――元は国の行く末を愁い、正すために団結した集団か。力はないが、その心意気は褒めてやろう。少なくとも欲に溺れておった連中よりはマシじゃな」

声のした方向になんとか顔を向けると、銀色の角を生やし、十二の翼を背に持つ異形の少女が宙に浮いていた。

誰も身動きどころか声も出せない中、少女はあどけない笑みを浮かべ「お主らに大義名分を与えてやろう」と、理解の追いつかない彼らへ唐突に告げるのであった。

第十二話　おっさん、神器製作依頼も受ける

「お主《ぬし》らに大義名分を与えてやろう」

世界の理《ことわり》を侵食して現れたその存在を前に、神官達は身を硬直させるほどの畏怖《いふ》を感じ、呆然《ぼうぜん》とその少女らしき存在を見つめることしかできなかった。

なんとか言葉を出そうにも喉が渇き、大量の汗が流れ、体は震える。

そんな彼らの中で、唯一声をあげることができた者がいた。

「大義名分ねぇ……。それをあんたがやっちまっていいものなのかい？【神】なんだろ？」

「「「「「!?」」」」」

メルラーサ司祭長だった。

恐怖と重圧を受けながらも酒を飲み、アルコールで顔を赤く染めながらも、かなり無遠慮な口調で何事もないように問いかける。

「ふむ、我もそう思っておったが、人の世が荒れ続けるのも色々と都合が悪くてのぅ。これから先、かなり厄介なことになりそうじゃから、少しばかりテコ入れすることにした。まぁ、打算的なものであって、お主ら人間にかける慈悲ではないということだけは間違いないがな」

「ハッ、そらそうだろ。神は人間に施すような真似はしないさね。所詮《しょせん》は傍観者なんだからねぇ」

「その通りじゃ。我らが重要と思うのは魂の昇華であり、物質である肉体に縛られておる不完全な者にはさほど興味は持たぬ。見込みがありそうな者には多少の加護くらいは与えるが、基本的には放置じゃ」

「そんなあんたが、あたしらに大義名分をくれるときた。なんとも怪しい話だね」

「何と思われようとかまわぬよ。選択するかどうかはお主らの自由じゃ。我はただ、お主らに一つの道を指し示すのみじゃからのぅ」

神官達は驚いていた。

この強烈な精神の重圧の中で、メルラーサ司祭長はいつものような口調で話をしている。

自分達は耐えることで精一杯だというのに、だ。

「それで、あたしらに何をさせようというんだい？」

「大したことではない。まだ先の話じゃが、我はこの惑星に管理者を派遣しようと考えておる。それまでの間、お主らには人の世が乱れるのを防いでもらいたいのじゃ。これから多くの人間の血が流れそうじゃしのぅ」

「…………戦争かい？」

「それだけではない。枯渇した魔力を元に戻す影響で、各地に迷宮が出現するのじゃ。ここまで言えばどんな愚物でも分かろう？　できるだけ種を守るために働けと言っておる。強制はせぬがな」

「戦争に迷宮………ねぇ。なんとも厄介な話さね」

「戦争は人が起こすものじゃから、我のあずかり知らぬことじゃぞ？　じゃが迷宮は異なる。我の行う再生の影響じゃから、事前に準備を整えておけと言うことしかできぬ。直接の干渉もできぬし、湧き出す魔物にも【魂】がある以上、例外を除き我が直々に滅ぼすわけにもいかぬのじゃ」

神の視点からでは人も魔物も種の一つでしかない。

どちらも等しい存在であり、一方に肩入れする気はないということだ。

要は迷宮から放出される魔物を、『事前に教えておくから自分達で対処してね？　きゃは♡』ということだ。

なんとも一方的な通達である。

「これは神託じゃ。お主らがこの神託をどう使うかは自由じゃし、無視してくれてもかまわぬ。この先の未来をどうするかはお主ら自身の問題よ」

「あんたが救おうとは思わないのかい？」

「この世界を崩壊寸前まで導いたのは、他ならぬ人間じゃろう？　原因が消えたとはいえ、犯した罪が消えるわけではない。四神共の意思に従っていた以上、勇者召喚のことは知っておったのじゃろ？　直接関わっておらずとも、召喚を容認していた以上は同罪じゃ」

「贖罪《しょくざい》でもしろというのかい？」

「いや、我の神託を利用してもかまわぬ。なるべく人が死なぬように動いてほしいということじゃ。活動自体は今まで通りでもかまわん」

神官達の活動といえば孤児の保護や医療活動だ。

戦場での兵士の救済や悩める者達の相談など、他国に派遣された神官達は裏で手を取り合い、良心的な活動を行ってきた。

厄介だったのは、他国へ派遣された神官達を監視する密偵や、異端審問官達であろう。

彼らは本国の命《めい》を盾にし、派遣神官達に無茶な要求を突きつけてきた。

だが、今はそうした連中も後ろ盾を失い、恨みを持つ者達から石を投げつけられる立場となった。

そんな状況で真っ当な信仰を広めようにも、四神が邪神認定された以上、四神教の神官であった自分達が動くにも問題がある。

たとえ神の神託を受けようとも、信じる者がいなければ現状が変わるわけでもなかった。

「あんたの神託を受けたからとはいえ、誰がそれを信じるんだい？　あたしらは既に没落した宗教の神官に過ぎないんだけどねぇ」

「神意を示す証《あかし》が欲しいと？」

「平たく言えばそうさね。多少は民を説得できたとしても、貴族などのお偉いさんは協力などしてくれないからねぇ」

「ふむ……じゃが、我がここで証である神具を創造したとしよう。その影響でこの大陸が消し飛ぶのじゃが……」

『『『『あれ？　すげぇ、やべー話になってきてません？』』』』

神託の証となる神具を授かれば説得力が増し、本国の神官達もこちらに従うであろう。

しかし、この場で神が神具を創造すれば大陸が消滅する。

四神に唆《そそのか》されていたとはいえ、勇者召喚を続けていたのが人であるだけに、そこまでの危険を冒してまで神に縋《すが》るのは間違っている気がする。

というか、大陸消滅など到底呑《の》める代償ではない。

「大陸が消し飛ぶのはまずいさね。もう少し穏便にできないのかい？」

「そうなると、我の神気を何かの触媒に封じるくらいのことしかできぬな。じゃが、神気に耐えられる物質が存在せぬ……ん？　待て、ちょうどいいものをあやつが持っておったな」

「代案があるなら、そっちにしてくれないかねぇ？」

「ふむ……まぁ、苦労するのは奴じゃし、別によいか。少し時間が掛かるがいいか？」

「周辺に影響が出なければ別にかまわないさね」

「では、近いうちに神具を汝《なんじ》らに与えよう。そのことで聖約が結ばれたとする。我は準備のために一度帰還させてもらう」

「そうしてくれないか？　みんな、あんたの気配に委縮して身動きできないからねぇ」

「……ヤワじゃのぅ」

そんな神の呟《つぶや》きを最後に、世界は元に戻った。

神の気配は消え失《う》せ、少女の姿をした神の存在もまるで夢か幻であったかのようだ。

だが、それでもつい先ほどまで神がいたことを示すかのように、神官達は震えが止まらなかった。

「ハァハァ……か、神は去りましたか……」

「………そのようさね。ハァ～～～～っ、寿命が三百年ほど縮まったよぉ～」

神気による重圧が消えたことで、神官達は解放された。

わずかな時間ではあったものの神気に晒《さら》され続けたことにより、誰もが身も心も疲弊しきって憔《しょう》悴《すい》状態であり、中には意識を失い倒れる者もあった。

「しっかし、とんでもない話を聞いちまったもんさね」

「えぇ……戦争はともかくとして、まさか迷宮が発生するとは。いったいどれほどの規模なのか見当がつかぬ」

「魔物の放出……スタンピードどころの騒ぎじゃないね。いったい、どんな時代がくるのやら、少しばかり楽しみになったよ」

「楽しみたくはないのだが……。ところで、メルラーサ司祭長よ。貴女《あなた》はよくあの中で動けたのぅ？」

「最後にものをいうのは気合さね」

アダン司教は神を目の前に何もできなかった自分より、メルラーサ司祭長の方が司教に向いているのではないかと、今の状況を見て思った。

なにしろ神気の圧に耐え、堂々と神と語らったのだから充分にその資格がある。

しかし、そのことを告げるとメルラーサ司祭長は、『司教なんて死んでもごめんさね。おおっぴらに酒が飲めなくなっちまうじゃないか』と、豪快に笑い飛ばしたのであった。

◇　◇　◇　◇　◇　◇

「帰ったぞ……ふぬぉ!?」

邪神ちゃんが一仕事終えゼロス宅へと戻ってくると、そこにはフライドオークを食べるルーセリスを含めた女性陣四名と、出来上がりをつまみながら黙々とフライドオークを作り続けるおっさんの姿があった。

「これ、スパイシーで美味《おい》しいですね」

「あぁ……悔しいが、カイが肉料理に嵌《は》まった理由がよく分かるな」

「あの子の場合、他に別の理由がありそうなんだけど？」

「おじさん、もう一個おかわり！」

「主ら、狡《ずる》いぞ!! 我がやりたくもない仕事を終えて戻ってきたというのに、何もせん奴らが我の供物を食すなぞ許せぬ!!」

邪神ちゃんは酷《ひど》く憤慨していた。

そんな彼女にゼロスが揚げたてのフライドオークを投げつけると、フリスビーに向かって全力で食らいつく犬のように、邪神ちゃんはダイナミックに飛び上がって見事に口でキャッチする。

神とは思えない意地汚さだ。

「おかえり。首尾はどうです？」

「肉をよこすのじゃ!! よこさぬのであれば話さん!!」

「じゃぁ、いいや。ルーセリスさんはともかく、他の神官がどうなろうと知らんし」

「ふんぎゃろぉ〜〜〜っ!!」

神を神とも思わぬ傲慢《ごうまん》さ。

まぁ、今の威厳の欠片《かけら》もない情けない姿を見ると、誰も畏怖《いふ》を抱くことはないだろう。

なにしろ食い散らかすだけの図々《ずうずう》しいクソガキにしか見えないのだから。

「まぁ、冗談ですがね。一応ですがこちらの皿に山盛りありますけど？」

「はよぅ、はよう我にフライドオークを……。手が震える……静まるのじゃ、我が右手よ。このままでは肉料理一品のために惑星を滅ぼしかねぬ。クッ……駄目じゃ、抑えられぬ」

「どこの中二病罹患《りかん》者ですか。まぁ、食べながら現状を教えてくれればいいか。興味ないけど……。はいよ、せめて味わって食べてくださいよ。調理人（僕）に失礼だと思わないんですかい？」

「グルルル……。ガウ！　ガウ!!」

皿に山盛りのフライドオークに顔面から突っ伏し、一心不乱にひたすら肉を貪《むさぼ》り食う姿は、はっきり言って異様だ。別の意味で怖い。

飢えるわけでもないのにその姿は、実に浅ましい。

「………神は、死んだ」

「目の前におるわ!!」

「顔を油まみれにして言われてもねぇ……。少なくとも、僕が想像する神の姿は死にましたね。今の君のどこに畏敬の念を抱けと？」

「外面《そとづら》さえよければ、あとのことなどどうでもよかろう？　そもそもお主に信仰心などあるまい」

「人並みにはありますよ？　頼る気にはなりませんけど」

「人間に頼られても我は何もせぬがな」

「それは知ってますけど……。その食い意地の張った我儘《わがまま》ぶりは、まさに自己中のそれですよ。君は目的を達せられるなら、他のことなど簡単に犠牲にできる合理主義の塊だし、命に対する愛の形も人間のそれとは極端に異なる。最初から当てになどしませんって。それで、まともな神官に会ってきたのでしょう？　そろそろどうなったのか聞かせてもらえませんかねぇ？」

「しばし待て……」

再び獣のように皿に突っ伏し、肉を貪り食う。

彼女を生み出した創造主も残念なほど酷いが、創られた存在であるアルフィアも残念な個性を引き継いでいるようだ。

「……………フッ、所詮は同類か。いや、子は親の背を映す鏡といったところか？」

「どういう意味じゃ？」

「残念な創世神の娘である君も、所詮は残念な存在ということですよ。まぁ、仕事をきっちりやってくれれば問題はないんですけどねぇ。あと面倒事を僕に押しつけてこなければ、ですが」

「お主は使徒であろう。その役割を果たそうとは思わんのか？」

「そんなものになった覚えも、受け入れた記憶もありませんねぇ。仮にそうだとして、君を復活させた時点でお役御免《ごめん》でしょ」

「うぬぬ……」

アルフィアから見てゼロスは使徒という存在であることは間違いない。

しかし、自分の管理する世界の外から送り込まれた者でもあり、彼を自分の駒として扱う権限は持っていない。

ゼロスの言うように、アルフィアを復活させた時点で役割を終えているのだ。

ついでに復活の手引きをしたという恩義がある以上、この世界に害が及ばない限り放置せざるを得ない。またゼロスが寿命で死去でもしない限り魂の回収もできない。

もし魂を送り返すのであれば、異界の神々と協議して許可を得なければならないのだが、現時点で歪《ゆが》んだ理と次元障壁を修復する対応に追われており、それも難しい。

よくよく考えてみると扱いの難しい存在であった。

『あの……アルフィアさんは一応神様なのでは？』

『なんでおじさん、あんな上から目線で言えるの？　天罰受けたりしないの？』

『まぁ、あんな姿を見たら威厳もへったくれもないのは確かだが……』

『ほんと、怖いもの知らずよね。ゼロスさんって……』

一方で、一部始終を見ていた女性陣は、おっさんの態度にドン引きしていた。

神を神と思わない態度は傲慢そのもので、強大な力を保持している存在を前にしても臆《おく》することなく、しかも堂々と自分の意見や文句を言ってのける。

そこに頼もしさもあるのだが、視点を変えてみるとあまりにも不遜な態度だ。

見ている方はさすがに怖くなってくる。

「な、なぁ……おっさん。アルフィアは一応、神なんだよな？　いくら親しいからといっても示すべき礼儀があるんじゃないのか？」

「礼儀？　コレにですか？　無尽蔵に食いまくる暴食魔神クイショウグンに、礼儀が必要とは思えませんねぇ。放置していたら世界中の食料が食い尽くされてしまいますよ」

「とうとうコレ扱いじゃとぉ!?　そこまで非常識な真似はせんわぁ!!」

「信用できませんよ。どれくらい信用できないかというと、今すぐヘッドパーツに変形して、磁力合体してもおかしくないと思うほどに信用してませんぜ。存在そのものが胡散臭《うさんくさ》い非常識なんですから、気まぐれで何をしでかすことやら……」

「意味が分からんわぁ!!」

「三体合体六変化の方がいいですか？」

「合体の例えから離れろぉ、ますます意味が分からぬわぁ!!」

ゼロスの認識は【神】＝【ろくでなし】である。

四神はそれぞれ自己中で、アルフィアは暴食。それらの創造主は無責任だ。

その実例を見てしまっていたがために、神という存在そのものを全く信用しなくなっていた。

ちなみに合体云々《うんぬん》の例えに意味はなく、ただ揶揄《からか》っただけである。

「それよりも、さっさと何をしてきたのか話してくださいよ。話が途切れたままで続かないじゃないですか」

「お主が脱線させておるのじゃろうが……。もういい……簡潔に言うとじゃが、真面目に働いておる神官共に人類保護という大義名分を与える証として、我から神具を与えようということになった」

「神具？　なんでそんな物騒なものを……あぁ、目に見える形で神のお墨付きを与えることで、彼らの正当性を高めようということですか。四神教は邪教になりましたから、真なる神から許されたという証明のようなものですかねぇ」

「さよう。連中がどんな宗教を興すかは知らぬが、我が惑星管理神を派遣するまでの繫《つな》ぎとなろうよ。まだ創造しておらぬが、そう遠くないうちに送り込むつもりじゃ」

言葉のニュアンスから読み解く限りだと、次元世界の管理者がアルフィアであるのなら、命溢《あふ》れる惑星の管理者が惑星管理神ということになる。

要は魂が定着する環境を管理する者であると判断できるが、似たような存在が失敗しているだけにどこか信用できない。必要な処置であることも多少なりとも理解できるが、期待できるかと言われれば微妙だった。

「惑星環境の維持や、生態系や進化し続ける魂の観測が役割の亜神といったところかねぇ？　それらの存在を送り込む前の繋ぎということでしょうが、人間である神官に代わりが務まるとも思えませんぜ？　事実、四神教は腐敗しましたし」

「我もそこまで信用はしておらぬよ。神という存在を目にした瞬間、知性ある者達はそれらの存在に意味を求める。最初は熱心に信仰するじゃろうが、人は欲に流されやすいからのぅ。当然じゃが悪さをする者達も出ようよ。じゃが、我にはそれこそ関係ないわ。腐敗して自滅するのであれば、それだけの話じゃ。自らが求めた摂理が壊れようと、それも自己責任というものであろう？　なにしろ我らは人間に何も求めてはおらぬのじゃからな」

「人間が求めているのは法による秩序のもとでの安寧で、神が求めているのは輪廻転生《りんねてんせい》の果てに至る高位次元存在への進化ですからねぇ。霊質の変化がどのようなものか分からない以上、人間と神との間には大きな隔たりがある。安寧を求めている時点で神の考えていることなんて理解できない。刹那《せつな》を生きる者と悠久の時間に存在し続ける者とでは、そもそも価値観が全く異なることに考えつかないんだろうねぇ」

「さよう。それゆえに身勝手に神の像を作り、勝手に信奉するのじゃ。我らは何も知性ある存在だけを優遇しておるわけではない。我らの領域へと辿《たど》り着ける者であるなら、それこそ元が獣でもかまわぬ。そこを全く理解しておらぬのじゃ」

「それなのに神具を与えると？　物騒だし破格すぎやしませんか……？」

神具は一部とはいえ神の力が宿った物質であり、使いようを誤れば自滅しかねない核弾頭に匹敵する道具だ。人間が持つには危険すぎる。

「人の愚かさなど、歴史を見て充分に理解しておる。行きすぎた信仰がどのような結果を招くかなども百も承知じゃ。まぁ、お主らに言われるまで別にどうでもいいと思っておったのじゃが、よくよく考えてみると予想される迷宮の出現数からして、今の人類では防げるとは思えん。怪我人などを救済する者も必要となってくるし、せっかくの治癒術が使えるのに放置というのももったいなく思えたのじゃ」

「不要となった人材の有効活用ですか？　まぁ、こちらとしてはありがたい配慮だと思いますが、それよりも迷宮はそれほどの数が出現するので？」

「ある程度の調整はこちらでするが、いま重要なのは世界に魔力が均等に満ちることじゃからのぅ。事態は既に動いておるし、今さら止めようもない。余剰魔力をダンジョンコアに吸収させることが効率がよいのじゃ。ダンジョンコアはそこかしこに埋まっておるぞ？」

「そんで魔物が増え、ダンジョン外に放出されると……。人類に捌《さば》ききれるのかねぇ？」

「ゆっくりと新たな摂理に切り替わるじゃろうから、霊質的進化も促せる。人間からも進化種が出るかもしれぬぞ？　適性条件を満たせばの話じゃがな」

「楽しそうな世界になりそうだ」

おっさんは楽し・そ・う・などと言うが、実際にその状況になればかなりの混乱が予想される。

どこに埋まっているか分からないダンジョンコアは、既に魔力の吸収を始めて活動を開始しており、魔力枯渇の影響で砂漠化していた南半球の再生が行われている。

余剰魔力も地脈や大気に拡散し、小さなダンジョンであればすぐに出現するかもしれない。

困ったことにそれも序章に過ぎず、状況は悪化していくことだろう。

現存するダンジョンにもどのような影響が出るか分からない。

「人手不足を不要人材の雇用で補うことは分かりましたよ。しかし、やはり神具――神器の類《たぐい》は危険すぎやしませんかね？」

「我が直接作るのであればな」

「と、いいますと？」

「神具の器はお主が作るのじゃ。我はそこに神気を注入する。微量であれば問題はなかろう」

「君の言う微量は、僕ら側からは破滅的なほど破格な力なんですがねぇ……」

「選択肢などないぞ？　そもそもお主が唆《けしか》けてきたのじゃからな。それくらいはやってもらう」

「神気に耐えられる素材なんて持っていましたかねぇ？」

「あるじゃろ？　我の素材じゃ」

「…………マジ？」

おっさんは絶句した。

邪神の素材――つまり瘴気《しょうき》で汚染された呪い素材だ。

ゼロスほどの高い耐性を持っていても呪われそうな濃い瘴気を放っており、濃縮ウランのような放射性物質と比べても遜色のない危険物だ。そんなものを神器の材料にしようとは普通は思わないだろう。

「いやいや、あんなものを素材にできませんよ。普通の人間だったら一発で呪われ、三分で腐り果てて壮絶に死にますぜ？　あの瘴気を浄化するのは僕でも難しい」

「可能だと我は言ったはずじゃぞ？　ほれ……」

アルフィアは宙に小さな黒い穴を生み出すと、指先に魔力とは異なる異質なエネルギーの球を生み出し、『ほい』と間の抜けた声と同時に球を無造作に穴に投げ込んだ。

すると、どこからともなく『邪神素材が全て浄化されました』という音声が頭に響いてくる。

「あっ、なんか懐かしい……って、アルフィアさんや、もしかしてインベントリーに干渉しました？」

「したぞ？　薄皮程度の空間障壁なぞ、我にはないも同然じゃ」

「つまり、君はこう言いたいんだね？　『例の素材でやべーものを作ってね』、と」

「そこまで極端なものは求めておらぬわ！　我の神気をちょっとだけ付与するだけじゃ!!」

「…………ご冗談を。あれほどの素材を前に、やべーものを作るなと？　遠慮なさらず、最高にイカしてる超物騒な封印確定の危険物を作りましょうぜ☆」

「なんでお主は、そこまで嬉々《きき》として危険物を作りたがるのじゃ!?　傍《はた》迷惑なだけじゃろぅが!!」

「なんか、こう…………燃えるだろ？」

この上なくいい笑顔のおっさん。

いつも以上に凄《すご》く生き生きしていた。

「あの……ゼロスさん？　いったい何を作ろうとしているんですか？」

「凄く不穏なことを口にしたよな？」

「封印確定の危険物って、そんなものを神官達の大義名分のために譲渡するつもり？　下手をしたら国内で戦争が起きるわよ？」

『何の素材かは知らないけど、おじさんだしなぁ～。殲滅者《せんめつしゃ》の一人なんだから、そりゃ危険な武器を作りたくなるよね。だって殲滅者なんだもん』

　イリスだけは妙に納得していた。

　この調子なら、さぞかし愉快で物騒な危険物をおっさんは作り上げるだろう。

　気だるげないつもの様子から一転して、今のゼロスは途轍《とてつ》もなくやる気に満ちている。いい感じでやる気スイッチが入ってしまったのかもしれない。

　そのスイッチを押したのはアルフィアなのだが……。

「普通でいいのじゃ、普通でっ!!　回復魔法の効果を上げるとか、障壁魔法の強度を底上げするとか、そんな無難なものでよい！」

「ＯＫ、オーダーを承りました。回復魔法の効果を飛躍的に増大させる代わりに、使用者の魔力を限界まで引き出し、全身から血液を噴き出す効果と、魔力増幅時に命の危険に晒す効果っすね！　かしこ、かしこまりました。かしこ☆」

「だから、なぜに使用者の命を危険に晒す効果なのじゃぁ!!」

「いや、仮にも邪神の神器ですしぃ～、何かを得るには代償を求めるもんでしょ？　それくらいやらないと好き勝手に使いまくるじゃないですか。四神教のような宗教になられても困りますし、なにより便利な道具があれば使いたがるのが人間というものですからねぇ」

「む…………一理あるのぅ」

『『『屁理屈《へりくつ》で説得されたぁ!?』』』

強力な効果を持つ神器にあえてデメリットを与えることで、不用意な使用を防ぐことは確かに必要だろう。利便性に優れているということは、それだけ使用頻度が高くなるということだ。

そんな道具が神器クラスともなると、あまりにも危険すぎる。

魔力を固めて相手を吹き飛ばすだけの簡単な魔法である【マナ・ボール】ですら、相手を無残に粉砕しかねない危険な威力になりかねず、乱用を防ぐにはデメリットを意図的に付与しておくことが有効だろう。

「大勢の重症者を救うため、使用者を犠牲にするくらいの危険性を持たせたほうが神器らしいじゃないですか。なんせ、神の力が内包されているんですぜ？　その威力や効果の増幅度合いがいかほどかは分かりませんけど、人間に持たせてよいものではないと思いますがねぇ。あくまで象徴でなくてはならないんですから、利便性が高い必要はない。次にデザインですが、禍々《まがまが》しいくらいでいいですかね？」

「なんでじゃぁ、それのどこが神器というんじゃぁ!!」

「なんでって、そりゃ〜邪神の神器なんですし、それに見合ったダークでいい感じに名状しがたい不気味な形状の方がいいでしょ。アルフィアさんや、君は何を言っているんだい？」

「我がおかしいのかぁ!?　のぅ、我の方がおかしいのかぁ!?」

「ＳＡＮ値がゴリゴリ削り取られるような、大勢の人達が重度の鬱《うつ》に陥るヤバい見た目の武器、作ってみたかったんですよねぇ」

「お主が作りたいだけじゃろうがぁ！」

「そうですけど、それが何か？」

なんのことはない。ただ、おっさんが作りたかっただけである。

だが、そんな物騒なものを渡されても困るだけで、本当に必要な時になっても使えない無用の長物だ。

たとえ神器がそういったものであったとしても、緊急時に使えなくてはガラクタと変わりないわけで、ゼロスの計画は修正の必要がある。

寛容、慈愛、自己犠牲を主とする神官達でも、使用した瞬間に壮絶な死を迎えるようでは神器としての威厳がない。

どう考えても呪われた宝具だ。

「……余り素材で何を作ってもかまわぬから、最初はまともなヤツを作ってくれ」

「イヤッフゥ～～ッ！」

「おじさん……どこかの赤い配管工が乗り移ってるよ？」

「さてさて、お許しも出たことですし、最初は無難なものを製作しますかねぇ。とりあえず杖《つえ》にしてみますか。どんなデザインにしようかねぇ～♪」

「ゼロスさん……嬉しそうですね」

「……アタシはそれが不安だ」

「やれやれね。まぁ、私達には関係ないことだし、何ができるのか見物でもさせてもらいましょう」

もはや諦めたアルフィアと、ハイテンションのおっさん。

こうして神器の製作が始まるのだが、そのついでにルーセリスの神官服も強化改造されるとは、この時の四人娘は知る由もなかった。

◇　◇　◇　◇　◇　◇　◇

アーハンの村に存在する廃坑ダンジョン。

その地下ではダンジョンコアが活発に動き始めていた。

この迷宮にはファーフラン大深緑地帯からの魔力が龍脈を通って流れ込むので、南半球のように魔力枯渇でダンジョンが休眠状態になることもなく、定められたシステムによって日々拡張を続けていた。

だが、ここにきて他のダンジョンコアとのリンクが始まり、それに伴い惑星上のダンジョンコア全ての間でネットワークが構築されると同時に、自身のシステムチェックも開始された。

それによると、どうやら廃坑ダンジョン自体にシステムエラーが発生しており、本来であれば再構築しないような文明の遺物などを迷宮内に生み出してしまっていた。

そのエラーもすぐに修正する。

『第13697迷宮、コンセプトの修正、完了。ただちに実行を開始する』

『第531迷宮、第一階層から二十八階層の空間拡張を開始、生息させる生命体の厳選を開始。同時進行で異常進化種の淘汰《とうた》を進めます』

『生息域の幅を広げるため、第二種文明圏の情報を流用。現在稼働中の迷宮から生息生物の選出を開始、異空間フィールドの入れ替えと同時進行。第247迷宮のフィールドは各迷宮の最下層部に分割管理を推奨します。第２５６７迷宮とのデータ共有を開始。各迷宮のシステムリンクに伴い、フィールドの複製を実行に移します。スキャン開始……』

『現存地上生物との比較から、討伐は不可能と判定。容認します』

迷宮とは神が創造した実験場であり、修練場でもあり、養殖場でもあり、澱《よど》んだ魂の浄化装置でもある。

その目的は生物の魂と肉体が進化する過程を記録し、後に誕生する新たな世界への種子に反映させることだ。あるいは世界が滅びたあとの再生に用いられる。

また、迷宮内で死亡した者達の苦痛や無念の感情を浄化し、輪廻転生の円環に戻す。

だが、現在の地上に生息するあらゆる生物と比較しても、迷宮内の生物の方が圧倒的に強く、管理ができなくなり自然界へ放逐するにも生態系を破壊しかねない。

そのため、現時点で稼働している迷宮との間でフィールドの交換や差し替えを行い、フィールド内の魔力濃度を低下させ退化を促すよう管理することに決定した。

しかし、これは一時しのぎに過ぎない。

生物は繁殖するものであり、管理維持できなければどちらにしても迷宮から放出しなくてはならなくなるため、活動を開始した他のダンジョンコアの成長が待たれるところだ。

通常であれば生命体のデータを収集する役割である以上、ギリギリまで間引くことを容認することはない。異常進化種だけは何が起こるか分からないため、慎重に管理観測する必要があった。

異常進化種とは存在するだけで理を破壊するだけのポテンシャルを秘めており、言ってしまえば世界のバグだ。

一定数のラインであれば観測され続け処分は免れるだろうが、この世界の生態系の限界値を超えたとき、強制的に排除される運命を辿る。

そのため迷宮内で発見され次第、ユグドラシルシステムからの最重要指令で監視され、場合によっては未成熟のうちに存在が抹消される。

しかし魂は回収され輪廻の円環に戻されるので世界の損失には繋がらない。

ここまで管理しても駄目だった場合に行われるのが、抗体プログラムの発動だ。

すなわち勇者の召喚である。

『第２５６７迷宮内に侵入者反応が検出されました』

『検索……87パーセントの確率で傭兵《ようへい》と呼ばれる職業の人間と断定』

『迷宮内のフィールドの差し替えに支障が出る可能性あり』

『直ちに排除、もしくは撤退に追い込む必要あり。生息生物を差し向けることを推奨』

『許可。フィールドより撤退、もしくは生体活動の停止を確認し次第、作業を続行する』

廃坑ダンジョンを含む他の迷宮と連動し、現在内部構造の一新を図っているダンジョンコア。

フィールドを他の迷宮と入れ替える作業において、外部の侵入者がどれほどの力を持っているのか判断がつかず、撤退させるか殲滅排除の二択の選択肢しかなかった。

以前のように超重力崩壊による迷宮破壊を起こされでもしたら、それこそ作業に大きな支障が出てしまうと判断したからだ。

このような理由から、傭兵達に魔物を差し向けることが決定される。

その頃、廃坑ダンジョンの五階層では――、

「おいおい……スゲェ蒸し暑い森になってんぞ」

「見たことのない植物も生えていますね」

「このフィールドは南方の気候で調整されているようだな。またフィールドが変化したのか？　不安定すぎるだろ」

「かぁ〜〜、燃えるねぇ」

「いい素材も手に入りそうだ。見ろよ、見たこともねぇ魔物だぞ」

「お〜〜っ、こいつは期待できそうだ」

――傭兵ギルドから派遣された迷宮調査員達が調査を行っていた。

傭兵である彼らが無報酬でこの仕事を請け負うはずもなく、迷宮内で発見される宝物の独占権を与えられたことで、何が起こるか分からない廃坑ダンジョンに調査をしに来たのだ。

だが、彼らは知らない。

現在、この惑星上に存在する全てのダンジョンが安定化に向けて活動を開始しており、外部からの異物をできるだけ排除しようとしていることを……。

「んなことより、お宝はどこだぁ〜？」

「まだ上階層なのだから、そんなものが簡単に見つかるわけないですよ。仕事はしっかりやらないと、後で何らかの責任を負わされますよ？　最悪、任務の失敗と扱われ報酬が貰《もら》えないかもしれません。それに、何が起きるか分からないんですから警戒くらいはしておいてくださいよ」

「そこは几帳面《きちょうめん》なお前に任せる。俺達は役得を存分に利用させてもらうだけだ」

「そうだぜ？　真面目に生きてちゃ馬鹿を見るってもんだ」

「こういうのは気楽にいくのがいいんだ。どうせギルドの報酬なんてささやかなもんだしな」

「ハァ～……」

傭兵達は一人を除いて危機感を持っていなかった。

その結果、彼らは後悔することになる。

『排除を実行します』

無機質な声がプログラムを実行に移す。

これにより調査に向かった傭兵達は、一部を除き二度と地上に戻ってくることがなかった。

後に命からがら生還を果たした傭兵から、『廃坑ダンジョンは再び大規模な変化の時期に入っており、頻繁にフィールドが変わることから不用意に侵入することは危険である。また、新種の魔物の強さも異常と言わざるを得ず、安定するまで完全封鎖をすることを強く勧めるものである』と報告がなされ、封鎖を余儀なくされたのであった。

MFブックス

アラフォー賢者の異世界生活日記 18

2023年4月25日　初版第一刷発行

著者　寿安清
発行者　山下直久
発行　株式会社KADOKAWA
〒102-8177　東京都千代田区富士見2-13-3
0570-002-301（ナビダイヤル）
印刷・製本　株式会社広済堂ネクスト
ISBN 978-4-04-682418-9 C0093

企画　株式会社フロンティアワークス
担当編集　中村吉論／佐藤裕（株式会社フロンティアワークス）
ブックデザイン　Pic/kel（鈴木佳成）
デザインフォーマット　ragtime
イラスト　ジョンディー

本シリーズは「小説家になろう」（https://syosetu.com/）初出の作品を加筆の上書籍化したものです。

この作品はフィクションです。実在の人物・団体・事件・地名・名称等とは一切関係ありません。

薬草採取しかできない少年、
最強スキル「消滅」で成り上がる
Yakuso saishu shika dekinai shonen, saikyo skill "sho-metsu" de nariagaru
このF級冒険者、無自覚に無敵！
岡沢六十四
Okazawa Rokujuyon
イラスト：シソ
STORY
15歳の少年エピクはひとりで活動するF級冒険者。しかしある日、実力不足を理由にギルドを追放されてしまう。路頭に迷う中で出会ったのは、薬師協会長の娘スェル。「エピクさん、ここで一緒に働いてください！」というスェルの提案で生活の基盤を整えたエピクは、これまで隠してきた「どんなモノでも消滅できる」スキルの応用術を身につけて成り上がっていく——。
MFブックス
MFブックス新シリーズ発売中!!

辺境の魔法薬師
自由気ままな異世界ものづくり日記
えながゆうき
イラスト：パルプピロシ
STORY
ある日女神に「私の世界の魔法薬を改革してほしい」と頼まれ転生すると、そこでは「最低品質」「ゲロマズ」「もはや毒」の三拍子が揃った悪夢のような魔法薬がはびこっていた！　辺境伯家の三男ユリウスとして転生した俺は、前世のゲームスキルを活かし魔法薬改革をスタートさせる。
第7回カクヨムWeb小説コンテスト
異世界ファンタジー部門
特別賞
受賞作
激マズ魔法薬を発展させながら、
のんびりものづくりスローライフを楽しみます！
MFブックス新シリーズ発売中!!
MFブックス

最低キャラに
転生した俺は生き残りたい
霜月雹花
Shimotsuki Hyouka
イラスト：キッカイキ
転生したキャラクターは、
あろうことか
悪役＆最低キャラ!?
STORY
生前やり込んだゲーム世界の最低キャラに転生してしまったジン。
そのキャラクターは3年後、婚約破棄と勇者に倒されるせいで悪に墜ちる運命なのだった。
彼は目立たぬよう、獣人クロエと共に細々と冒険者稼業の日々を送るが、
平穏な日常を壊す、王女からの指名依頼が舞い込んでしまい――!?
MFブックス新シリーズ発売中!!
MFブックス

走りたがりの異世界無双
～毎日走っていたら、いつの間にか世界最速と呼ばれていました～
坂石遊作
イラスト：諏訪真弘
転生したから走りたい！
才能ないけど好きなことします！
第7回
カクヨムWeb小説コンテスト
異世界ファンタジー部門
特別賞
受賞作
生まれつき足が不自由だった男は、ある日異世界に転生する。彼は貴族の長男・ウィニングとして生まれ変わり、領主になるべく育てられるが、彼の興味は、前世で憧れていたこと――自由に走り回ることにしかなかった！
MFブックス新シリーズ発売中!!
MFブックス

使い潰された勇者は
二度目、いや、
三度目の人生を
自由に謳歌
したいようです
あかむらさき
Akamurasaki
イラスト：かれい
最速で最強を手に入れる方法を知ってるか？
そう、それは「草むしり」だ!!
STORY
地球生まれの異世界育ちの元勇者が、貧乏貴族の三男ハリスに転生!?
でもこの少年、実家から追い出された大問題児だった……。
獲得したすべての経験値を自由に振り直せるスキル『やりなおし』を見つけ、
「草むしり」で効率的に経験値を稼ぐ日々。三度目の人生を気ままに生きようとするも、
公爵令嬢の側仕えとしてお屋敷に住み込むこととなり——
MFブックス
MFブックス新シリーズ発売中!!

戦闘力ゼロの商人
～元勇者パーティーの荷物持ちは
地道に大商人の夢を追う～
3人目のどっぺる
Sanninme no Doppel
イラスト：Garuku
異次元領域に物を保管できる《倉庫》スキルとアイデアを駆使して商売繁盛!?
魔王討伐後に勇者パーティーから追放された元荷物持ちのアルバスは、最弱の魔物にすら苦戦するほど弱かった。手切れ金として渡された僅かな資金や、知識と経験を活かした仕事で食いつなぐ日々を彼は送るが、とある村の薬草農家を救う妙案が功を奏し――。
MFブックス新シリーズ発売中!!
MFブックス